同行 동행과
越境 월경의
    순간들

憧憬 동경과
越境 월경의
순간들

서윤영이 리얼 스케일로 그려나간
동경했던 일곱 도시와
열 번의 월경에 대한 기억들

궁리
KungRee

/

이륙 비행기를 타며

안전벨트를 맨 채 이착륙 표시등을 보고 있자니 곧 비행기가 달리기 시작했다. 그렇게 큰 동체를 탄 것도, 그렇게 빠른 동체를 탄 것도 그때가 처음이었다. 고속버스라 해도 시속 100킬로미터 남짓으로 달리는데, 그 다섯 배인 500킬로미터의 속도로 비행기가 달리고 있었다. 지상에서는 스포츠카만이 그 속도로 달릴 수 있다. 그래서 스포츠카는 그 속도에 이르렀을 때 정말로 날아가지 않도록 지면과 밀착시킨 형태로 디자인되지만, 비행기는 그 순간에 날 수 있도록 디자인되는 것이 차이점이다.

사실 비행기는 자동차와 기차, 지상의 그 어느 교통 수단보다 빠르게 잘 달린다. 그 빠른 동체가 주행과 비행의 임계속도에 이르렀을 때, 그래서 앞바퀴가 살짝 들렸다는 느낌이 들었을 때 창밖을 내다보았다. 여태 단 한 번도 보지 못한 기이한 풍경이 펼쳐져 있었다. 창밖 세상이 15도 각도로 기울어 있는 것이다. 언제나 수평이었던 세상이 기울어 보이는 것은 4차원 세계가 눈앞에서 열리는 것과도 같은 충격인데, 그 기울기가 20도, 25도로 차츰 심해지고 있었다. 지극히 비현실적이고 비정상적인 상황 속에 또한 세상은 점점 작아지면서 멀어지고 있었다. 성냥갑만 하던 자동차도 개미처럼 꼬물거리던 사람도 모두 녹색의 산과 강토 속에 묻혀 보이지 않게 될 무렵, 기울어 있던 세상이 비로소 수평을 되찾기 시작했다. 그리고 곧 이착륙 표시등이 꺼졌고, 사탕과 음료가 제공되었다. 20여 년 전 제주도 여행을 위해 처음 비행기를 탔던 때의 기억은 그렇게 강한 인상을 남겼다. 이후 제주도보다 더 멀리 여행을 하였지만 비행기를 탈 때면 언제나 그 생각이 난다.

　내가 조금 전까지 디디고 생활했던 공간은 이제 돌아갈 수 없는 별세상이 되었고, 핸드폰도 인터넷도 되지 않는 작은 공간 안에 갇히고 말았다. 이제 동체는 초록의 땅을 지나 청록의 바다 위를 날고 있는데, 지금 이곳이 국내인지 국외인지 기내 속 세상은 모호하고 시간 역시 현지 시간인지 국내 시간인지 불투명하다. 언어와 국적인 뒤섞인 가운데 혹여 옆자리 승객에게 피해를 줄까 몸을 사리며 승무원하고만 소통하면서, 무한 제공되는 맥주와 커피를 마신다. 여행지에 관한 책을 미리 준비해 오길 잘했다. 홍콩이든, 도쿄든 그 도시에 대한 책을 읽고 있으면 마음이 먼저 그곳에 도착해 있으니까. 도착 시간, 날씨, 복장과 주의사항, 간단한 인사말 등을 생각하다가 문득 깨닫는다, 나도 모르게 목적지를 기준으로 생각하고 있었음을, 어느새 출발지를 까맣게 잊고 있었음을.

생각해보니 그것은 책을 쓰는 과정과 흡사했다. 어느 날 무슨 바람이 불어 그곳에 가고 싶다는 생각이 드는 것처럼, 이러저러한 내용의 책을 쓰고 싶다는 생각은 불현듯 찾아온다. 경비를 생각해서 일정을 짜고 그에 맞추어 항공권을 예약하듯 출판사와 계약을 하고 나면, 좁은 방안의 책상 앞에 꼼짝없이 갇혀버리는 것이 이코노미 석의 안전벨트에 묶인 것과도 같다. 혹여 비행에 지장을 줄까 전자 기기의 사용이 금지되듯 비루한 일상과 번잡한 외출을 자제하는 생활 속에 오로지 그 일만을 생각한다. 몰입을 하면 할수록 생각은 점차 책 속 세상에 갇혀버리고 현실이 점차 비현실로 기울기 시작하면서 마침내 일상은 까마득히 멀어진다. 한 가지 목적만을 위해 달려가는 시간 속, 지루함을 달래주기 위해 음료와 엔터테인먼트를 무한 제공하는 기내 서비스처럼 아침부터 저녁까지 커피와 맥주를 무제한으로 마시며 이뇨 작용 같은 감성을 생산한다.

문득 시간을 체크해본다, 이제 비행 시간은 얼마나 남았는가. 현지 도착 시간은 몇 시이며 날씨는 어떠할까. 그곳은 지금 늦봄일까, 초여름일까. 또한 책상 앞에 앉아 하루하루 날짜를 헤아려

본다. 마감까지 얼마나 남았는가를. 이 책이 세상에 나오는 때는 늦봄일까, 초여름일까. 출간 날짜를 가늠하는 사이 이미 마음은 몇 달 후를 앞서 가 있음을 느낀다.

출판사와 새로운 원고에 대한 계약을 하는 것으로, 다시 여행은 시작되었다. 곧 이륙이 시작될 거라는 안내 방송이 나오고, 핸드폰을 끄고 안전벨트를 맨다. 거대한 동체가 비상을 시작하면 곧 창밖은 비현실적으로 기울어질 것이며, 이제 나는 현실과 유리된 이곳 속에 머무를 것이다.

차례

1
·
경계

언제나 나란히 붙어 있던 여탕과 남탕, 항상 가던 남탕에서 꼭 한 발자국만을 더 내디뎠을 뿐인데 내 눈앞에 보다 넓은 세상이 펼쳐져 있었다. 나는 그때 처음으로 남자아이들을 보았으며, 배와 비행기라는 새로운 교통 수단을 보았다. 목욕이 일상이 아닌 놀이가 될 수도 있다는 사실을, 나아가 남성의 세계보다 여성의 세계가 훨씬 더 다채롭다는 것을 처음 알았다. 그리고 그것은 여행의 경험과 흡사했다.

남탕을 떠나 여탕으로

주저주저하던 발걸음으로 마침내 그 문을 밀어젖혔을 때, 놀라운 세상이 펼쳐져 있었다. 가장 먼저 눈에 들어온 것은 타월 한 장으로 한껏 틀어 올린 머리채였다. 핀이나 끈을 쓰지 않고도 수건 한 장으로 긴 머리채가 일시에 정리된다는 것이 더할 나위 없이 신기했다. 움직이거나 걸어 다녀도 풀리지 않는 모양인지 여자들은 하나같이 그 머리 모양을 한 채 텔레비전을 보며 오이 마사지를 하고 요구르트를 마셨다. 높다랗게 감아 올린 수건은 아라비아 상인의 터번과도 같았고, 차라리 그곳 전체가 아라비안 나이트였다. 처음 가본 여탕, 그곳은 이제껏 다니던 남탕과는 전혀 다른 분위기였다. 훨씬 더 많은 사람, 아이에서 노인까지 더 다양한 연령대, 한결 떠들썩하고 활기찬 분위기, 생각보다 더 많은 행위들이 일어나고 있었다. 그리고 무엇보다 거기서 처음으로 남자아이를 보았다.

예전에는 집 안에 목욕 시설이 갖추어져 있지 않아 대중목욕탕을 많이 이용했는데, 나는 다섯 살이 되도록 아버지의 손을 잡고 남탕을 다녔다. 당시는 아들이건 딸이건 아버지가 아이를 데리고 목욕탕에 가는 일이 드물어서 남탕은 아이는커녕 손님도 별로 없이 조용했다. 그 넓은 탕 안에 고작 서너 명이 있을까 말까 한데, 혼자 온 남자들은 짧은 시간 머물다가 곧바로 돌아갔다. 뿐만 아니라 들고 온 소지품도 간단했다. 지금도 선명히 기억난다, 네모난 비누갑에 면도기를 하나 넣고 타월로 동여매 들고 다니던 간단한 꾸림새가. 늙으나 젊으나 같은 모양, 같은 용도로 들고 다니던 흰 수건이 지금 여탕에서는 화려한 아라비아 터번으로 바뀌었다. 노란색, 파란색, 분홍색에 아롱아롱 꽃무늬가 박힌 것까지 텔레비전 사극에 나오는 중전마마의 어여머리와도 같았는데, 그 차림을 한 채 매니큐어를 칠하고 화장을 하며 질펀한 수다로도 모자라 바닥에 담요를 깔고 화투를 쳤다. 그곳은 목욕탕이라기보다 하나의 놀이터였다. 그리고 보았다, 함께 따라온 남자아이들을. 나는 남탕에서 동생 말고는 다른 아이를 본 적이 없었는데, 거기서 남자아이들을 처음으로 보았다. 그것은 내가 처음으로 본 남자였다.

남자야 남탕에서 실컷 보았지 않으냐고 말할지도 모르겠지만,

그러나 남자라고 하는 것은 대개 또래의 이성을 말함이다. 여섯 살 여자아이에게는 예닐곱 살짜리 남자아이가 남자이지, 스무 살이 넘으면 그것은 남자라기보다 어른이다. 그런데 여탕에서 서너 살부터 대여섯, 일고여덟 살까지 실로 다양한 연령대의 남자아이들을 처음으로 본 것이다. 또한 그들은 놀랍게도 장난감을 가지고 있었다.

그전까지는 목욕탕에 장난감을 가지고 가도 된다는 사실을 알지 못했다. 여자아이들이 플라스틱 인형을 가지고 왔다면, 남자아이들이 가지고 온 것은 자동차와 기차, 비행기였다. 남자는 항상 교통 기관과 함께 등장한다는 만고불변의 진리를 거기서 처음 배울 줄이야. 그런데 그 교통 기관이라는 것도 종류가 다양해서 드라마 속 남자는 중후한 세단을, 영화 속 남자는 날아갈 듯한 스포츠카를 타고 등장한다. 동화 속 왕자는 백마를 타고 흑기사는 흑마를 타고, 전설 속의 산신령은 호랑이를 타고 나타난다. 그리고 신화 속 남신은 수백 마리의 황금 까마귀가 끄는 금수레를 타거나 날개 달린 말이 끄는 비차(飛車)를 타고 하늘에서 내려오며, 심지어 구름을 타거나 양탄자를 타거나 도저히 탈 것 같지 않은 탈것이라도 어쨌든 타고 나타난다.

교회 오빠도 하물며 자전거를 타고 나타나는데, 내가 목욕탕에서 본 남자들도 저마다 탈것을 하나씩 손에 움켜쥐고 있었고, 그중에 압권은 배였다. 자동차를 탄 남자는 현실에서도 자주 등장하지만, 비행기와 배는 드문 편이다. 여태껏 배를 타고 등장한 남자는 이순신 장군이 유일한데, 그 희소한 탈것을 목욕탕에서 보게 될 줄이야. 그야말로 고기가 물을 만난 듯 냉탕을 점령하고 앉아 배를 띄우는 남자아이를 보고 있으면, 교통 수단은 단순한 탈것이 아닌 남자의 또 다른 자아가 아닐까 싶은 생각이 절로 든다. 아울러 남탕과 비교해 여탕이 얼마나 화려하고 다채로운가 하는 것도. 여탕에서 일어나는 일은 단순한 목욕이 아니라 훨씬 더 다양한 생활이었으며, 목욕도 그곳에서는 놀이였다. 아버지를 따라 남탕에 다닐 때는 생각할 수 없는 일이었다.

아이 둘을 한꺼번에 씻기기가 버거웠는지 아버지는 남동생을 때 미는 사람에게 맡겼다. 그러고는 나를 손수 씻기기 시작했는데, 내 오른팔을 잡고 어깨부터 때를 밀고 내려오던 아버지의 손이 팔꿈치 부분을 교묘하게 피해가더니 그 아래쪽부터 다시 밀기 시작했다. 팔꿈치는 왜 안 미느냐는 물음에, 너 여기 상처 났잖아, 아플까봐, 라던 대답이 잊히지 않는다. 지금도 오른쪽 팔꿈치에 박혀 있는 갈색 반점, 그건 상처가 아니라 태어날 때부터 있던 반점이었다. 그걸 아버지는 넘어져서 다친 상처인 줄 알고, 상처가 쓰릴까봐 그 부분만 때를 밀지 않고 지나간 거였다. 이건 상처가 아니라 점이야, 나 원래부터 여기에 점이 있어, 라는 말에 아버지가 갑자기 환하게 웃으며 내 오른쪽 귀를 쓸어 넘겨 보고 있었다. 아버지는 오른쪽 귓바퀴에 콩알만 한 작은 혹이 붙어 있는데, 놀랍게도 그러나 지극히 당연하게도 내 오른쪽 귀에도 똑같은 것이 붙어 있다. 그런데 아버지의 왼쪽 어깨에 있는 갈색 반점이 내게는 오른쪽 팔꿈치에 있다는 사실을, 위치는 다를지언 정 반점 모양은 도장으로 찍어낸 듯이 똑같다는 것을 그때 처음 으로 알고 환하게 웃었던 모양이다. 아버지가 그렇게 조심스레 피해 갔던 그 팔꿈치를, 어머니가 세게 힘을 주어 빠악빠악 밀고 있다.

"아아, 너무 아파, 이제 그만 밀어."

흔히 거칠고 투박하다고 말하는 아버지의 사랑이 왜 내게는 반대였을까. 갈색 점을 상처라 생각하고 그 자리가 쓰릴까봐 때 를 밀지 않고 피해 간 사람은 아버지가 유일했다. 그 유년의 추 억은 여섯 살이 되어 더는 남탕에 갈 수 없게 되면서 끝이 나고, 대신 어머니를 따라 들어온 여탕에 별세계의 풍경이 펼쳐져 있 었다. 처음으로 본 넓은 세계였다. 언제나 나란히 붙어 있던 여탕 과 남탕, 항상 가던 남탕에서 꼭 한 발자국만을 더 내디뎠을 뿐 인데 내 눈앞에 보다 넓은 세상이 펼쳐져 있었다. 나는 그때 처 음으로 남자아이들을 보았으며, 배와 비행기라는 새로운 교통 수 단을 보았다. 목욕이 일상이 아닌 놀이가 될 수도 있다는 사실을, 나아가 남성의 세계보다 여성의 세계가 훨씬 더 다채롭다는 것 을 처음 알았다. 그리고 그것은 여행의 경험과 흡사했다.

새로운 세계, 새로운 교통 수단, 거기서 만난 사람들과 그로 인 한 새로운 시각의 열림. 해외의 도시를 여행할 때 공항보다 항구 의 인상을 더 강하게 기억하는 이유가 바로 그것이다. 도쿄에서는 도쿄 베이가 그러했고, 홍콩에서는 이름 그대로 홍콩의 향기로운 항구가 가장 심장을 뛰게 했다. 프랑스 역시 개선문이나 샹젤리제가 있던 파리가 아닌, 이탈리아와 프랑스의 해변가 국경이 더 선명히 기억에 남는다. 그리고 항구와 바다를 보지 못한 도시는 기억에 흐릿하다. 베이징이 그러했고 하노이가 그러했던 것처럼.

　　아버지와의 마지막 목욕을 마치고 돌아가는 길, 나는 자꾸만 뒤를 돌아보며 조바심을 내고 있었다. 짧은 겨울 해는 이미 져서 어둠은 축축한 목욕 수건 안에도 스며들어 있는데, 그 골목길을 누군가가 자꾸 뒤쫓아 오고 있었다. 뒤돌아보면 아무것도 보이지 않지만 다시 앞을 보고 걸을 때면 뒤통수에 서늘하게 느껴지는 시선, 귀신이 따라올 때의 느낌이 꼭 그렇다고 들었기 때문이다. 아버지는 손을 꼭 쥔 채 뛰듯이 빨리 걷는 내게 왜 그러느냐고 물었다. 뒤에서 귀신이 쫓아오고 있다고, 뒤돌아보면 없지만 분명히 쫓아오고 있다는 대답에 아버지가 말했다.
　　"걱정 마라, 귀신은 없다. 그건 언니들이 너를 겁주기 위해 만들어낸 이야기에 불과한 거야."
　　어머니는 양장점 때문에 바빠 집에는 늘 가정부가 있었다. 시골에서 중학교를 졸업하고 상경한 그녀들은, 네 살, 여섯 살의 한창 성가신 남매를 을러대기 위해 그 말을 자주 했다. 오늘 밤에 귀신이 와서 잡아간단다, 말 안 듣는 아이를 잡아가는 귀신이 있단다. 그런데 나보다 어려 아직 말귀를 못 알아듣는 동생은 귀신의 존재조차 모르는 모양이었다. 귀신을 모르니 무섭지가 않고, 그 어두운 밤길을 태연히 걷고 있었다. 하지만 귀신의 존재를 곧이 믿었던 나는 아버지의 손을 쥐고도 그 손이 흠뻑 땀에 젖을 정도로 무서워하고 있었다.

"귀신이란 없는 거란다. 네가 있다고 생각하면 있는 거지만, 그러나 없다고 생각하면 없는 거란다."

그때 아버지는 양손에 나와 동생의 손을 하나씩 잡은 채 걷고 있었다. 그리고 25년이 더 지났다.

바로 며칠 전까지만 해도 피를 뽑는다 엑스레이를 찍는다 부산하게 움직이던 의사는 이제 요청이 있을 때마다 거리낌 없이 모르핀 주사를 놓아주었다. 임종을 기다리는 아버지를 위해 나와 동생이 할 수 있는 일이란, 꼭 그때처럼 아버지의 양손을 하나씩 쥐고 매달려 있는 것밖에 없었다. 참으려고 해도 자꾸만 눈물이 흘러나왔다. 눈물을 감추기 위해 눈을 감고 있어도 고장 난 수도 꼭지처럼 자꾸만 흘러내렸다. 내내 가쁜 숨을 몰아쉬던 아버지가 잠시 눈을 떴다. 그리고 꼭 그때처럼 내 손을 잡은 손에 힘을 주며 말했다. 울지 마라, 괜찮다, 이제 집에 가보거라, 그리고 내일 다시 와라. 그래서 아버지의 말대로 다음 날 다시 갔더니, 아버지는 그새 먼 길을 떠나고 없었다. 여섯 살이 되어 더 이상 남탕에 따라갈 수 없어 어머니와 여탕을 갔던 것처럼, 나와 어머니는 그렇게 이승에 남겨졌다.

그러고 보니 나는 여태 귀신을 못 보았다. 아버지 말씀도 그랬거니와 초등학교에 입학해서는 선생님도 그리 말씀하셨다. 그래서 정말 단 한 번도 못 보았다. 그런데 이상한 것은 귀신의 존재를 믿는 사람에게는 정말 귀신이 보이며, 그런 사람에게는 이 세상 모든 일이 귀신의 소행이다.

나는 살아오면서 여성 차별을 느껴보지 못했다. 세상을 살다 보면 여성이기 때문에 이러저러한 제약이 있을 거라고 사람들은 말하지만, 여태 느껴본 적이 없다. 마흔다섯 살, 반생애를 살도록 그걸 못 느꼈으니 앞으로도 모르고 살 것 같다. 그러고 보면 남녀 차별이란 귀신과 같은 것이라 생각한다. 그것이 존재한다고 믿으면 분명히 존재하는 것이지만, 없다고 생각하면 없다는 점에서. 귀신이 있다고 생각하면 오늘 아침 돌부리에 걸려 넘어진 것도 귀신의 장난 탓이요, 시험에 떨어진 것도, 교통사고가 난 것도 모두 귀신의 조홧속이다. 마찬가지로 남녀 차별이 있다고 생각하면 면접에서 떨어진 것도 승진에서 누락된 것도 모두 내가 여자이기 때문이겠지만, 그러나 귀신도 없고 남녀 차별도 없다고 생각하면 그것은 나의 실수요 부주의일 뿐이다. 살아온 날을 돌이켜 보면 여성이기에 불리한 점보다는 오히려 유리한 점이 더 많았으며, 또한 여성의 삶이 훨씬 더 다채롭고 선택의 여지가 많았다.

나는 스물일곱 살 때까지 수학을 공부하다가 건축으로 전과를 했고, 그 후엔 설계사무소에 근무를 하다가 서른네 살에 티(T)자를 던지고 펜을 집어 들었다. 계절이 바뀌어 헌 옷을 벗고 새 옷으로 바꾸어 입듯, 매일 그저 그런 똑같은 일상이 싫증나 결행해 버린 그 인생의 전환을 그러나 막상 남자들은 하지 못했다.

　스물일곱 살, 군대 영장이 바로 턱밑으로 날아드는 시기라 했다. 서른네 살, 결혼을 해서 어린 자식이 태어나는 시기이자, 다니던 직장을 그만두고 새삼 펜을 집어 들기에는 인생의 무게가 너무 무거운 시기라 했다. 매일 아침 똑같은 옷을 입고 똑같은 시간에 집을 나섰다가 저녁 무렵 똑같은 모양새로 되돌아오는 남자, 나와 가장 가까운 두 남자인 남동생과 남편을 보고 있으면 그 옛날 비누갑에 면도기를 챙겨 목욕을 가던 남자들이 생각난다. 똑같은 모양새, 똑같은 차림새에서 선택의 여지는 별로 없었다. 남자에게는 짧은 시간 동안 몸만 씻고 나가는 그 일이, 그러나 여자에게는 두 시간이나 지속되는 신나는 놀이였다. 인생도 마찬가지로 오히려 여자인 이쪽이 훨씬 더 선택의 여지가 많고 재미있었다. 아울러 귀신도 없었다. 나는 그것을 여섯 살 때의 여탕 여행에서 처음 알았으며 그리고 내게 그걸 가르쳐준 남자가 아버지였다.

작은 성냥개비 하나로 열린 건축의 세계

스마트폰이 고장 나서 수리를 맡기려 했더니 서비스센터는 수유리에 있다고 하였다. 어린 시절을 보낸 곳이라는 기억만 있을 뿐, 어디가 어딘지 알 수 없는 그 동네에서 겨우겨우 그 건물을 발견해 2층으로 올라갔다. 여기가 이렇게 고장이 나서요, 라는 말에 기사는 바늘 같은 드라이버를 돌려 기계 뒤판을 열었다. 그리고 드러난 내부의 비밀. 항상 궁금했다, 이렇게 작은 기계 안에 어떤 장치들이 숨어 있는 걸까. 기사는 투명한 필름 같은 기판을 들어 불빛에 비추어 보고 있다. 미로 같기도 하고 상형문자 같기도 한 저것에 무슨 비밀이 숨어 있는 걸까. 저것만 봐도 무엇이 잘못되었는지 보이는 걸까. 내가 이해할 수 없는 그 무엇을 보는 남자,

그러고 보니 나는 40년의 세월 너머에서도 꼭 저렇게 난해한 도형을 들여다보는 남자를 본 적이 있었다, 이곳 수유리에서.

　그날은 머리를 열심히 빗기고 새 옷을 꺼내 입히며 아침부터 분주했다. 흰 양말에 구두를 신기고 손수건까지 챙겨 넣고서 어머니가 말했다. 오늘은 이모를 따라가라고, 재미있을 거라고, 맛있는 것 많이 사달래라고. 그래서 이모의 손을 잡고 간 곳이 어느 건물의 2층 다방이었다. 계단을 올라가던 미니스커트가 그날 따라 유난히 짧고 검정 부츠 또한 오랜 시간 공들여 닦은 흔적이 역력했다. 당시 이모는 외출이 부쩍 잦았다. 뿐만 아니라 거울 앞에 붙어 있는 시간도 길었던 것을 보니 남자를 사귀는 중이었을 것이다. 남녀가 사귀는 것은 예나 지금이나 정해진 수순은 대개 엇비슷하다. 월미도를 가자고 곧 이모부가 될 남자는 제안을 했고, 그에 이모는 언니와 형부에게 먼저 물어보아야 한다고 양갓집 규수다운 태도를 취했으리라. 이번 일요일 거기에 다녀와도 되냐는 물음에 딱히 안 된다고 하기도 그렇고, 덮어놓고 좋다고 하기도 어려웠던 어머니는 한 가지 제안을 했다. 그럼 영주도 데려가라. 영주가 요새 심심해서 미칠 지경이니 조카 놀아주는 셈치고 한번 데려가라.

　본명 대신 아명인 영주로 불리던 시기 그런 일은 자주 있었다. 이모뿐 아니라 고모의 데이트에도 따라가는 일이 많았는데, 월미도, 남이섬, 춘천처럼 당일치기로 계획했던 그 여행에는 내가 동행해야 당일로 돌아왔다. 육지로 돌아가는 마지막 배가 이제 방금 떠났다, 저녁 먹는 사이에 그만 막차가 떠나고 말았다, 아 조금만 빨리 오지, 기차가 금방 떠났는데 등등 연인들 사이에 항상 일어나는 그 일이 내가 중간에 끼기만 하면 절대 일어나지 않았다. 항상 배는 늦게까지 손님을 기다려주었고, 저녁을 먹고 커피 한잔을 마신 후에야 막차가 출발했으며, 우리는 언제나 예정보다 일찍 역에 도착하여 기차를 탈 수 있었으니까. 신기하게도 머리 위에서 누군가가 나를 돕고 있는 것만 같아서 어릴 때는 천사 같은 아이라 불렸고, 그래서 그날도 연인들의 수호천사가 되어 월미도 여행에 함께 갔던 것이다.

요즘은 핸드폰을 손에 붙이고 다니면서 조금만 늦어도 문자를 보내고 난리가 나지만, 집 전화도 별로 없던 그 시절에는 다방에 앉아 기다리는 것이 일상이었다. 그것도 남자는 10분 일찍, 여자는 10분 늦게 나오는 것이 기본 예절이었는데, 약속 시간보다 일찍 나오는 남자일수록 또한 늦게 나오는 여자일수록 가정 교육을 잘 받은 것으로 간주되었다. 그래서 양갓집의 규수와 총각이 만날 때에는 반 시간 남짓 기다리는 게 예사였으니, 그 시간 동안 남자는 무엇을 하는가.

맨 처음 그것을 보았을 때, 새로 나온 장난감인가 생각했다. 짙은 갈색 탁자 위에 펼쳐져 있는 흰색의 작은 나뭇개비, 서로 수직으로 맞붙은 그것들은 몇 개의 사각형을 그리고 있었고 작은 사각형들이 이어져 더 큰 사각형을 그리고 있었다. 어어 네가 바로 영주구나, 정말 귀여운 아이구나, 처음 본 남자가 유난히 반가운 척을 하는 동안에도 나는 테이블 위의 낯선 그림을 들여다보고 있었다. 어떻게 된 거야, 글쎄 나도 어쩔 수 없었다니까, 언니가 꼭 데려가래, 서로 주고받는 빠른 눈짓, 낮게 깔린 목소리들이 내 머리 위를 오고 갈 때에도 나는 그 퍼즐을 들여다보고 있었다. 쟁반에 엽차를 받쳐온 종업원에게 커피와 사이다, 그리고 내 몫으로 마지못해 우유를 주문한 남자가, 테이블 위에 늘어놓은 성냥개비들을 성급하고도 빠르게 치워나가는 순간에도 그것을 들여다보고 있었다.

우리 영주, 몇 살이야? 성냥개비들을 휩쓸어 모아 육각형의 성냥갑 안에 신경질적으로 집어넣은 뒤, 커피 잔에 각설탕을 넣으며 남자가 물었다. 일곱 살이에요, 이렇게 대답해야지 어서. 그때 이모가 빨던 빨대에는 립스틱 자국이 묻어 있었다. 끝끝내 아무 말 없이 처음 보는 이모의 애인을 빈틈없이 노려보는 수호천사의 모습에, 남자는 남은 각설탕 하나를 내 우유 잔에 넣고 휘저어주었다. 내가 아까 본 것은 무엇이었을까, 테이블 위에 성냥개비로 그렸던 사각형 그림들은 무얼 의미하는 걸까. 여태 우유에는 손도 안 대는 나를 보고 결국 남자는 작은 티스푼으로 자신의 커피를 두어 술 부어주었다. 자 이제 마셔봐라, 커피 우유다.

수유리에서 인천까지의 먼 여정과 그 끝에 있던 바다, 섬으로 가기 위해 배에 오르던 이모와 나를 부축하던 남자, 처음 마셔본 커피 우유, 그리고 월미도 여행. 내게 여행이란 언제나 바다

작은 성냥개비 하나로 열린 건축의 세계

와 배, 남자, 처음 먹는 낯선 음식의 이미지가 뒤섞여 있다. 아울러 그로 인한 새로운 세계로의 문 열림도. 그날 이모부가 테이블 위에 늘어놓았던 성냥개비는 방 두 개에 거실 하나, 부엌 하나가 딸린 조그만 집의 내부 구조가 아니라, 작은 성냥개비 하나로 열린 건축의 세계였다.

그때까지 내가 익숙해 있던 세상은 옷의 세계였다. 어머니가 양장점에서 그리던 그림들에는 대개 일정한 패턴이 있었다. 가슴 본, 소매본 그리고 바지본. 곡선으로 그려진 그 패턴들을 고무줄을 늘이듯이 이리 늘이고 저리 늘이면, 퍼프소매가 달린 블라우스가 그리고 나팔바지가 되었다. 그것들은 항상 실제 크기와 동일한 사이즈로 직접 천 위에 그려졌고, 가위로 잘라 재봉틀에 대고 몇 번 박기만 하면 금세 옷이 되었다. 그러나 1:100의 축소 스케일, 곡선이 아닌 직선, 성냥개비라는 단일 부재로 수십, 수백 채의 집을 지을 수 있다는 사실을 그때 처음 알았다. 탁자 위에 성냥개비로 그린 집이었지만 그것은 어쨌든 '도면'이었고, 실체는 존재하지 않는 것을 개념으로 구현한 일종의 상징 체계였다.

처음 보는 바다도, 처음 타보는 배도 그저 그랬던 그 여행에서 돌아와 가장 먼저 한 일은 성냥갑을 엎어 바닥에 늘어놓는 일이었다. 그리고 그 일이 철없는 동생의 불장난으로 인해 금지되기 시작했을 때, 딱딱한 하드커버 장정의 동화책들을 펼쳐 세우기 시작했다. 네 권의 책을 각각 네 귀퉁이에 세우면 그것은 하나의 방이 되었고, 그러한 방들을 서너 개 연결하면 집이 되는 실로 놀라운 세계. 그러고 보니 책으로 집을 짓는 일을 한 지도 꽤 오래되었다.

"얼마나 되었지요? 이 기기 사용한 지 얼마나 되셨어요?"

기판에서 눈을 떼지 않은 채 묻는 기사의 물음에, 나는 석 달쯤 되었다고 대답했다.

이제는 세피아 톤으로 변해버린 흑백 사진 속의 배경은 덕수궁 석조전이다. 서양 미술 전람회가 주로 열리던 그곳에서 전자박람회가 열리던 어느 날, 신혼의 고모와 고모부는 나를 데리고 가서 최첨단 트랜지스터라디오를 사주었다. 목걸이처럼 목에 걸고 다니는 라디오. 만약 그 물건이 지금도 있다면 곧 박물관에 기증을 하리라, 당시로서는 최첨단이었지만 지금은 골동품이 되고 만 그것을. 그때 아홉 살이던 나는 거기에 어떠한 기술이 담겨 있는지도 모르는 채, 그저 장난감처럼 내내 손에 들고 다녔다. 그리고 그날 저녁 고모부는 뜨개바늘처럼 길쭉한 드라이버를 트랜지스터라디오의 뒤판에 꽂았다. 1960년대 대학에서 전자공학을 전공한 청년의 왕성한 호기심에 나 역시 고개를 기웃거리고 있었다. 거실 한쪽에 놓인 아버지의 커다란 전축과 달리 밥공기만 한 곳에서 음악이 나오고 있었으니, 대체 그 안에는 무엇이 들어 있는 걸까. 정교한 외과 수술이라도 하는 듯 숨죽이며 뜯어낸 기판, 100와트짜리 백열등 스탠드를 켜고도 모자라 눈에도 불을 켜고 들여다보는 고모부.

"이거 봐라, 영주야, 정말 신기하지 않니. 이게 바로 트랜지스터라는 거야, 기존의 진공관을 대체하는."

트랜지스터, 내가 보니 허리가 잘록한 영락없는 왕개미였다. 그 왕개미가 수십 마리씩 줄을 지어 늘어서 있는데, 그 옆에는 개미들이 사는 집도 있고, 집과 집을 연결하는 도로도 뻗어 있었다. 혹시 이 개미들이 사람 목소리를 내고 노래를 하는 게 아닐까 생각할 무렵 고모가 말했다.

"영주가 아니라 윤영이라 불러야지요. 그건 어릴 때 이름이고, 이제 윤영이로 바꿨으니까."

이름만 바뀐 게 아니라 스케일도 바뀌었다. 일곱 살 무렵 이모의 애인이 탁자 위에 그렸던 것은 1/100 크기의 주택이었지만, 지금 고모의 남편이 열어 보인 라디오의 내부는 1/200 크기의 마을이고 그 사이를 왕개미들이 오가고 있었다.

"도면을 그리고 나면 그 옆에 반드시 사람을 그려야 해. 모형을 만들었을 때도 꼭 사람을 함께 만들어 그 옆에 세우라고. 그래야 건축물하고 사람 간의 크기 비교가 쉽잖아. 생각해봐라, 사람 나고 집 났지, 집 나고 사람 났나. 집보다 사람이 먼저라고. 건축은 사람을 인간을 위해서 존재하는 거야."

그리고 그 아이는 20년이 지나 대학에서 선배에게 한 소리를 듣고 있었다. 모형을 만들면서 건물만 만들었지 사람을 넣지 않았다는 것이 이유였다. 급한 대로 종이를 잘라 급히 사람을 만들었는데, 신장 160센티미터 사람을 1/200로 축소하면 8밀리미터,

꼭 그때의 트랜지스터만 한 크기였다.

저기서 어떻게 소리가 나오는지, 개미들의 세상 같은 기판을 고모부는 신기하다는 듯이 연신 들여다보고 있었고, 아울러 지금 서비스센터의 기사도 투명한 필름을 들여다보고 있다. 그리고 나는 학교를 졸업하고 설계사무소에 취직했다. 1/500 도면을 들여다보고 있으면 사람은 이제 머리카락만큼이나 작고 가늘어서 잘 보이지가 않고, 고래만 한 건물만 보고 내뱉듯이 말을 한다.

도면 이거 말고 다른 걸로 보여주세요, 이게 몇 평이에요? 여기는 좀 좁은 거 같네, 다른 데는 훨씬 넓어 보이던데.

"아니, 그거 말고 다른 걸로 보여주세요, 그게 몇 기가예요? 여기는 가격이 좀 비싼 거 같네, 다른 데는 훨씬 싸게 팔던데."

내 옆에는 이모의 애인도 고모의 남편도 아닌, 남편이 서 있다. 데스크 탑의 메모리를 확장하기 위해 램인가 뭣인가 하는 부품을 사러 용산전자상가에 들른 길이었다. 덕수궁에서 트랜지스터라디오를 사 오던 날로부터 한 세대가 지났고, 기계는 더 복잡해지고 부품은 더 작아지고 스케일은 더 커졌다. 몇 기가에 몇만원이라고 하는 그 초콜릿 조각 같은 부품을 은박지에 싸서 들고 오는 길, 문득 생각한다. 이 정도라면 1/10000 스케일은 될 것이고, 건축이 아닌 도시 계획 수준이라고. 건축 설계 대신 도시 설계를 하던 부서가 있었지. 일산이나 분당 같은 대형 신도시 건설이 끝나고 그 주변에 작은 미니 신도시를 건설할 때 일이다. 내가 속해 있던 설계3본부가 강남의 초고층 아파트나 제주도의 콘도 같은 건물을 설계할 때, 파티션 너머의 설계4본부에서는 A-2 블록, B-1 블록, 초콜릿을 쪼개듯이 미니 신도시를 블록으로 잘라 계획하고 있었다. 워낙 스케일이 커서 1/1000은 예사이고 때로 1/10000 스케일도 잡았다. 당연히사 사람은 이제 먼지보다도 더 작아져서 아예 그려 넣지도 않게 된다. 그리고 얼마 뒤 4본부는 도시 설계실로 승격이 되었는데, 돌이켜보니 구조조정의 신호였다. 설계1본부만 놔두고 2본부와 3본부가 통합되었으니까. 집으로 돌아온 남편이 컴퓨터의 몸체를 열어 램을 갈아 끼우듯, 우리는 기계의 부품마냥 이리저리 교체되었다. 1997년 외환 위기 직후의 일이었다. 어딘가 일이 잘못되어 가고 있음을 더 빨리 알아차렸어야 했다.

"이제 알았네, 여기가 잘못되었네요. 부품 교체해드리겠습니다."

새 부품이나 헌 부품이나 그저 똑같아 보이는 것을 갈아 끼우는 기사의 손을 신기하게 바라본다. 저건 고모부가 보여주었던 트랜지스터 기판도 아니고, 남편이 바꿔 끼우던 램도 아니고, 그저 투명한 필름 위에 인쇄된 회로 같다. 저래도 전원이 통해서 문자에 전화는 물론, 음악에 화상까지 나오는 걸까. 명함만 한 저 녹색 필름의 스케일은 이제 가늠조차 못하겠다. 하긴 기술이란 그런 것이다, 같은 일을 처리하는데 속도는 빨라지고 부피는 점점 줄어드는. 마치 인원을 줄여도 예전과 다름없는 양의 프로젝트를 동일한 시간 내에 수행할 수 있도록 만드는 구조조정의 묘미처럼. 그렇게 나는 설계본부에서 밀려났고 얼마 뒤 퇴사했다. 그리고 캐드(CAD) 대신 워드(Word)를 켜고, 드로잉(도면 그리기) 대신 라이팅(글쓰기)을 하며 집을 짓기 시작했다. 『세상에서 가장 아름다운 집』『집우집주』『사람을 닮은 집, 세상을 담은 집』『우리가 살아온 집, 우리가 살아갈 집』『내게 금지된 공간, 내가 소망한 공간』. 투명한 녹색 필름 위에 기판을 인쇄하듯, 책 속에 인쇄되어 지어진 집들은 더 이상 스케일 개념이 없다.

"수리비는 없습니다, 또한 동일한 사유로 6개월 내에 세 번 고장이 나면 전액 환불해드립니다."

예전 같으면 상상조차 할 수 없는 서비스 정책이 펼쳐진다. 새것같이 말짱히 고쳐진 스마트폰을 쥐고 2층 계단을 내려오다가 잠시 생각한다. 6개월에 세 번 고장이 나면 환불이라니, 나는 책을 써서 6개월에 3쇄만 찍으면 대박이다.

"안녕하시무니까, 여기는 고객관리센터이무니다마는, 지난번 받으신 수리 내용에 대해 불편사항은 없으시무니까."

수리를 마친 지 얼마 지나지 않아 받은 첫 전화, 알지 못하는 번호, 낯선 곳에서의 국제전화. 혹시 이것이 보이스피싱은 아닌지 조심스레 받아든 전화에서는 아나 다를까, 어색한 한국어 발음이 들려온다. 한참을 어리둥절하다가 깨달았다. 수리한 스마트폰이 제대로 작동되는지, 부당한 요금 청구는 없었는지 확인하는 전화라는 것을. 대개 세탁기나 텔레비전이 고장 나서 수리를 받고 나면 다음 날 본사로부터 확인 전화가 온다. 마찬가지로 내가 사용하는 스마트폰은 원산지가 대만이고 서비스센터는 홍콩에 있으며 한국과 일본을 통합해서 관리하고 있다고, 일본 남자가 홍콩에서 국제전화를 걸어온 것이다. 어느 사이 세상은 이리 좁아졌다. 40년 전에는 월미도에 다녀오는 것도 대단한 일이라 어린 조카가 따라가야 했는데, 이제는 주말을 이용해 홍콩과 도쿄를 다녀오고, 집 전화도 없이 그저 다방에서 기다리던 사람들이 손전화가 없으면 아무것도 못하는 세상이 되고 말았다. 그리고 방 안에서 동화책을 펼치며 무수히 집을 짓던 아이는, 지금도 책 속에 집을 짓고 있다.

2
.
떠남

떠나는 날 아침, 공항에 도착하고 보니 'Departure, 이항(離港)'이라는 표지판이 보인다.
대개 출국(出國)이라 하는 것을 '이항'이라 표현하는 것에서 향항(香港)의 향기를 진하
게 느낀다. 항구를 떠난다는 말도 되고, 홍콩을 떠난다는 말도 되겠지. 언젠가 도쿄를 떠
날 때도 마찬가지였다. 저녁 비행기에 맞추어 지하철을 탄 곳이 하필 닛포리(日暮里)였
다. 짧은 겨울 해가 늦은 오후부터 서둘러 지기 시작하는데, 이곳이 해 저무는 마을이어
서 닛포리인가, 일본 여행이 저물어 돌아가는 곳이어서 닛포리인가, 한문 문화권에서만
가능한 중의적 표현이었다.

서울에서 파리까지 비행 시간은 열한 시간, 시차는 여덟 시간, 그
런데 서머타임을 실시하니 여기에서 한 시간을 빼야 하나, 더해
야 하나, 모르겠다. 로밍된 핸드폰이 모든 것을 알려주겠지 생각
하며 이륙중 꺼놓았던 핸드폰을 다시 켜보았지만, 표시된 시간은
여태 한국 시간이다. 지금 이곳이 어느 상공이며, 시간은 몇 시쯤
되었을까. 지구 반대편으로 날아가는 길고도 먼 비행, 그 시간을
때우는 방법은 의외로 간단했다. 이륙 후 곧 기내식을 먹인 다음
실내를 어둡게 만들면, 사람들은 곧 잠이 들었다. 어린아이를 대
하는 듯한 그 방법은 양자에게 두루 편했다. 승객들이 잠을 자느
라 요구 사항이 없어져 승무원들이 편했고, 승객 역시 현지에서

시차 적응이 쉬웠으니까. 그럼에도 불구하고 나는 자지 않으려 버텼다.

혹시라도 스르르 눈이 감겨버릴까 앞에 붙은 모니터 화면을 기를 쓰고 노려보는 것으로도 모자라, 한두 시간마다 자리에서 일어나 캐빈으로 갔다. 어둠 속에서 그곳만이 불이 켜진 가운데, 각종 음료가 담긴 카트를 옆에 두고 앉은 승무원은 외갓집에서 홀로 부엌을 지키던 외숙모 같다. 안방에선 외할아버지와 외할머니, 어머니와 이모, 삼촌까지 모여 이야기가 한창이건만, 갓 시집온 외숙모는 부엌에 있었다. 갈비찜과 생선회에 잡채까지, 여간해서는 함께 나오지 않는 세 가지 요리가 함께 나온 거한 저녁 식사는 진작에 끝난 참이었다. 딱히 할 일이 있는 것은 아니었지만, 치울 것도 없는 부엌을 계속 치우고 내도록 이어지는 이야기에 과일을 깎고 차를 내가기 위해 외숙모는 부엌을 지키고 앉아 있었다. 윤영이 왔구나, 무엇이 필요하니. 커피 주세요. 밤새 자지 않고 깨어 있는 연습을 위해 마시기 시작한 커피, 그 각성의 음료를 요구하는 중학생 조카에게 서른 살의 어른이 묻는다. 설탕과 크림은? 그리고 캐빈을 지키던 승무원이 똑같은 질문을 한다. 설탕과 크림이 필요하십니까?

천상에서 제공된 아메리카노에 지상에서 준비한 커피믹스를 털어 넣어 만든, 천지간에 가장 독하고 향기로운 음료를 들고 자리에 앉아 다시 모니터 화면을 본다. 기내식을 먹을 때쯤 울란바토르 상공을 날던 비행기는 이제 이름조차 생소한 시베리아 하늘을 날고 있다. 시간이 얼마 정도 남았을까, 따지고 보니 비행기도 그리 빠른 편이 못 된다. 난기류라도 만나면 비포장 도로에라도 접어든 듯 덜컹거리는데, 이렇게 느리고 불편한 운송 수단에 몸을 맡긴 채 사람들은 순하게 밥을 먹고 곤하게 잠이 들었다. 그리고 나는 굳게 닫힌 창문 덮개를 조금 올린다. 규칙을 깨는 데는 항상 금기에의 스릴이 있다. 고작 열네 살짜리가 커피를, 그것도 야밤에 블랙커피를 마시는 것은 금기였지만, 갓 시집온 외숙모에게 그것을 요구하는 데는 묘한 쾌감이 있었다. 마찬가지로 모두 잠든 이 어두운 기내에서 굳게 닫힌 창문을 연다. 무엇이 보고 싶어 그랬을까. 그것은 내 첫 비행의 기억 때문이었다.

이것이 무엇입니까. 미즈와리입니다. 미즈와리가 무엇입니까. 말 그대로 미즈와리입니다.

선문답 뒤에 받아 든 플라스틱 컵에는 투명한 음료가 들어 있다. 대체 무엇일까 생각하며 살짝 맛본 음료, 순간 큭 웃음이 나왔다. 시큼한 레몬 맛에 흐릿한 알콜 맛의 음료, 한문으로는 수할(水割, みずわり), 말 그대로 '물 타기'였다. 푸른 제복의 스튜어디스가 이코노미 클래스의 좁은 통로에서 급히 만들어 온 이코노미 칵테일이었다. 김포에서 나리타 공항으로 가는 비행기를 처음 탔을 때, 좌석의 팔걸이 부분에 무슨 버튼들이 이렇게 많이 붙어 있나 생각했었다. 하나하나 살펴보며 음악과 영화, 뉴스를 감상할 수 있는 장치임을 알고 신기해하던 중, 제이팝(J-pop)을 누르려다가

그만 호출 버튼을 눌렀다. 곧 스튜어디스가 달려왔고 그냥 돌려보낼 수가 없어 마실 것을 달라고 했더니 칵테일을 대령했다. 한일 간에 여행객이 워낙 많아져버린 요즘과 달리, 20년 전 국제선에서는 스튜어디스가 칵테일을 직접 만들어주었다.

미즈와리를 마시며 창밖을 보았다. 지금쯤 어느 하늘을 날고 있으려나, 푸른 바다는 좀 전에 지나온 것 같은데. 순간 앗 소리를 삼켜야 했다. 창 아래로 무엇인가 보이고 있었다. 처음엔 설마 했다. 그것이 그렇게 쉽게 보이랴, 정말 운이 좋아야 볼 수 있다는데. 그러나 다시 보아도 마찬가지였다. 녹색 카펫을 깔아놓은 듯한 지면 위에 흰색 왕관 같은 것이 쑥 솟아 있었다. 자연스러운 자연이라기보다 인간이 만든 인공물 같은 자연, 그래서 오히려 정연한 아름다움이 더 외경스러운 그것, 360도 어느 각도에서 보아도 완벽한 모습, 후지산이었다.

비행기 안에서 후지산을 보기란 쉬운 일이 아니라고 들었다. 하늘 위에서 내려다보았을 때가 가장 멋지다고 해서 그 장관을 보고자 비행기를 탈 때마다 창밖으로 고개를 빼고 쳐다보아도 여태 한 번도 못 봤다는 사람이 대부분이었다. 그런데 나는 첫 여행, 첫 비행기에서 보았다. 기대조차 안 하고 있다가 별 생각 없이 잘못 누른 버튼에 칵테일 한 잔을 얻어 마시다가 이런 행운을 만날 줄이야. 그리고 때마침 이어폰을 통해 제대로 누른 제이팝이 들리고 있었다. 선배가 일본에서 시디를 사와 카세트테이프에 복사해주었던 노래, 가사의 의미를 파악하기 위해 수없이 반복

해 들었던 노래, 1980년대 일본을 풍미했던 체커즈(Checkers)의 〈눈물의 신청곡(淚のリケエスト)〉이었다. 리드 보컬이었던 후지이 후미야(藤井フミヤ)의 청아한 목소리를, 3천 피트 상공에서 울려 퍼지던 연보랏빛 목소리를 영원히 잊지 못할 것이다. 아울러 레몬빛 미즈와리와, 창 아래로 보이던 새하얀 후지산도. 일본을 떠올릴 때마다 선명히 생각나는 세 가지 색채이다.

그리고 지금 나는 파리로 가고 있다. 열한 시간의 비행 속에서 나는 또 무엇을 프랑스다운 것이라 기억할 것인가. 모두 잠든 어두운 기내의 창문을 연다. 순간 칼날처럼 날카롭게 쏟아져 들어오는 한줄기 밝은 빛, 밝은 한낮이었다. 잠을 재우기 위해 인위적으로 기내를 어둡게 만들었을 뿐, 기외는 환하디 환한 세상, 눈이 부실 정도로 밝은 세상이었다. 지금 날고 있는 하늘은 어느 곳의 하늘일까, 키로프, 이볼렌스크, 노보시비르스크……, 모니터 속 지도에는 알 수 없는 지명들의 연속이었다. 그것만 보고 있었다면 ○○스크로 끝나는 러시아의 지역들을 그저 얼어붙은 동토의 땅이려니 생각했을 것이다.

그러나 아니었다, 동토가 아닌 초록의 초원이었다. 때는 7월, 여름은 러시아에도 찾아와 있었다. 그리고 그 초록빛 카펫 위에 그어진 붉은 줄 하나가 있었다. 저것이 무엇일까, 기창에 얼굴을 바싹 갖다 대고 보다가 깨달았다. 길 이었다. 중국과 몽골을 지나 러시아의 하늘 위를 날고 있는 비행기의 동선을 따라 나란히 그어진 붉은색 줄, 그것은 길이었다. 그리고 그 위를 자동차가 벌레처럼 기어가고 있었다. 동양과 서양을 연결하는 길, 하늘에서 내려다본 그 길이 비단길이었는지, 초원길이었는지는 확실하지 않다. 어쩌면 비단길이나 초원길도 못 되는 더 작은 지선이었는지도 모르겠다. 그러나 푸른 초원 위에 떨어진 붉은 리본 같고, 또한 여름날의 짙은 풀섶을 빠르게 스쳐 지나가는 한 마리 어여쁜 꽃뱀 같던 그 길을, 나는 분명 비단길이라고 믿고 있다. 서울에서 파리까지 첨단의 하늘길도 결국 고대 비단길의 충실한 답습에 지나지 않음을, 모든 길은 새로 생긴다기보다는 결국 확장되는 것에 불과하며 그것은 육로뿐 아니라 항로도 마찬가지임을, 한 손에는 각성의 음료를 들고 또 한 손으로는 닫혀 있던 금기의 문을 열고 보았다.

음료는 무엇으로 하시겠습니까, 라고 하기에 쇼콜라를 달라고 했다. 파리에서 나흘을 머물고 니스로 가는 길이었다. 서울과 부산만큼이나 떨어져 있는 두 도시를 다녀오느라, 드골 국제공항과 오를리 국내공항을 모두 접한 것이 행운이었다. 국경을 좋아하다보면 국경을 담는 그릇인 공항도 함께 좋아하게 된다. 내가 회사를 다니던 시기는 1990년대 후반으로 2002년 월드컵이 코앞에 닥친 시기였다. 그 행사를 치르기 위해 영종도에 국제공항을 새로 지어야 했고, 그러다 보니 1990년대에 지어진 파리 드골공항, 홍콩 쳅락콕 공항, 오사카 간사이 공항의 케이스스터디를 한 적이 있었다. 그리고 2000년대가 되어 그 세 곳을 모두 직접 가보았는데, 그런데 오를리 국내공항이라는, 스터디를 하지 않은 공항에 가게 된 것이다. 1960~70년대의 복고풍을 연상시키는 작은 공항에 도착한 것이 저녁 일곱 시였다.

여덟 시 비행기를 타기 전 샌드위치를 먹을 때도 해가 떠 있더니 비행기에 탄 뒤에도 해가 지지 않았다. 시계 바늘이 가리키는 시각이 8시일 뿐, 서머타임을 실시하고 있어서 실시간은 아홉 시였다. 아무리 여름이라 해도 이제 검은 밤이 장막처럼 내려와 있어야 했다. 대체 해는 언제 지려나 생각하며 비행기에 올랐고 커피 대신 쇼콜라를 달라고 했다. 파리에서 먹는 쇼콜라는 무슨 맛일까 기대했는데 과연 기대를 저버리지 않았다.

요즘은 사라진 풍경이지만 1970~80년대 고속버스를 타면 안내양이 동승하여 승객에게 물을 따라주곤 했다. 종이컵이 아닌 플라스틱 컵에 물을 따라 주었는데, 그 컵이란 게 너무 얇아서 조금만 세게 잡으면 금세 구겨져버린다. 분홍색 투피스를 입은 안내양이 흰 장갑을 낀 손으로 건네주는 그 물컵은 되도록 살포시 잡고 마셔야 제맛인데, 파리와 오를리를 오가는 국내선의 승무원이 흰 장갑을 낀 손으로 그 복고풍의 플라스틱 컵을 건네주었다. 마트에서 흔히 볼 수 있는 코코아믹스를 한 스푼 듬뿍 넣고 휘휘 저어주는, 진정한 빈티지의 쇼콜라를 살포시 잡고 마시면서 습관처럼 기창에 얼굴을 바짝 갖다 댄다. 무엇이 보일까, 파리에서 니스로 날아가는 하늘 위에서 나는 또 무엇을 보게 될까,

때마침 해가 지고 있었다. 그리고 보았다, 분홍빛 하늘을.

파리의 하늘은 회색이었다고 말하는 사람이 있었다. 하늘뿐 아니라 파리 전체가 회색빛이었고 그 잿빛 도시를 잿빛 하늘이 감싸고 있더라, 그런데 그것이 정말 우아하고 세련되어 보이더라, 회색 하늘이 그렇게 잘 어울리는 도시가 파리 말고 또 어디 있겠냐고 말하는 사람이 있었다. 그런데 내가 본 파리의 하늘은 분홍색이었다. 더 정확히 말하면 분홍이라기보다 꽃분홍, 핑크라기보다 핫핑크였다. 여태 단 한 번도 본 적이 없는 하늘빛이 파리에서 니스로 날아가는 한 시간의 비행 동안 내내 걸려 있었다. 아홉 시부터 열 시까지의 길고 긴 석양, 도저히 믿을 수 없는 일이 파리에서 일어나고 있었다.

생각해보니 당연했다, 서울보다 위도가 높으니까. 파리의 위도는 만주나 하얼빈보다도 북쪽, 거의 사할린과 맞먹는다. 그리고 그 높은 위도는 여름과 겨울의 일출, 일몰 시간의 차이로 나타난다. 흔히 백야라고, 알래스카의 여름은 해가 지지 않는 것으로 유명하다. 그런데 그보다 조금 남쪽인 노르웨이, 시베리아 등지에서는 백야 대신 여름이면 해가 아주 일찍 떠서 아주 늦게 진다. 한여름에는 자정 무렵에 해가 졌다가 새벽 두 시에 다시 해가 떠오르는 모습이 투르게네프의 소설 『귀족의 보금자리』에서 섬세하게 묘사되어 있다. 러시아에서 밤은 고작 두어 시간뿐이다. 그런데 그보다 조금 아래에 있는 프랑스는 여름이면 열 시가 되어야 완전히 해가 지고 다음 날도 네 시만 되면 동녘이 희부옇

게 밝아왔다. 북쪽에 있는 나라일수록 여름과 겨울 간의 일출 시 각에 차이가 많이 나고, 그래서 여름에는 서머타임을 실시할 수 밖에 없다는 것을 길고 긴 핫핑크의 석양을 보고 깨달았다. 파리 의 하늘은 그야말로 핫핑크. 마돈나의 립스틱도, 레이디 가가의 매니큐어 색상도 파리의 하늘만큼 현란하지는 못하리니. 어느새 다 마신 종이컵 속에는 그때까지도 녹지 않은 코코아믹스 덩어 리가 남아 있었다. 어쩐지 맛이 싱겁더라니.

대개 프랑스와 일본이라 하면 자연적인 것보다는 문화적인 것 을 먼저 떠올린다. 물론 양국은 유럽과 아시아의 대표적인 문화 강대국이며, 드골 공항과 간사이 공항은 가장 거대하고도 정교 한 20세기 최고의 인공물이다. 그런데 그 문화의 나라로 가는 비 행기 안에서 후지산과 실크로드를 보았다. 파리의 석양도 마찬가 지였다. 서울보다 훨씬 높은 위도의 도시를 과연 무엇으로 실감 할 수 있을까 생각했는데, 밤 아홉 시부터 열 시까지 한 시간 동 안 지속되는 핑크색 하늘로 그것을 체감했다. 아이러니하게도 가 장 문화적인 나라에서 오히려 자연의 신비를 본 것이다. 일부러 보려 해서 본 것이 아니라 아주 우연히, 그것도 비행기라는 첨단 교통 수단에서, 미즈와리와 커피믹스, 코코아믹스라는 저렴하고 도 인공적인 음료를 마시면서. 생각지도 못한 곳에서 만나는 의 외성, 여행이란 이런 것이다.

세상에서 가장
견고한 국경 ✏

여기가 바로 거기라고, 칸 국제영화제에 초대된 여배우들이 레드카펫을 밟으며 포즈를 취하는 곳이라고 가이드가 가르쳐준 곳은 그저 그랬다. 영화제에 참석하는 배우를 위해서라기보다는 그것을 보러 온 관광객을 위해 1년 내내 깔아놓은 듯한 레드카펫은 7월의 태양 아래 타글타글 말라가고 있었다. 시상식이 열린다는 극장은 세종문화회관보다 규모가 작았고, 대신 내 눈길은 자꾸만 다른 곳을 향하고 있었다. 이탈리아가 가까워져서 그런가, 집들의 벽체와 지붕에서 이탈리아 냄새가 나고 있었다.

영화제로 유명한 칸은 프랑스 남쪽에 있어 그곳에서도 프로방스(지방, 시골)라 불렸다. 오를리 공항에서 국내선을 타고 니스 공항에 내린 때가 늦은 밤, 다음 날 아침 칸에 도착하고 보니 햇볕이 사뭇 강하다. 만년의 반 고흐가 이곳에 머물며 그렸던 해바라기가 왜 그렇게 강렬한 색채를 띠고 있는지, 피카소 또한 왜 이곳을 휴양지로 삼았는지, 모든 것은 프로방스의 햇볕이 말해주고 있었다. 그리고 그 노랑색 태양 아래 이탈리아식 벽체가 빛나고 있었다.

앙티브에 있는 피카소 미술관을 보러 가는 길이었는데, 피카소의 작품보다는 미술관 건물이 흥미로웠고 미술관보다는 그 옆 민가가 더 신기했다. 당시 고대 로마 주택에 대한 공부를 하면서 로마 시대의 콘크리트에 열광하고 있던 참이었다. 벽돌 대신 거친 석재를 사용하여 틈서리를 시멘트로 메우는 일명 민가에서 오푸스 인케르툼이라고 하는 로마 제국 시대의 콘크리트 기법이 민가에서 아직도 사용되고 있었다. 2천 년 묵은 콘크리트 기법이 여태 사용되고 있다는 사실, 도시가 아닌 시골이기에 가능한 일이었다. 프랑스지만 주택에서 이렇게 이탈리아 풍이 느껴지다니, 정말 여기서 이탈리아가 가깝긴 가깝구나 생각했었다.

그곳은 지도에도 잘 나오지 않는 작은 마을이었고, 정확한 이름도 잘 기억나지 않는다. 다만 피카소 미술관 앞에 바다가 있었고, 그 바다가 시골 해수욕장처럼 촌스러웠다는 것만은 기억난다. 바로 어제까지만 해도 파리의 정연하고도 세련된 아름다움에 주눅이 들어 있던 터라, 프랑스라 해도 시골은 그저 그렇구나 생각하던 참이었다. 해변과 나란히 자동차 도로가 있고 길 어귀에 표지판이 있었는데, 이쪽저쪽으로 뻗은 서너 개의 녹색 표지판 가운데 이탈리아라고 적힌 갈색 표지판이 눈에 띄었다. 별로 유명하지 않은, 그래서 한 번도 들어보지 못한 고만고만한 시골 마을들 중 유난히 눈에 띄던 선명한 이름, 이탈리아. 갈색의 표지판이 가리키는 곳으로 계속 걸었다.

저 방향으로 가면 정말 이탈리아로 갈 수 있으려나, 내가 가장 흥미 있어 하는 국경을 또 한 번 보게 되려나 생각하면서. 기실 그 길은 우리의 동해안과 별반 다르지 않았다. 그때가 언제였던가, 내가 처음 해변을 걷던 때가.

마이카 시대를 열었던 포니 신화에 편승하여 우리 집도 포니를 샀던 때였으니 1980년대 초반이었을 것이다. 서울에서 속초까지의 먼 길을 아버지는 새로 장만한 포니에 가족을 태우고 손수 운전을 하였다. 설악산 아래의 민박집에서 하루를 보내고 다음 날 간 곳이 강릉 바닷가였나, 모래밭에 잠깐 차를 세우고 식당에서 매운탕을 먹었다. 그러고는 네 식구가 해변을 걷기 시작했다. 속옷인지 잠옷인지 구별조차 안 되는 것을 반바지라고 입고서, 대낮부터 불그죽죽한 얼굴로 모래밭에 누워 있는 남자들을 피해 아버지가 어머니와 동생을 이끈 곳은 백사장에서 조금 떨어진 한적한 바닷가였다. 고운 모래 대신 울퉁불퉁한 바위들이 있어 해수욕장으로는 적당치 않은 곳을, 그때 갓 중학생이 된 나는 샌들을 신은 채 걷고 있었다. 갑자기 불어온 바람에 모자가 벗겨져 날아갔고, 그걸 줍기 위해 서너 걸음 걸어가 허리를 굽히는데 문득 낯선 신발들이 보였다. 반들반들 빛나는 새까만 군화, 한여름에도 발목까지 올라오는 무덥고 무거운 군화. 어디서 튀어나왔는지 군복을 입은 남자 서너 명이 눈앞에 서 있었다. 무슨 일입니까, 어디서 왔습니까.

어머니가 급히 동생과 내 손목을 잡아 당신의 등 뒤로 숨겼다. 그나마 말투가 정중한 것을 다행이라 여기며, 서울에서 온 관광객이라고, 가족들과 산책하던 참이라고, 아버지가 더듬더듬 말을 꺼냈다. 이곳은 민간인 통제 구역이라는 말에 우리는 쭈뼛쭈뼛 그곳을 빠져나왔다. 바닷가 모래밭에 세워둔 자동차는 한낮의 태양을 받아 차 안은 녹아 흐를 듯 후텁지근했다. 손에 닿는 모든 것이 뜨거운 긴장으로 팽팽한 가운데 아버지가 시동을 걸었고 그예 어머니는 창문을 내리며 변명이라도 하듯 말했다. 그만하길 다행이라고, 예전에 친정에서 들은 얘긴데, 남녀가 밤에 단둘이 바닷가 근처 숲 속에 앉아 있었더라고, 그때 갑자기 보초를 서던 군인들이 나타나서 거기 누구냐, 어서 나와라, 안 나오면 쏜다 했더라고, 그때 바로 손들고 나가면 될 것을, 남녀가 둘이서 뭘 하고 있었는지, 미적미적 숲 속에서 안 나오고, 몇 번 경고 뒤에 정말 총으로 쏴버렸다고, 그래서 남자는 그 자리에서 죽고 여자는 아예 미쳐버려서……. 어쩔 수 없었다, 당시는 동해안에서 간첩이 출몰하던 시기였으니. 그때 동생이 물었다. 여기서 휴전선까지 얼마나 걸려?

"여기서 국경까지 얼마나 걸린다고 생각해?"

갑자기 무슨 말인지, 지금 나는 일본인을 일본식 주점에 데려온 것이 난센스가 아닌가 생각하고 있었는데. 1990년대 압구정동의 로바다야키는 도쿄의 어느 술집을 그대로 옮겨온 것 같았다. 그날 아침 한 선배의 전화를 받고 나가보니 카페에는 낯선 친구가 한 명 동석해 있었다. 6개월간 일본으로 어학연수를 떠났던 선배는 그곳에서 일본인 친구를 사귀었다. 한국이 좋아서 한국어를 배우고, 한국인 친구를 사귀어 한국으로 놀러오는 일본인이 요즘뿐 아니라 당시에도 있었는데, 그렇게 만난 사람이 시오타(鹽田)였다.

어머나 세상에 그런 성이 있냐고, 조상 가운데 누가 염전을 하지 않았느냐고, 혹시 짠 음식을 좋아하느냐는 호들갑스러운 말에, 시오타는 짠 음식보다 매운 음식을, 특히 한국에서만 먹을 수 있는 떡볶이와 순대를 먹고 싶다고 했다. 그래서 데려간 곳이 신당동의 떡볶이 집과 신림동의 순대볶음 집이었다. 지하철 2호선을 타고 서울을 순환하는 동안 해가 졌고, 그다음으로 가고 싶은 곳이 '네가 남자친구와 자주 가는 곳'이라기에 압구정동의 로바다야키에 왔다. 정교하고도 세심하게 꾸며진 그곳에서 정갈한 물수건이 사각 접시에 담겨 나왔을 즈음에야 깨달았다, 일본인을 일본식 술집에 데려온 것이 난센스가 아니었나 하고. 어쩐 일인지 그는 압구정동에 도착한 무렵부터 침울해 있었다.

"실은 어제 국경을 보았어. 철조망으로 둘러싸인 곳에서 총을 들고 서 있던 사람들은 강 군과 내 또래의 젊은이들이었어. 그리고 그 너머에도 똑같은 사람들이 똑같은 모습으로 서 있겠지."

그곳이 국경으로도 불릴 수 있다는 것을 그때 처음 알았다. 어머니와 아버지는 오랜 습관대로 삼팔선, 나는 학교에서 배운 대로 휴전선이라 불렀으니까.

"서울에서 그렇게 국경이 가까운 줄 어제 알았지. 그런데 오늘 이곳에 와 보고 더욱 놀란 거야. 같은 나이의 젊은이들이 어떻게 이렇게 화려한 모습으로 아무 걱정 없이 살고 있는지, 여기에서 국경까지 자동차로 얼마나 걸린다고 생각해?"

따끈하게 데운 청주가 미지근하게 식어가고 있었다. 이럴 바에야 차라리 차가운 맥주가 낫겠다 싶어 테이블에 위의 벨을 눌렀다. 그런데 거기엔 왜 간 거지?

"강 군이 내게 종종 군대 경험 이야기를 들려주어서, 거기가 어디냐고 그곳에 가고 싶다고 했지."

그렇다고 진짜 군부대에 데려갈 수가 없으니 휴전선을 택한 모양이었다. 선배는 18개월 방위 근무를 했으니까. 오늘 아침 왜 선배가 진저리를 치면서 일찍 자리를 떴는지 대충 짐작이 갔다. 아울러 이제껏 단 한 번도 다른 나라와 국경을 맞대고 살아보지 않은 나라의 사람이 처음으로 국경을 본 심정도 이해가 갔다. 그는 어제 난생처음 국경을 보았다, 그것도 세상에서 가장 견고한 국경을, 그것을 넘자면 목숨을 내놓아야 하는, 육신은 내려놓고 혼백만이 넘어가야 하는 국경을. 스물여섯 살, 입대 경험이 없는 청년의 감성으로 본 국경은 어떤 모습이었을까. 그러나 나는 그 국경을 진짜 넘었던 청년의 이야기를 알고 있다.

"죽음이 닥치면 지금까지 살아온 날들이 눈앞에 주르륵 펼쳐진다고 하는데, 글쎄 막상 그 순간이 되면 경황이 없어서 아무 생각도 나지 않아. 솔직히 그 구름 낀 하늘 위에서 어디가 어딘지 어떻게 알겠나. 어쩌다 보니까 그렇게 되었는데, 우리 측에서는 내가 북한으로 넘어가는 줄 알고 총을 쏘고, 또 그쪽에는 남한 비행기가 침공을 해 오는 줄 알고 총을 쏘고, 양쪽에서 갑자기 총을 쏘아대는데, 솔직히 내가 여기서 딱 죽는구나 그것밖에는 아무 생각이 안 나더라니까."

박사과정 학생이 되어 연구실 후배들과 교수님을 모시고 떠난 도쿄 여행, 그 일정 가운데 도쿄 베이가 있었다. 내가 처음 이곳에 와서 이 바다가 정말 태평양인 줄 알았다고, 일본인은 여태 다른 나라와 국경을 맞대고 살아본 적은 없지만 그래도 태평양에 잇대어 살지 않느냐고, 한국의 휴전선과 일본의 태평양 가운데 어느 것이 더 거친 경계일까요 하고, 나는 그때 아홉 살 차이가 나는 교수님에게 막내 여동생 같은 목소리로 물었다. 그런데 그 말에 교수님은 전방에서의 군 경험을 떠올린 모양이다. 공군 장교로 근무하던 당시 초계 비행을 하다가 깜빡 실수로 그만 경계선을 넘고 말았다고 했다. 이쪽 저쪽 양쪽에서 총을 쏘는데 그때는 정말 죽는구나 싶더라고, 정말 실수로 그 경계선을 넘었다고. 그 실수를 저질렀을 때가 스물여섯 살이라고 했다.

그리고 마흔 살의 여자가 해변가를 걷는다. 끝없이 해변이 계속되는 가운데, 해수욕객이 눈에 띄게 줄었다. 국경이 가까워지고 있는가, 집들은 더 낮아지고 더 궁색해지면서 이탈리아의 색채가 강하게 드러나기 시작했다. 수건에 양말은 물론 속옷까지 주르르 창가에 널어 말리는 모습, 프랑스에서는 보지 못했다. 남부 프로방스, 해변이 아주 아름다운 곳이자 프랑스에서도 손꼽히는 휴양지, 태양이 너무 강렬해서 사람들은 대개 헐렁한 흰옷에 커다란 모자를 쓰고 다니며 그 아래로 구릿빛 얼굴과 팔다리가 드러나 있다. 가로수도 온통 종려나무 일색인 것이 남부 지방임을 실감케 한다. 이탈리아를 가리키는 화살표를 따라 30분쯤 걸었을 때, 자동차 도로를 가로막고 있는 작은 건물이 보였고 달리던 차들도 일제히 그 앞에서 섰다. 차창을 내리고 무언가 확인을 한 후에 통과하는 것이 고속도로 톨게이트인 줄 알았는데 아니었다. 그곳은 국경 검문소, 차창을 열고 내민 것은 신분증이었다.

행선지는? 이탈리아. 체류 시간은? 두어 시간, 아니 서너 시간 정도. 목적은? 산책과 사진 찍기.

보행자 도로의 끄트머리에도 국경 검문소가 있었고, 그곳에서 이탈리아와 프랑스를 반씩 섞어놓은 듯한 남자가 여권 속의 사진이 내가 맞는지 확인한다. 검은 머리에 검은 눈동자, 그저 고만고만하게 생긴 동양인 여자를 과연 구분해낼까, 사진 속 얼굴과 다르다고 말하지나 않을까, 혹여 지금 수배를 받고 있는 그 어떤 동양인과 닮았다고 말하지나 않을까 생각할 무렵, 얌전히 여권이 내밀어졌다. 잘 다녀오세요.

그 후에 이어진 길도 여태 내가 걸어온 길과 다르지 않았다. 오른쪽에 바닷가가 펼쳐져 있고 왼쪽에 4차선 도로가 있다. 뒤편 프랑스의 풍경도 앞쪽 이탈리아의 풍경도 그저 비슷비슷하다. 국경 지대라서 그런지 그 동네는 이탈리아와 프랑스의 중간쯤 되는 느낌이었고, 나중에는 이곳이 프랑스인지 이탈리아인지조차 모호해졌다. 2천 년 묵은 오푸스 인케르툼 공법으로 지은 집들이 즐비한 동네, 하긴 2천 년 전 이곳은 이탈리아도 프랑스도 아닌 그저 로마의 속주였을 뿐이다. 방언처럼 서로 통하는 이탈리아어와 프랑스어, 화폐를 같이 쓰는 나라, 세상에서 가장 느슨한 국경을 넘던 날, 그날 저녁에야 알았다. 금강산 관광을 하던 50대 여성 관광객이 새벽에 해안가를 산책하다가 열일곱 살의 북한 초병이 쓴 총에 맞아 사망했다는 사실을. 2008년 7월 11일의 일이었다.

태평양을
처음 본 날

"도코카라 기타?(어디서 왔어?)"

조그만 접시에 오뎅 두 개를 담아 내놓으며, 포장마차의 주인이 내게 묻는다. 일본어에도 엄연히 존대와 하대가 있거늘, 응당 있어야 할 말꼬리는 어디로 잘렸는가. 하긴 이쪽에서 먼저 "오뎅, 이거 하나, 저거 하나, 그리고 거기 술 한잔"이라고 말했으니 저쪽에서도 그리 물었으리라. 표정엔 불쾌함보다 유쾌한 호기심이 가득하다.

"도코카라 기타라시이?(어디서 온 것 같아?)"

사실 이쪽도 그리 호락호락한 편은 아니어서 똑같이 되묻는다.

차이나? No! 홍콩? No! 타이완? No!

한국인이 유럽이나 미국을 여행할 때 가장 많이 받는 질문이 "You, Chinese? Japanese?(중국인입니까? 일본인입니까?)"이다. 그 말에 거푸 고개를 가로저으면 다음으로 홍콩이나 싱가포르가 나올지언정, 결코 코리안(Korean)이 나오는 일은 없다는 말을 많이 들었다. 그래도 그건 미국이나 유럽 얘기고 일본에서는 한국을 좀 더 가깝게 여기겠지, 중국 아니면 바로 한국일 거라고 생각했는데 아니었다. 무려 세 가지 중국이 차례로 거명되고 난 뒤라서 이번에는 분명 한국이 나올 차례라고 기다리고 있는데 돌아온 대답은 뜻밖이다. 도저히 모르겠어, 어디야?

이윽고 대답한 한국이라는 말에 그의 표정이 일순 변한다. 서른몇 살쯤 된 남자가 자기보다 어린 외국인 여자를 대할 때 갖는 그 호기심 어린 표정이 싹 사라지고, 긴장한 얼굴로 정색을 하고 묻는다.

"괜찮겠어요? 아무래도 빨리 돌아가는 편이 낫지 않겠어요?"

간장에 찍은 오뎅이 식어가고 있었다. 나는 이곳에 온 지 이제 사흘밖에 지나지 않았는데.

"오늘 북쪽의 뉴스를 보았겠지요?"

베어 문 오뎅과 함께 입안 가득 퍼지는 찝찔한 맛, 역시 그 얘기였구나.

1994년 여름, 무덥기로 소문났던 그 계절을 나는 서울보다 더 더운 도쿄에서 보내고 있었다. 도착 첫날 카레라이스를 먹고 있자니 "이렇게 더운 때에 일본에 와서 고생이 심할 텐데요"라고 카페 주인이 인사치레를 했는데 빈말이 아니었다. 낮에는 기온이 36도까지 치솟곤 했으니까. 그날 긴자(銀座)에서 초밥을 먹으며 빌딩의 전광판에 찍혀 있는 '36.0'이라는 숫자가 무얼 의미할까 생각하고 있는데, 때마침 옆자리의 커플이 그것을 보고 "36도!" 라고 소스라쳐 놀라는 것을 보고서야 도쿄의 무더위를 실감했다.

그 무더위 속을 반바지에 운동화를 신고 배낭을 맨 채 긴자를 지나 츠키지(築地) 쪽으로 가던 길, 그날 내가 어쩌다가 그곳까지 이르렀는지는 선명치 않다. 다만 며칠 동안 궁금하던 것 한 가지 때문이었다. 머무르던 호텔은 바다에 가까웠는지 곳곳에서 하루미(晴海), 린카이(臨海)라는 지명이 등장하곤 했다. 뿐만 아니라 정류장 이름도 린카이였는데, 10분 간격으로 버스가 와서 서면 열댓 명씩 기다리고 있던 남자들이 약속이나 한 듯 그 버스에 탔다. 유니폼은 아니지만 대개 검정 바지에 흰 셔츠를 입은 20, 30대의 젊은 남자들이 가는 곳은 어디일까, 그것이 궁금해 그 버스를 함께 탔다. 서너 정거장을 달리는 동안 그들끼리는 서로 친할 뿐 아니라 운전사와도 친하다는 것을 알게 되었다. 차내 마이크를 통해 운전사가 무어라고 농담을 했고 그에 일제히 웃음을 터뜨렸으니까. 하지만 종점에 이르렀을 때 눈앞에는 낯선 풍경이 펼쳐져 있었다.

함께 타고 함께 내렸던 열 명 남짓의 승객들은 어디론가 바삐 사라져버리고 나는 그곳에 혼자 서 있었다. 눈앞에 보이는 푸른 잔디와 그 위에 지어진 유리와 철골의 4층짜리 깔끔한 건물, 처음엔 그저 기념관이려니 생각했다. 화랑 같기도 하고 작은 박물관 같기도 한 그곳에 들어가니 1층은 조용한 로비였는데, 넓은 공간 치고는 사람이 별로 없다는 것이 이상했다. 에스컬레이터를 타고 올라간 2층은 더 이상했다. 벽면에 여러 도시의 이름과 출발 시간이 적혀 있는 것이 고속버스 터미널과 비슷한데, 마르세유, 홍콩, 시드니…… 대개 바다에 면한 항구 도시들의 이름이 나열되어 있었다. 그렇다면 여기서 마르세유를 한 번에 갈 수 있다는 것인가, 대체 이곳은 어디길래? 그 밑에 적힌 또 하나의 이름, Harumï passenger ship terminal in Tokyo Port, 도쿄항 하루미 부두 여객 터미널이었다. 여러 번 반복해 읽어도 낯선 이름, 도쿄라는 이름 뒤에 항구와 부두가 붙을 수도 있다는 사실이 몹시 낯설었다. 항구란 마산항이나 속초항처럼 지방 도시 뒤에 붙는 것이지 수도의 이름 뒤에, 그것도 세계적인 국제도시 뒤에 붙을 만한 명칭이 아니었다, 적어도 내겐.

서울에서 나고 자란 나는 항구를 본 적이 없었다. 대신 그것은 영화나 드라마에서 흔히 묘사되는, 가죽 점퍼에 검정 선글라스, 밀수와 밀항, 폭력 조직 등의 이미지로 각인되어 있었다. 그때까지 내가 알고 있는 항구는 속초항과 마산항이 전부였다. 서울에서 한참을 달려 동쪽 끝이나 남쪽 끝에 위치한 작은 도시, 거칠고 억센 사투리, 홍합 국물에 데친 오징어를 파는 포장마차, 심장을 꿰뚫은 큐피드의 화살을 팔뚝에 문신으로 새긴 남자가 대낮부터 벌건 얼굴로 불쑥 튀어나오고 뒤이어 들리는 떠들썩한 욕지거리와 방만한 웃음소리, 그것이 내가 가진 항구와 부두의 이미지였다.

하지만 내 눈앞에 펼쳐진 부두는 그렇지 않았다. 의외의 곳에서 만나게 된 작은 박물관 같았고 이상할 정도로 조용해서 서울역이나 고속버스 터미널보다도 더 한적했다. 그러나 2층 대합실엔 분명 마르세유를 비롯한 유럽 여러 항구 도시들의 이름이 출발 시간과 함께 적혀 있었다. 그리고 4층에 올라가서 비로소 보았다, 푸른 물결 위에 떠 있는 거대한 배를. 나는 지금까지 그렇게 희고 깨끗한 배를 본 적이 없었다. 속초항에서 보았던 오징어잡이 배나 마산항에서 보았던 낡은 화물선과는 비교조차 할 수 없는 배, 그것은 차라리 깊은 바닷속에 사는 고래가 우연히 물 위로 끌어 올려진 것과 같았다. 하루미(晴海)라는 이름답게 맑고 깨끗한 바다 위에서 조용히 흔들리는 하얗고 커다란 배. 그때 나는 그 배가 정말 프랑스의 마르세유까지 가는 배인 줄 알았다. 아니 그보다 지금 눈앞에 펼쳐진 저 바다가 태평양이라 생각했다. 그것은 실로 뒤통수를 후려치는 충격이었다.

긴자에서 점심을 먹고 반 시간의 만유(漫遊) 뒤에 만난 츠키지 수산시장, 거기서 꼭 내 몸통만 한 냉동 생선을 전기톱으로 깔끔하게 토막 내는 것을 보았다. 그것이 참치라는 것도 알지 못한 채, 저렇게 큰 생선은 어느 바다에서 잡아 온 것일까, 물고기의 크기로 바다의 깊이를 가늠해보던 참이었다. 그런데 그 수산시장에서 다시 반 시간을 걸어 태평양에 이른 것이다. 서울에 빗대어 말한다면 명동에서 점심을 먹고 한 시간 정도를 걸었더니 눈앞에 바로 태평양이 보이더라는, 스물여섯 살 여자아이가 놀라기에 충분한 이야기였다.

시간은 한 시를 넘겨 두 시로 가고 있었으니 기온은 36도마저 넘겼으리라. 7월의 태양을 흠뻑 받은 물결이 쓰나미처럼 밀려오는 해변에 앉아, 우리의 동해와 서해를 생각했다. 서해 바다는 얕고 조용해서 황해 혹은 내해라고도 부르지만, 동해는 깊고 거칠며 바다 색도 푸르러 청해라고도 부른다고 초등학교 때 배웠다. 그러나 이곳에 앉아 일본인의 눈으로 다시 보니, 우리의 동해는 그들에게 뒤뜰 같은 내해에 불과했다. 오히려 깊고 푸른 동쪽 바다는 태평양, 그들은 여태 태평양에 나가 고기를 잡아먹고 살아온 거였다. 이미 굳어져버린 발뒤꿈치에 아프게 유리 조각이 박히듯, 우연한 발걸음은 뼈아픈 각성의 기억을 남기고 있었다. 잔디밭에 앉아 있는 내 옆을 아이스크림 장사가 지나갔고, 조금 떨어진 곳에 앉아 있던 연인들이 그것을 샀다. 그리고 그들이 버린 아이스크림 봉지가 바닷물에 밀려가는 것을 바라보며, 일본은 섬나라이기보다 바다의 나라구나, 생각을 하였다.

다시 버스를 타고 돌아오는 길, 내 앞에 앉은 남자들의 얼굴이 달리 보였다. 버스를 타고 내렸던 그들은 이곳 부두에서 근무하는 이들이었을 텐데, 지금 저렇게 깔끔한 셔츠를 입고 아이스바를 먹으며 태연히 이야기하지만 만약 100년 전에 태어났다면 태평양에 나가 고기잡이를 했어야 하리라. 아키하바라(秋葉原)로 가기 위해 갈아탄 지하철 안에서도 내내 그 생각이었다.

당시 경제 대국의 반열에 들어서고 있던 일본의 샐러리맨들, 지하철에서 수없이 만난 그들의 얼굴은 찹쌀로 빚어놓은 인형 같고 깎아놓은 밤톨 같았다. 그러나 그들의 할아버지들은 어부가 되거나 농부가 되는 길밖에 없었으리라. 조선에서 출세를 하자면 과거에 급제해 관료가 되어야 하고 일본에서는 무사가 되어야 한다. 농부의 삶보다는 어부의 삶이 더 고단하고 또한 선비로 사는 것보다 무사로 사는 것이 몇 배 더 치열했을 것이다. 지금 열차가 아키하바라에 도착하고 있다고, 나른한 비음 섞인 목소리로 안내 방송을 하고 있는 저 역무원의 할아버지는 어부였을까, 무사였을까.

1980~90년대 학창 시절을 보낸 사람은 누구라도 공감하리라. 중고등학교 시절이던 80년대에는 소니 워크맨이 있어야 했고, 대학생 시절이던 90년대에는 시디맨이 있어야 했다는 것을. 당시 소니사는 매해 신모델을 출시하는 통에 2~3년 주기로 새것으로 업그레이드를 해야 했다. 도쿄에서 태평양을 만날 수 있는 곳이라면 아키하바라에는 무엇이 있을까, 그야말로 소니의 천국이 아닐까 잔뜩 기대를 했던 별천지는, 그러나 이상할 정도로 조용했고 믿을 수 없을 정도로 획일적이었다. 아마 그때 세계에서 가장 많은 텔레비전이 가장 좁은 공간에 몰려 있는 곳이 아키하바

라였을 텐데, 그곳에 널려 있는 수많은 텔레비전 모니터들이 그 날따라 흑백 화면 일색이었다.

당시 일본의 텔레비전 채널은 10개가 넘었고, 또한 위성안테나를 통해 전파도 국경도 넘어가고 있었다. 일명 '접시 안테나'라고도 불리던 그 안테나를 통해 한국에서 엿본 엔에이치케이(NHK)의 화면들은 눈앞에 당장 튀어나오기라도 할 듯 선명하고 생생했다. 그런데 막상 아키하바라에서 본 텔레비전들은 1970년대 한국을 연상시키는 화질에 약속이나 한 듯 똑같은 흑백의 영상을 보여주고 있었다. 손바닥에 올려놓고 보는 손바닥 텔레비전, 헬로키티의 얼굴 모양을 한 키티 텔레비전, 영화관에서나 볼 법한 50인치의 대형 텔레비전, 그러나 그 텔레비전들이 보여주는 장면은 단 하나였다. 양복에 넥타이를 맨 남자가 유리관 속에 누워 있고, 수많은 사람들이 몰려들어 울부짖는 장면이었다.

나이를 짐작할 수 없을 정도로 창백하고 단정한 유리관 속의 남자, 검은 옷 일색의 사람들, 그 앞에 뿌려지는 꽃송이. 그러나 더 이상한 것은 화면 속 세상보다 화면 밖 세상이었다. 거대한 아키하바라가 먹먹한 침묵에 휩싸인 채, 모든 시선은 화면 속에 꽂혀 있었다. 눈만 마주쳐도 곧바로 "아리가토(고맙습니다)"를 연발한다고 소문난 매장 직원들이 모두 텔레비전에 눈을 박고 있었고, 손님도 마찬가지로 텔레비전만 보고 있었다. 혹시 저것이 전설 속의 드라큘라 사체가 정말로 발견되어 저러는 것인가 생각할 무렵, 화면 아래쪽에 선명한 자막이 떴다. 북조선 김일성 주석 사망. 꽃다발을 바치며 쓰러져 울부짖던 여자가 똑같이 재등장해 다시 한 번 쓰러지는 장면이 반복되는 짧은 자료 화면이 끝나자, 하늘색 투피스를 입은 여성 앵커가 등장해 김일성의 사망 소식을 짧게 브리핑하는 것으로 뉴스 속보는 끝이 났다. 곧이어 초록색과 노랑색으로 머리를 물들인 아이돌 가수가 다시 무대 위로 올라오고, 정수리의 머리를 모두 밀어버린 사무라이가 다다미방에 무릎을 꿇고 앉자, 드디어 아키하바라에도 "이랏샤이마세(어서 오세요)" 소리가 여기저기서 터져 나오기 시작했다. 나 역시 합창 같은 그 소리를 들으며 음반 매장으로 들어갔고 비싼 엔화 계산을 해가며 시디 두 장을 사 들고 왔는데, 그런데 지금 내 앞의 포장마차 주인이 정색을 하고 묻는다. 괜찮겠어요? 아무래도 빨리 돌아가는 편이 낫지 않겠어요? 오늘 북쪽의 뉴스를 보았겠지요?

어째서 빨리 돌아가라는 건지, 나는 앞으로 열흘 정도 더 이곳에 머물며 천천히 일본을 둘러볼 생각이라는 말에 주인이 다시 묻는다, 긴장 상태가 걱정되지도 않느냐고.

긴장이라, 글쎄 무엇에 긴장을 하고 무엇을 걱정하라는 말인지, 솔직히 내가 어릴 때는 더 무서운 일도 많았다. 도끼 만행 사건에 영부인 저격 사건에 사이사이 땅굴이 발견되고 공비가 나타났다. 그런데 김일성 사망에 내가 무엇을 걱정해야 하는지, 긴 말을 삼키며 짧게 대답한다. 그 정도의 긴장은 아무것도 아니에요.

그 말에 새삼 내 얼굴을 쳐다보는 주인의 얼굴이 묘하다. 전쟁의 대포 소리 속에서도 어머니 등에 업혀 편안히 잠든 아기의 얼굴을 내려다볼 때의 표정, 전쟁 통에 부모를 잃고도 미군이 건네준 초콜릿 하나에 해맑게 웃는 소년을 볼 때의 꼭 그 표정으로, 오뎅을 간장에 찍어 먹는 나를 바라본다. 대체 그 낯빛은 뭐란 말이냐. 말머리를 돌린다.

"그런데 나는 오늘 태평양을 보았어요."

응? 뭐라고? 태평양을 보았다고, 도쿄에서 태평양을 보았다고, "the Pacific Sea"라고 힘주어 말하는 나를 보고 포장마차 주인이 갑자기 쿡 웃는다. 옆에서 야채를 다듬던 그의 부인까지 손으로 입을 가리고 큭큭 웃는다. 아니 거짓말이 아니라, 린카이 정류장에서 버스를 타고 10분 정도 가니까 바다가 보이는데 그 바다가 태평양이었다고, 더듬더듬 말을 했다. 그예 아닌 척하면서도 실은 엿듣고 있었는지, 옆자리의 손님마저 입꼬리가 슬쩍 올라간다. 단어가 틀렸는가 발음이 이상한가, Pacific Sea를 Pacific Ocean이라고 고쳐 말하는데, 내내 등을 돌리고 앉아 있던 반대편 사람들까지 슬며시 내 쪽을 돌아다보며 웃는다.

김일성의 사망 소식에는 눈 하나 깜짝하지 않는 분단국가의 사람, 그러나 태평양을 보고 호들갑을 떨던 내륙의 사람. 한편으로는 태평양에 나가서 잡아온 생선은 아무렇지도 않게 손질하면서, 정작 제 나라도 아닌 다른 나라의 독재자가 죽은 것을 보고 지레 겁을 먹는 열도의 사람, 한국과 일본은 서로에게 상반된 이미지를 남기고 있었다. 곧 술잔을 털어 넣은 나는 자리에서 일어나 숙소로 돌아왔다. 스물여섯 살, 나는 도쿄에서 태평양을 보았고 그날 김일성이 사망했다.

그리고 17년이 지나 김정일이 사망하던 날, 남편이 아이패드를 선물했다. 거실에 놓인 47인치 텔레비전 속에는 유리관 속에 누운 창백한 남자가 있고, 검은 옷을 입은 사람들이 붉은 꽃을 뿌리며 울부짖는 모습이 예전과 꼭 같다. 지금 내 손바닥 위 스마트폰은 그때 아키하바라에서 보았던 손바닥 텔레비전과 흡사하고, 얄팍한 두께의 흰색 아이패드는 마치 헬로키티 텔레비전을 보는 것과 같다. 그래서 생각났다, 그때 내가 다녀왔던 동선이. 다시 보고 싶어졌다, 그때 보았던 태평양이.

아이패드 속 구글어스를 클릭해보니 모니터 속 태평양은 짙푸른 청색이다. 지도가 아닌 실사로 보니 태평양은 바다 색 자체가 달랐다. 사파이어 빛 바다가 휘장을 드리운 것과도 같이 걸려 있는 곳, 이곳이 분명 도쿄렷다, 내가 젊은 날 보았던 바로 그곳이리라. 내가 머물렀던 숙소도, 버스를 탔던 작은 정류장도 과연 보일 것인가. 성급하게 확대를 해보는 엄지와 검지가 떨리면서, 짙푸르던 바다색이 서서히 옅어지고 있었다. 육지가 가깝다는 표시이리라, 아 보인다. 하루미와 린카이라는 익숙한 지명들이 보이고 숙소 바로 앞에 있었던 엔티티(NTT, 일본 전신전화주식회사) 건물도 보인다. 그리고 그 낯익은 호텔 이름, 찾았다. 10인치 아이패드에 바짝 얼굴을 갖다 댄다, 그래 바로 여기였어. 그런데 그 앞에 있는 바다가 생각보다 옅다. 짙푸른 색이 아닌 흐릿한 하늘빛이다. 태평양이라고 해도 육지와 가까우면 역시 얕은 바다에 불과한가 생각하며, 손가락을 오므려 다시 축소해본다. 순간 눈에 들어오는 글자가 있다. "Tokyo Bay." 흠칫 놀라며 손가락을 더 오므려보았다. 팔이 안으로 굽는 것처럼 팔을 벌려 감싸 안은 것처럼 육지가 튀어나와 있고, 그 동그란 바다 안에 장난감 같은 배들이 떠 있었다. 그리고 태평양은 그 너머에 있었다. 도쿄 베이와 태평양은 바다 색조차 다른 것을 보고서야 아이패드에서 눈을 떼는 내 얼굴 위로, 그때 그 포장마차 주인이 짓던 것과 똑같은 미소가 떠올랐다.

내가 본 것은 태평양이 아닌 도쿄만이었고, 지난 17년 동안 나는 태평양을 보았다고 믿고 있었다. 그 철석같은 믿음이 구글어스 하나로 깨질 줄이야. 기실 우리의 영일만이 동해와 맞닿아 있듯, 도쿄베이와 태평양도 바로 맞붙어 있다. 사실 그 바다가 도쿄 베이든 태평양이든 중요하지 않다. 내가 그것을 태평양이라고 생각했기에 그 바다는 정말 태평양이었다. 스물여섯 살, 나는 도쿄에서 태평양을 보았다. 그 이후로 더 먼 곳, 더 많은 곳을 여행했지만, 그때의 감동에 비하면 모든 것은 시시했다.

그 비루함과 두려움마저도 사랑하게 될 때

홍콩에 도착한 첫날, 에버딘의 수상 마을에서 나는 또다시 배를 타고 있었다. 똑같은 장소, 똑같은 코스, 똑같은 강 위에 펼쳐지는 똑같은 풍경. 집을 살 수 없어 배를 집 삼아 생활하는 가난한 사람의 배와, 집보다 더 크고 비싼 요트를 소유한 사람들의 요트가 떠 있는 강. 여름이 시작되던 지난 5월에는 출항 준비라도 하는 듯 요트의 커버를 벗겨놓았던 것이 10월인 지금은 겨울을 나기 위해 커버를 씌워놓은 것이 달랐다. 똑같은 풍경을 다시 보고 있자니 뱃전을 흔드는 물결 너머로 5개월 전의 추억이 부딪히고 있었다. 2012년 그해, 나는 홍콩을 두 번 다녀왔다.

운 좋게 생긴 5월 휴가를 홍콩으로 택했던 이유는 꼭 이럴 때마다 고개를 쳐드는 고질병 때문이었다. 19세기 서구 열강이 식민지를 개척할 때 최선두에 섰던 두 나라는 영국과 프랑스였다. 그중 영국은 간접 통치 방식을, 프랑스는 직접 통치 방식을 택해서 베트남의 하노이 곳곳에서 프랑스의 흔적을 느낄 수 있었다. 그렇다면 홍콩은 어떨까. 100년 동안의 영국식 간접 통치가 홍콩의 도시 구조를 어떻게 변화시켰나, 그것이 나의 관심사였다면 그즈음 새로운 카메라를 장만한 남편의 관심사는 보석 상자를 펼쳐놓은 듯한 홍콩의 야경을 어떻게 담아낼 수 있을까 하는 거였다.

머리가 둘 달린 동물처럼 이리 가자, 저리 가자는 이야기가 난무했던 5월 여행이 끝나고 10월, 혼자 다녀야 진짜 여행이 시작된다는 지론에 따라 나는 그곳에 혼자 왔다. 도착한 첫날 딱히 무엇을 해야 할지 알 수가 없어 5개월 전과 똑같은 동선을 걷고 있자니, 가는 곳곳 한국에 두고 온 남자의 그림자가 밟히고 있었다. 에버딘의 수상 마을에서도, 어마어마한 물류가 오고 가는 그래서 홍콩을 가장 홍콩답게 하는 홍콩 항구에서도.

지금은 조금 퇴색하고야 말았지만, 내가 건축 공부를 하던 1990년대 중반 홍콩은 세계에서 가장 높은 건물을 가장 많이 가진 도시들 중 하나였다. 해서 한 학기 동안 홍콩의 마천루 빌딩에 대해 심층 연구를 하던 때도 있었는데, 그때 담당한 과제가 중국은행(BOC) 빌딩과 상하이은행(HSBC) 빌딩이었다. 구조체를 외부로 드러내지 않아 외관이 우아하고 여성스러운 것이 BOC 빌딩이라면, 구조체를 외부로 적극적으로 드러낸 HSBC 빌딩은 공상과학 영화에서 튀어나온 듯 인상적이다. 건물은 내부 구조체를 외부로 적극적으로 드러내는 건물과 그것을 철저히 숨기는 건물이 있는데, 어느 것이 옳으냐 그르냐 결론 내릴 수 있는 성질의 것은 아니다. 그리하여 홍콩의 중심부에 구조체를 건강하고 솔직하게 드러낸 HSBC 빌딩과 구조체를 철저히 숨겨 우아한 외관을 자랑하는 BOC 빌딩이 나란히 서 있다.

1990년대 홍콩은 1997년 중국 반환을 앞두고 혼란스러운 와중에 있었고, 한 학기 내내 두 빌딩을 끌어안고 있던 나 역시 불안하기는 매한가지였다. 중국으로 반환이 되고 나면 홍콩도 죽의 장막 속으로 숨어버리는 게 아닐까, 그전에 어서 한 번 다녀와야 하는 게 아닐까. 반환 직전의 초조하고 불안한 심리를 묘사한 홍콩 영화를 비디오방에 틀어박혀 보면서, 나 역시 졸업과 그 후의 미래를 두려워하고 있었다. 홍콩이 반환되던 1997년 여름 졸업을 했고, 또한 그해 늦가을 외환 위기가 있었다. 졸업을 하고도 취직을 못하는, 설마 했던 그 일이 실제로 일어난 것이다. 그전까지 한창 성장기에 있었던 우리나라는 특히 건설 경기가 좋아서 건축학과 졸업생이 취업을 못하는 일은 상상하기 어려웠다. 그래도 겨우겨우 인턴사원으로 취직해서 몇 년을 다니다가, 지금은 T자 대신 펜을 잡은 지 이럭저럭 10년이다. 홍콩 역시 반환 후에도 체제는 유지되었고, 그 사이 두 빌딩 옆으로 더 높은 건물들

그 비루함과 두려움마저도 사랑하게 될 때

이 세워져 학창 시절 내 가슴을 두근거리게 했던 건물은 이제 평범한 건물이 되고 말았다.

센트럴(Central)이라 이름 붙은 홍콩의 최고 중심부에서, 고만고만하게 묻혀버린 두 건물을 찾아 사진을 찍는다. 지금보다 한 10년쯤 빨리 서른 살의 열정을 품고 했어야 좋을 일이지만, 그러나 지금도 심장은 뛰고 가슴은 설렌다. 저걸 보기 위해 15년을 기다렸다. 신축 당시의 느낌은 사라졌지만 시간이 지난 건물에 이끼처럼 피기 시작하는 편안함과 관록이 보인다. 지금 건축을 배우는 학생들에게는 요즘 새로 올라오는 초고층 건물이 가장 매력적으로 보이겠지만, 내게는 1990년대의 빌딩이 가장 멋있어 보인다. 젊은 날의 사랑을 평생 기억하며 그녀를 세상에서 가장 아름다운 소녀라고 여태 생각하는 것은, 기실 그녀가 아름답기보다 그녀를 사랑했던 내 젊은 날의 열정이 아름다운 것이다. 그 아름다운 그녀가 내게는 HSBC 빌딩이었다. 여행을 앞두고 홍콩 달러로 환전을 했더니, 화폐 단위에 상관없이 똑같이 그려져 있던 그림이 HSBC빌딩이었다. 그걸 보며 나지막이 중얼거렸다, 지금 만나러 간다고.

센트럴 지구에서도 가장 높은 센트럴 빌딩, 그 안에 시티 슈퍼(city super)가 있다. 금융과 무역이라는 양대 서비스업이 떠받치고 있는 도시, 농업을 할 수 없는 도시여서 식료품은 모두 수입을 하는데, 그중에서도 야채를 일본에서 수입해 먹고 있었다. 열도의 남단인 오키나와에서 생산된 감자와 당근, 북단인 홋카이도에서 생산된 우유가 냉장고 안에 진열된 것을 바라보며 서늘하게 깨닫는다, 두 나라가 생각보다 가깝게 지내고 있었음을. 뿐만 아니라 한 켠에서는 색색 가지 초밥을 팔고 있었다. 흰색과 분홍색, 선홍색에서 심홍색까지 스펙트럼 같은 초밥을 반갑게 집어든다. 외국에 나가면 불편한 것 하나가 음식이다. 음식이 입에 맞지 않아 불편하다기보다는 분명 맛있어 보이지만 그 이름을 알지 못해 주문하지 못하는 불편함, 그 불편함을 털어내는 가장 편한 방법이 이것이다.

이튿날의 침사추이(尖沙咀)에서도 그러했다. 정신없이 걷던 와중에 배가 고파 찾아간 곳이 요시노야(吉野家)였다. 그 거리에는 홍콩 식당에 중국 식당, 패스트푸드에 한국 식당까지 있었건만, 그곳을 마다하고 굳이 요시노야에 간 것은 익숙한 로고를 본 순간 후드득 번지는 반가움 때문이었다. 그러나 동파육 덮밥과 어묵이 놓인 쟁반 위에는, 도쿄의 요시노야에서 숱하게 보았던 칼로 잘라놓은 듯한 정갈함은 보이지 않는다. 바로 한 달 전, 나는 도쿄에서 닷새를 보냈고 그동안 요시노야를 세 번 갔다. 9월의 도쿄와 10월의 홍콩은 많이 닮아 있었다. 서울의 여름은 8월에 끝나지만 도쿄의 여름은 9월에 홍콩의 여름은 10월에 끝난다는 것 외에도, 도쿄는 수학 공부를 하던 내 스물대여섯 살의 열정을, 홍콩은 건축 공부를 하던 스물일고여덟 살의 열정을 담고 있는 도시였다. 나는 그때 정말 여름같이 젊어서 하루 온종일을 쏘다녀도 더운 줄을 몰랐다.

"이곳으로 가는 버스를 아세요? 택시를 어디서 탈 수 있지요?"하는 질문에 "몰라, 여기서는 택시 잡기가 힘들 걸."불친절한 대답이 돌아온다. 삼수이포(深水埗)의 시장 골목에서, 꼭 1970~80년대의 청계천 같은 골목에서 그만 길을 잃고 말았다. 닭장 안에 가두어놓은 닭을 손가락으로 가리키며 저놈으로 달라는 손님의 요구에 주인이 직접 닭을 잡는, 식칼로 닭의 모가지를 찔러 피를 받고 털을 뽑는, 어린 시절에나 보았던 그 아득한 장면이 21세기 국제도시의 뒷골목에서 여태 진행중이라는 사실에 기함하여 뛰쳐나오느라 길을 잃었다. 해가 지려는지 하늘 한 켠이 붉어져 있다. 꼭 이렇게 해가 지던 어느 날, 어머니 손을 잡고 시장 구경을 나섰던 일곱 살짜리 아이는 시장 닭집에서 보았던 그 장면이 평생 트라우마로 남아 지금도 닭고기를 먹지 않는다. 이제는 희미해진 기억이 생생한 핏빛 색채를 띠면서 되살아나는 공포에 몸서리치며 이제 그만 호텔로 돌아가야겠다고 생각하는데, 어떻게 가야 할지 모르겠다. 호텔 앞 버스 정류장의 이름조차 생각나지 않는다. 택시를 타야 하는데, 택시 승강장이 어디에 있지요? 몰라, 이 근처에는 없어, 메아리처럼 몇 번이나 반복되는 불친절한 대답에 왈칵 서러움이 쏟아진다. 이런 서러움, 예전에도 한 번 느껴본 적이 있다.

언젠가 도쿄의 츠키지 수산 시장에서 길을 잃은 적이 있다. 시장 골목을 구경하다가 어느 결에 그곳으로 가게 되었을까, 커다란 참치를, 정말 내 몸통만 한 냉동 참치를 10여 마리씩 지게차로 옮기고 있었다. 일반인에게는 공개되지 않는 참치 적하장, 그 한 켠에서 꽁꽁 언 참치를 전기톱으로 토막내고 있었다. 거기서 일하는 사람들은 머리에서 발끝까지 온통 흰색의 고무장갑과 고무장화, 고무앞치마로 온몸을 가린 것이 수술실의 외과 의사와도 같았다. 그곳에서 나는 낯선 이방인인지, 흰색 작업복을 입은 사람들은 색깔 옷을 입은 나를 힐끗힐끗 쳐다보았다. 바닥에는 물이 고여 흥건하다. 그들은 모두 고무장화를 신어 미끄러지지 않는 모양이지만 여름이라 샌들을 신은 나는 자꾸 발이 미끄러웠다. 혹여 발을 헛디뎌 넘어지기라도 하면 저 윙윙대는 전기톱의 날카로운 톱날에 살이 베일지도 모른다는 공포가 엄습해오는 순간, 지게차를 운전하던 사람이 내게 소리쳤다. 어이 비켜.

실례합니다, 나가는 길이 어디지요? 하지만 그 말은 전기톱의 웅웅거리는 소리에 묻혀 들리지 않는 모양이었다. 참치를 자르는 사람에게 다시 물었다, 나가는 곳이 어디지요? 그제야 돌아오는 높고 거친 목소리, 몰라, 여기 어떻게 들어왔어? 잘린 참치 대가리가, 사람 얼굴만 한 생선 대가리가 발밑에 나뒹굴 무렵 벌컥 서러움이 쏟아졌다. 시장 골목에서도 더 구석지고 더러운 곳, 닭을, 참치를, 생명을 도축하는 것을 보는 데서 오는 본능적 공포, 길을 잃은 것에 대한 무서움, 그런데 그 비루함과 두려움까지 모두 느껴보아야 그 도시를 진정 사랑하게 된다. 내가 여태 여행을 다니면서 그 감정들을 느낀 곳은 도쿄와 홍콩이었고, 또한 한 번 갔던 곳을 반복해 찾아간 곳 역시 도쿄와 홍콩이었다.

그 비루함과 두려움마저도 사랑하게 될 때

생각해보니 그 둘은 매우 닮아 있었다. 마산항이나 속초항처럼 이름 뒤에 '항'이 붙는, 둘 다 200년 전에는 조그만 시골 어촌에 불과했지만, 19세기에 급성장한 도시라는 점에서 그랬다. 도쿄는 19세기 중반 메이지 천황의 의도적 천도로 급성장했으며, 홍콩 역시 그즈음 영국에 조차되면서 국제도시로 번영하기 시작했다. 그리고 그 이면에는 제국주의가 도사리고 있었다.

그때 홍콩이 객체가 되었다면, 도쿄는 그 주체가 되고자 했던 도시였다. 흑백사진의 음화와 양화처럼 정반대의 성격을 가진 도시였지만, 우연히도 두 도시의 자동차 방향은 똑같다. 지구상 거의 모든 도시가 우측통행을 하고 있지만 드물게 좌측통행을 하는 홍콩과 도쿄, 그곳에서 나는 노선도를 보아가며 지하철을 탔고 배낭을 메고 걷다가 길을 잃었다. 그러면 택시를 타야 했고, 그래서 나는 외국에서 택시를 타면 운전석이 오른쪽에 있다는 사실에 매우 익숙하다. 세계적으로 인구밀도가 가장 높은 곳, 그래서 어딜 가나 항상 부대껴야 하는 도시. 학창 시절 주거학 개론 시간에 배웠다. 1인당 주거 면적이 가장 협소한 도시는 홍콩, 서울, 도쿄라고. 그래서 서울에 사는 내가 그 도시에 가면 좁은 호텔방과 카페의 작은 테이블마저 친근하게 느껴진다.

떠나는 날 아침, 공항에 도착하고 보니 'Departure, 이항(離港)'이라는 표지판이 보인다. 대개 출국(出國)이라 하는 것을 '이항'이라 표현하는 것에서 향항(香港)의 향기를 진하게 느낀다. 항구를 떠난다는 말도 되고, 홍콩을 떠난다는 말도 되겠지. 언젠가 도쿄를 떠날 때도 마찬가지였다. 저녁 비행기에 맞추어 지하철을 탄 곳이 하필 닛포리(日暮里)였다. 짧은 겨울 해가 늦은 오후부터 서둘러 지기 시작하는데, 이곳이 해 저무는 마을이어서 닛포리인가, 일본 여행이 저물어 돌아가는 곳이어서 닛포리인가, 한문 문화권에서만 가능한 중의적 표현이었다. 뿐이랴, 공항으로 들어가던 중 보이는 중간 기착지들의 이름이 후나바시(船橋)와 데후네(出船)였다. 해 저무는 마을에서 다리를 건너고, 배를 띄워 마침내 공항으로 간다고 해석해도 되려나. 그리고 보니 공항(空港, airport) 역시 하늘길로 나아가는 항구이다. 내가 기억하는 첫 여행은 여섯 살 무렵 여탕에 가서 배를 띄우는 남자아이를 본 것이었고, 두 번째 여행은 인천항 월미도에 나가 처음으로 배를 타본 거였다. 내게 여행이란 바다와 물, 배와 항구라는 이미지가 얽혀 있는데, 기실 우리가 이 세상으로 처음 나오는 것도 배를 타고 물을 건너오는 여행이다.

배[船]를 탄다는 것을 여성의 배[腹]에 빗대어 외설스럽게 표현하기도 하지만, 그러나 그것은 결코 외설스러운 말이 아니다. 우리 모두는 이 세상에 나올 때 어머니의 배를 타고 양수를 건너 왔으니까. 그리고 이승을 떠나 저승을 가는 마지막 길도 강을 건너가야 한다. 그 강이 대개 우리나라에서는 황천(黃泉)이요 유럽에서는 요르단강이다. 비단 황천길과 요르단강뿐이랴, 대부분 문화권에서 이승과 저승의 사이에는 큰 물이 있어 배를 타고 건

그 비루함과 두려움마저도 사랑하게 될 때

넌다고 믿고 있으며, 그래서 무덤의 부장품으로 배를 함께 묻기
도 한다. 배를 타고 와서 몇십 년을 보내다가 다시 배를 타고 돌
아가는 여행, 그것이 인생이리라. 그러한 배와 바다가 있는 도시,
그것이 내가 홍콩과 도쿄를 사랑하는 이유이다.

3

·

거리 두기

그러고 보니 내가 생각하는 여행은 특별히 지정된 어느 장소가 아닌, 그 여정 자체에 있었다. 어쩌면 인생 역시 그런 게 아닐까. 지금 이 시점을 살고 있는 나는 궁극으로 어디를 향하고 있는가. 유한한 생명을 부여 받은 인간의 마지막 목적지는 결국 한 곳밖에 없다. 그러니 인생에서 중요한 것은 최종 목적지가 아니라 살아가는 과정이다. 알래스카다, 하와이다 하면서 저마다 가고 싶은 목적지를 말하지만, 여행이란 지금 이 자리에서 출발해 궁극으로는 다시 이곳으로 되돌아오는 일이다. 즉 알래스카나 하와이는 목적지나 종착지가 아닌 반환점일 뿐이며, 여행에서 중요한 것은 목적지가 아닌 과정이다.

때론 시선이 내면의 욕망을 드러내듯

"솔직히 도쿄는 외국이라는 생각이 안 들어, 서울에서 제주도를 가는 느낌? 제주도가 남쪽이라면 도쿄는 동쪽으로 가는 정도, 아마 서울에서 가장 가까운 도시가 도쿄일걸. 버스 한 정거장 정도 되려나."

20대의 나는 그렇게 떠들고 있었고 30대가 되어서도 마찬가지였다. 그러나 마흔 살, 그곳에 처음 다녀오고 나서야 깨달았다. 서울에서 가장 가까운 도시는 도쿄가 아니라 베이징이라는 것을. 물론 나 혼자만의 생각은 아니었으리라. 바다가 육지라면, 바다가 육지라면, 이라는 노랫가락에 맞추어 한 번 주유로 서울에서 도쿄까지 갈 수 있다고 선전하는 자동차 광고도 있었고, 도쿄에서 택시를 타고 서울까지 왔던 〈동경 택시〉라는 영화도 있었으니까. 그러나 그 착각은 베이징에 도착했을 때 무참히 깨어지고 말았다. 현실은 반대였다. 베이징이 더 가까웠다.

인천에서 나리타로 들어갈 때 두 시간에 가까웠던 비행 시간을 떠올리며 베이징까지는 두 시간 반 아니면 세 시간이라고 생각하고 있었는데, 의외로 비행 시간은 100분 내외였다. 설마 하는 생각에 펼쳐본 지도, 미세한 차이긴 하나 분명 베이징이 더 가까웠다. 아울러 지구는 둥글기 때문에 북반구에서는 북쪽으로 갈수록 지도상의 거리보다 실제 거리가 더 가깝다. 당연지사 남쪽의 도쿄보다 북쪽의 베이징이 더 가까운 것이다. 그런데도 나는 여태까지 반대로 생각해왔다. 그것은 물리적 거리가 아닌 심리적 거리였고, 누구나 이렇게 심리적으로 왜곡된 거리로 해외를 가늠한다.

"나는 그냥 가까운 데 가고 싶어, 비행기 많이 안 타도 되는, 그러니까 홍콩이 좋겠다. 베이징까지 그 먼 곳을 어떻게 가니?"

칠순을 맞이한 어머니를 위해 여행을 준비하다가 알게 되었다. 어머니는 베이징보다 홍콩을 훨씬 더 가깝게 생각한다는 것을, 홍콩보다 베이징이 더 가깝다는 것을 도저히 이해하지 못한다는 것을. 어쩔 수 없는 일이리라, 우리 세대보다 훨씬 더 강도 높은 반공 교육을 받았고 훨씬 더 오래 냉전의 시기를 살아온 어머니에게 중국은 금단의 땅일 뿐이었다. 고대 그리스 사람들이 지중해를 세계의 전부라고 생각했듯 아시아는 당신이 여행할 수 있는 세상의 한계였으며, 거기에서 중국과 북한은 배제되어 있었다. 육순 여행으로 생각한 일본, 칠순 여행으로 계획한 홍콩은 보스포루스 해협과 지브롤터 해협처럼 어머니에게는 아시아의 동쪽 끝과 서쪽 끝이었다. 아니라고, 베이징이 훨씬 가깝다고, 조금만 북쪽으로 올라가면 바로 있다고 누누이 반복할 무렵 어머니가 화들짝 놀라 물었다.

"그럼 북한 상공을 지나가는 거니? 그러다가 혹시 영공을 잘못 넘어 이북으로 끌려가면 어떡하니? 아유, 안 되겠다. 나는 도저히 못 가겠다."

그제야 생각났다. 탑승을 기다리던 베이징의 수도 공항, 안내판에 낯선 지명들이 많았다. 모스크바, 하바롭스크까지는 알겠는데, 그다음으로는 ○○스크로 끝나는 생전 듣도 보도 못한 이름들의 연속이었다. 그리고 그 속에 평양이 있었다. 베이징까지만 오면 평양 가는 비행기를 탈 수 있구나 생각하며, 몇 시 비행기, 몇 번 탑승구인가를 슬쩍 엿보았다. 중국과 러시아가 중공과 소련이라는 이름으로 불리던 1970~80년대, 소련은 철의 장막(The Iron Curtain), 중공은 죽의 장막(The Bamboo Curtain), 북한은 인의 장막(The Men's Curtain)이라고 배웠다. 그런데 막상 그 장막 안으로 들어와 보니 셋은 매우 가깝게 연결되어 있더라고, 베이징에서 돌아와 재스민 차를 풀어놓으며 했던 이야기를 어머니는 여태 기억하고 있었던 모양이다. 그때 어머니는 깜짝 놀라

때론 시선이 내면의 욕망을 드러내듯

며 재빨리 덧붙였다. 너 다음에 북경에 또 가게 되면 조심해라, 여차해서 비행기를 잘못 타 북한으로 가면 어떡하니. 어느 세대에게나 집단 트라우마는 있다. 어머니에게는 바로 그것이 트라우마였다.

초등학교 시절 어린이회관의 과학관에서 일그러진 거울을 본 적이 있다. 평평한 표면이 아닌 인위적 요철을 둔 그 거울 앞에 서면, 내 얼굴은 이마만 큰 짱구가 되었다가 주먹코가 되었다가 제멋대로 변하곤 했다. 마찬가지로 우리 모두는 각자의 트라우마로 일그러진 거울을 가지고 세계를 비춰보고 있을 것이다.

"중국의 역사를 보면 이상하게도 나라가 평안할 때는 수도가 변방에 치우쳐 있었고, 나라가 어지러울 때는 중앙에 있었어요. 베이징은 천 년 전에 수도로 정해졌는데, 중국 전체를 놓고 보면 상당히 동쪽으로 치우쳐 있는 셈이지요. 하지만 천 년 동안 그곳이 수도였다는 것은 천 년 동안 나라가 평안했다는 방증이 되겠지요."

베이징에서 만난 가이드로부터 들었던 그 이야기는 4박 5일의 여행 동안 내내 떨어지지 않는 화두였다. 중국처럼 커다란 국토를 가진 나라라면, 수도는 당연히 삼각형의 무게중심처럼 국토의 중앙에 있을 줄 알았다. 그러나 아니었다, 지도를 통해 확인해본 베이징의 위치는 서쪽 끄트머리에 위태롭게 달려 있었다.

사실 중국만 그런 것이 아니다. 러시아의 모스크바와 상트페

테르부르크, 미국의 워싱턴이 그러한 것처럼, 대개 수도는 동쪽이나 서쪽 가장자리에 치우쳐 있다. 이것은 대륙이 넓을수록 그 내부는 사막이나 빙원 등 척박한 곳이 많아 수도가 위치하기 어렵다는 물리적 이유 때문이기도 하겠지만, 땅덩이가 그다지 크지 않은 한반도 역시 평양, 경주, 한양 등은 결코 내륙이 아닌 끄트머리에 위치했다. 그리고 그 역설은 기실 필연이다. 강력한 전제 국가가 탄생하기 전 국가의 위기 상황은 내부 지방 도시의 반란이나 외부의 침입이 대부분이다. 그러한 상황에서 가장 빠르고 안전한 대처 방법이 수도를 중앙에 두는 것이지만, 반대로 나라의 힘이 강력해지면 수도는 해안가 쪽으로 치우치게 된다. 수로를 이용한 해상 교통이 중요했던 당시 외국과의 원활한 외교 관계를 위해서는 수도가 큰 강과 해안가에 위치해야 하는 것이다. 무엇보다 대도시는 큰 강을 끼고 있어야 하는데, 산에서 발원한 지류들은 바다로 나가기 직전에 가장 큰 강이 되는 법이다. 그것이 바로 베이징을 비롯하여 평양, 서울, 경주가 큰 강을 낀 채 바다 근처에 위치한 이유일 것이다. 일본도 마찬가지였다. 교토와 도쿄는 결코 중앙이 아닌 끄트머리에 치우쳐 있다.

서울을 기점으로 도쿄보다 베이징이 더 가깝다는 사실이 신기해서, 지도를 들여다보고 또 들여다보다가 깨달았다. 동쪽으로 치우친 베이징, 서쪽으로 치우친 서울, 그리고 그 위의 개성과 평양까지. 한국과 중국의 수도는 황해를 사이에 두고 이렇게나 서로 붙어 있었다. 사람에게 있어 시선이 내면의 욕망을 나타내듯,

수도의 위치는 그 나라의 욕망을 반영하는 시선이다. 한국과 중국은 애틋하고도 간절한 연인처럼 가까이서 서로를 마주보고 있었다. 그렇다면 일본의 수도는? 본디 일본의 천년 수도는 교토(京都)이며, 위치는 한국과 중국을 향하기보다 남아시아 제도를 향하고 있다. 일본은 우리가 생각하는 것보다 훨씬 더 제패의 욕망을 강하게 갖고 있었던 모양이다.

어린 시절 어머니가 해주었던 일본의 옛이야기 한 토막이 생각난다. 옛날 옛날에 어느 할머니가 냇가에 빨래를 하러 갔다가 커다란 복숭아 하나가 떠내려오는 것을 보았단다. 그래서 그 복숭아를 집으로 가져와 칼로 잘라보니 잘생긴 사내아이가 그 속에 있지 않았겠니, 그래서 아이의 이름을 모모타로(桃太郎)라고 지었단다. 복숭아 동자라는 뜻이지. 그런데 이 할아버지와 할머니가 살고 있는 마을은 바다 건너 도깨비 섬에 사는 도깨비가 괴롭히는 통에 아주 힘들었단다. 그래서 모모타로가 자라서 소년이 되었을 때 할머니가 싸주신 수수경단을 들고 바다 건너 섬으로 도깨비를 혼내주러 갔단다. 가다가 개를 만나서 부하로 삼고, 꿩을 만나서 부하로 삼고, 원숭이를 만나서 부하로 삼고, 그래서 개와 꿩과 원숭이를 데리고 도깨비 섬에 가서 도깨비를 물리치고 집으로 돌아와 행복하게 살았단다. 지금도 개와 꿩과 원숭이가 사람 가까이에 살면서 충성을 다하는 이유는 바로 그 때문이란다.

어린아이를 위한 동화 같지마는, 개와 꿩과 원숭이를 자신의 부하로 삼아 바다 건너 도깨비를 물리치러 간다는 이 이야기는 지배와 복속, 정벌과 제패의 욕망을 강하게 담고 있다. 그래서일까, 현재 일본으로 알고 있는 쓰시마, 오키나와는 실은 17세기까지 하나의 독립된 주권국이었다. 아니 일본 본토 전체가 실제 지배는 각 성의 영주들이 하고 있는 중세적 성격의 국가였다. 그리고 이것을 맨 처음으로 통일한 것이 오다 노부나가(織田信長)이며, 이후 도쿠가와 이에야스(德川家康)가 오키나와와 쓰시마를 정벌한다. 그리고 도쿠가와 사망 후 오랜 막부정권을 끝내고 마침내 메이지 천황이 친정을 실시하면서 1869년 수도를 도쿄로 옮기게 된다. 이전까지 도쿄는 에도(江戶)라고 불리던 한적한 시골 어촌에 불과했다. 구글어스를 통해 본 도쿄는 정말 천혜의 요지였다. 태평양에 연해 있으면서도 도쿄만으로 완전히 감싸인 곳. 수도를 그곳으로 옮기며 메이지 천황은 무엇을 꿈꾸었을까.

그 이전까지 일본은 허울 좋은 명목상의 천황이 있을 뿐, 실제는 막부의 세상이었다. 막부의 칼을 제압하기 위해 메이지 천황은 막부의 칼보다 더 큰 칼을 빌려야 했으니, 그것이 바로 네덜란드의 총포였다. 본디 일본도 도쿠가와 막부 시대까지는 쇄국 정책을 실시하였으나, 메이지 천황이 친정을 하면서 적극적인 개국 정책을 펼쳤다. 수도를 옮기고, 개국과 메이지 유신을 단행하며, 일본은 무엇을 꿈꾸고 있었을까. 무엇 때문에 수도가 그렇게 태평양을 바라보고 있는 것일까. 수도의 위치가 욕망을 드러내는 시선이라면, 그것이 혹여 1941년 태평양전쟁의 전조가 아니었을

때론 시선이 내면의 욕망을 드러내듯

까 혼자 생각해본다.

　흔히 한·중·일이라고 해서, 나는 정말 세 나라가 가까운 줄 알았다. 그런데 거기에도 미묘한 차이가 존재했다. 베이징이 서울과 가까웠으며, 교토와 도쿄는 조금 다른 시선을 갖고 있었다. 그리고 간과할 수 없는 또 하나의 사실, 베이징에서 보면 평양과 서울 중 단연 평양이 가깝다. 그것이 바로 중국과 북한이 서로를 혈맹이라 부르는 까닭이리라. 수도의 위치를 보면 정말 그 나라의 표정이 보인다.

이 광장은 무엇을 담아내고 있을까

2월의 베이징은 춥다기보다 건조했다. 위도상으로는 서울이나 평양보다 훨씬 북쪽, 차라리 신의주나 함흥과 같아서 추울 것이라 예상은 하였지만, 막상 닥치고 보니 춥다기보다 건조했다. 매일 하나씩 손톱이 부러져 나갈 만큼. 베이징에서도 가장 베이징다운 장소인 톈안먼(天安門) 광장에서, 서울의 광화문 광장과 흡사한 그곳에 서서, 세종대왕과 이순신 장군처럼 걸려 있는 커다란 마오쩌둥의 사진을 보며 그 옆에 적힌 한문을 읽고 있었다. 중화인민공화국 만세, 세계인민대단결 만세. 자국의 번영을 기원하는 것은 어느 나라나 마찬가지이리라, 그러나 세계 인민의 대단결까지 기원하는 것은 베이징이 처음이었다. 그러고 보니 나는 이곳에 너무 늦게 왔다. 더 일찍 왔어야 했다.

대학 2학년이던 1989년, 해외여행 자율화 조치가 발표되면서 우리들이 가장 자주 했던 말은 "너는 어느 나라로 여행을 가고 싶어?"였다. 나보다 열 살쯤 많은 청생통의 70년대 학번들은 파리나 런던이라고 대답했겠지만, 80년대 학번과 90년대 학번 사이에 어중간하게 끼어 있던 우리들은 중국과 러시아를 자주 꼽았다. 소련이 해체되어 러시아가 되고 중공이 개방되어 중국이 되고, 대만과의 국교단절과 한중수교가 숨가쁘게 전개되던 시절이었다. 블록 쌓기의 한 단계가 끝날 때마다 러시아 소년이 나와 민속춤을 추는 테트리스 게임이 유행하고, 1990년 베이징 아시안 게임을 앞두고 새삼 판다가 주목 받던 때이기도 했다. 철의 장막, 죽의 장막이라고, 장막 속에 꼭꼭 숨어 있던 금단의 땅이 서서히 열리고 있었다. 그리고 그즈음 톈안먼 사태가 있었다. 민주화를 요구하며 톈안먼 광장에 모인 군중을 해산하기 위해 당국이 탱크를 동원한 이 사건은 즉각 뉴스를 통해 전 세계로 퍼져나갔고, 그것을 접한 전 세계는 러시아의 '피의 일요일 사건'에 견주어 공분했다.

뿐만 아니라 여름방학이 갓 시작된 학교도 벌집을 쑤신 듯 뒤집어져 있었다. 그 며칠 전 임수경 씨가 평양에서 개최된 세계청년학생축전에 참가한 초유의 사건이 있었던 터였다. 얼굴 한 번 못 보았다 할지라도 어쨌거나 같은 학교 같은 캠퍼스의 4학년 선배였다. 어학연수를 핑계 대고 일본과 베를린을 거쳐 평양의 순안 공항에 내리는 모습이 아홉 시 뉴스를 통해 방송되던 그때, 마침 나는 여름 수련회로 속초에 머물고 있었다. 서른 명 남짓한 동기생들이 콘도에 모여 앉아 텔레비전으로 그 모습을 접하면서, 혹여 집에서 걱정할까 전화를 걸었다. 엄마 걱정하지 마, 나는 여기 속초에 있어, 모레 아침에 돌아갈 거야, 라고 말했건만 외려 어머니의 대답은 간단했다. 걱정 안 해, 너는 원래 그런 거 안 하는 애잖아. 정말 나는 그런 거 안 하는 애였다. 다만 앙드레 말로의 『인간의 조건』 같은 책이나 읽을 뿐. 하필 내가 그 책을 읽고 있을 때 베이징에서 톈안먼 사건이 일어날 줄이야.

1927년 중국 상하이를 배경으로 공산화 혁명을 위해 투쟁하던 세 젊은이의 이야기를 다룬 내용이었는데, 읽을 당시에는 선명하던 줄거리들이 이제는 흐릿한 채 분위기만 기억난다. 그중 꼭 영화 포스터 같은 한 장면도 선연히 떠오른다. 주인공 중 한 명인 기요가 정부군에게 체포되어 시위 가담자들과 함께 기차에 실려 정치범 수용소로 이송되는 장면이다. 당시 기차는 화차(火車)라고도 불리는 증기기관차이다. 증기기관을 돌리기 위해서는 끊임없이 연료를 넣어주어야 하는데, 그 연료로 석탄이 아닌 인간을 쓰고 있었다. 시위 가담자들을 짐짝처럼 쌓아 화물칸에 실어놓고, 작은 말소리나 미동이 감지되면 반역으로 간주하여 소리 낸 사람을 화차의 화로 안에 집어넣었다. 생사람을 불구덩이에 밀어 넣으면서 화차는 죽음의 수용소를 향해 달리고 있

이 광장은 무엇을 담아내고 있을까

었다.

이렇게 죽으나 저렇게 죽으나 마찬가지인 상황에서 자신보다 어린 후배가 죽음이 무서워 떨고 있는 것을 기요는 보았다. 죽음의 공포에서 해방되는 유일한 방법은 그 자리에서 자결하는 것이다. 그 일까지 대비하여 기요는 청산가리를 휴대하고 있었지만, 후배는 미처 준비하지 못했다. 내가 가진 청산가리를 나누어 줄 테니 먹고 평안해져라, 라는 말조차 할 수 없어 기요는 후배의 손을 잡은 채 손바닥 안에 모르스 부호를 보내고 있었다. 마침내 후배가 조그맣게 고개를 끄덕이는 것을 감지한 그는 청산가리를 반으로 나누어준다. 그것을 고통과 함께 물 없이 침으로 삼켜가며 후배가 죽어가는 것을 기요는 꼭 잡은 손의 감각으로 느낀 후, 자신도 남은 청산가리를 삼킨다. 극심한 죽음의 공포 앞에서 그것을 넘어설 수 있는 방법은 단 하나, 수동적인 죽음을 적극적이고 능동적으로 바꾸는 것이며, 그를 위해 청산가리를 나누어준 것이다. 그리고 거기서 60여 년이 흐른 1989년, 민주화 항쟁을 위해 톈안먼 광장 앞에 모인 군중을 향해 중국 정부는 탱크를 동원했다. 1927년의 공산화 혁명과 1989년의 민주화 혁명이 아홉 시 뉴스와 책 속에서 중첩되고, 그리고 1992년 한중수교가 있었다. 그때 곧바로 톈안먼 광장에 왔더라면 좋았을 걸, 20년이나 지나서 이곳에 온 것이다.

"그럼 가는 길에 다녀오세요, 아주 가까워요, 자동차로 열네 시간밖에 안 걸리니까."

한중수교 후 부쩍 많아진 중국과의 교류 덕분에 1999년 강남의 설계사무소에도 두어 명의 중국인이 근무했다. 중국 현지에 지을 아파트와 병원, 학교의 프로젝트가 있어, A도시를 들르는 길에 B도시도 함께 가보고 싶은데, A에서 B까지의 여정은 어떻게 되느냐는 팀장의 물음에 중국인 인턴이 밝게 웃으며 말했다. 열네 시간밖에 걸리지 않는 가까운 거리라고.

서울에서 부산까지 기껏 다섯 시간밖에 달려보지 못한 한국인 팀장은 어리둥절해했다. 지금 장난해? 열네 시간이 가까운 거리야? 그러자 중국인의 대답은 간단했다. 열네 시간이 뭐가 멀어요? 하루면 가는 거리잖아요.

그날은 덥다기보다는 습기가 많은 날이었다. 좁은 엘리베이터 안에서는 냉면을 먹을까 콩국수를 먹을까가 화제에 올랐고, 작은 테이블 앞에서는 입사 석 달째의 중국인 인턴 옆에 3~4년차 사원과 대리가 모여 앉았다. 추석이 한 달 앞으로 다가와 있었다. 처갓집이 어디야, 용인이야, 가까워서 좋겠다, 나는 벌교다, 라며 꼭 여자들이 시댁 얘기를 하는 것처럼 남자들이 처갓집 이야기를 하는 것을 듣다가 물었다. 중국에서도 추석 때 고향에 내려가느냐고.

"물론 내려가지요, 내 처가는 꽤 시골에 있어서 결혼한 첫해에는 한번 가는 데만 사흘이 걸리더군요, 그런데 요즘은 교통이 매우 좋아졌어요, 이틀밖에 걸리지 않으니."

이 광장은 무엇을 담아내고 있을까

국수를 말아 올리던 젓가락이 순간 멈칫했다. 처가가 그렇게 멀면, 그럼 본가는?

"아, 우리 집은 아주 가까워요, 백두산 바로 밑에 있는 동네니까, 태어날 때부터 거기 살았고, 여태 한 번도 벗어난 적이 없어요."

백두산의 두메산골에서 태어나 베이징의 칭화대학과 서울의 서울대학을 졸업한 그의 이력이 문득 궁금해졌다. 백두산이 그렇게 가까워요? 백두산 등반은 해봤어요?

"내가 그렇게 백두산 가까이에 살면서도 여태 한 번도 못 가봤네, 등반은커녕 아직 구경도 못해봤으니 여태 뭘 하고 살았는지 모르겠어요. 자동차로 고작 네 시간 거리밖에 안 되는 걸 가지고."

네 시간이면 서울에서 설악산까지 갈 수 있는 거리, 그럼 서울 사람들은 모두 다 설악산 밑에서 살고 있는 셈이 된다. 자동차로 네 시간이 가까운 거리예요? 가깝지요, 아침 먹고 출발하면 점심나절에 닿는 거리인데, 라는 이야기가 점심시간의 콩국수 집에서 오고 갈 무렵, 둘째를 낳을까 말까 고민하던 정 대리가 물었다. 그런데 정말 중국에서는 한 자녀밖에 낳을 수 없는 건가요? 인구 억제 정책을 위해서 둘째를 임신하면 세금도 많이 물린다고 하던데?

"세금 정도가 아니지요, 아예 낳지 못하게 하는 경우가 더 많아요. 주택 문제라든지 아주 불이익이 많으니까. 그런데 그건 한

족(중국인)들의 경우에만 그래요, 나는 소수민족이라서 둘이든 셋이든 얼마든지 낳을 수가 있어요."

한 자녀 정책을 위해서 강제로 중절수술을 시킨다거나 심지어 포크레인으로 집을 헐어버린다는, 확인 불가능한 이야기를 듣기도 했다. 그러나 소수민족에게는 그러한 규정이 적용되지 않는다는 이야기를 들은 것은 그때가 처음이었고, 또한 그것은 처음으로 느낀 대국적 스케일이자 포용력이었다. 미국보다 더 넓은 나라지만 미국도 주별로 인정하는 시차를 전혀 인정하지 않고 단일 시각을 쓰는 나라, 시위대를 진압하기 위해 탱크를 동원하고 때로 인간을 산 채로 화차에 집어 던지는 나라, 그러나 소수민족은 한 자녀 정책에서 제외시키는 거대한 포용력이 있는 나라. 한국인이 소수민족인가요? 라고 그때 우리는 의아한 표정으로 물었다.

"거기서는 조선족이라고 하지요. 그래도 거기서 차별은 못 받아봤어요. 중국은 그거 하나만큼은 확실해요. 소수민족을 차별하지 않는다는 거."

시차도 없고 차별도 없는 나라, 그 나라의 텐안먼 광장에는 중화인민공화국 만세, 세계인민대단결 만세, 라는 거대한 글씨가 붙어 있다. 날씨는 춥다기보다 건조하다.

대개 건축은 생활을 담는 그릇이라 한다. 그렇다면 거대한 대국의 권력을 담아내야 하는 이 광장에는 무엇이 있을까. 제왕남면(帝王南面), 왕은 남쪽을 향하고 앉아야 한다는 원칙에 의해 유교 국가의 궁궐들은 정남향을 하고 있다. 자금성 역시 정남향이고, 그 앞에 철저한 위계를 위해 몇 개의 문을 두었다. 건청궁 앞의 건청문, 태화전 앞의 태화문, 그리고 오문과 단문을 지나 톈안먼이 있다. 서울로 치면 광화문에 해당하는 톈안먼 앞에 인민영웅기념비와 인민대회당 건물이 있었다. 모스크바나 베이징, 평양처럼 공산국가의 수도에서 자주 볼 수 있는 매우 정연한 스타일의 건물로, 흔히 스탈린 고딕 양식이라 한다. 제왕남면의 유교 철학과 공산권의 스탈린 고딕이 공존하는 광장, 날씨는 춥다기보다 건조하다. 하루에 하나씩 손톱이 부러져 나가며, 바람이 불 때마다 정전기가 생겨 머리카락이 뺨에 달라붙는 그 황량한 광장 곳곳에 공안이 서 있다.

공산권의 도시답게 상점은 그다지 많지 않다. 자판기도 어불성설이고, 다만 광장 한가운데 트럭을 개조한 차량이 한 대 서 있었다. 서울에서도 강남이나 종로에 가면 흔히 볼 수 있는 차량이다. 비싼 커피 전문점 커피 대신 저렴하고 간단하게 테이크아웃 커피를 마실 수 있게 해주는, 점심시간에만 반짝 나타났다 사라지는 커피 트럭. 메뉴는 별반 고를 것이 없고 값도 그다지 비싸지 않다. 베이징에서 마시는 커피는, 톈안먼 광장에서 마시는 커피는 얼마나 큰 대국적 스케일을 포용하고 있을까 내심 기대하고 있는데, 트럭에 앉아 있던 젊은 여자가 커다랗고 빳빳한 종이컵을 꺼낸다. 그러고는 커피 믹스를 한 봉지 뜯어 넣고 10온스는 될 만한 큰 컵에 가득 물을 부어 숟가락으로 휘휘 저어준다. 커피라기보다는 커피맛 차, 바로 카페 톈안먼 스타일이었다.

이 광장은 무엇을 담아내고 있을까

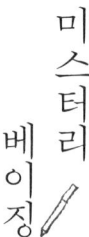

미스터리
베이징

억누르고 싶어도 그리 되지 않는 것이 있었다. 누르면 누를수록 머리를 쳐들고 올라오는 질긴 호기심, 그건 청소년기에 이른 소년과 소녀가 서로에게 품는 본능적인 호기심과 같은 거였다. 억제한다고 억제가 되며 자제하라고 해서 자제가 되는가. 여고 시절에 남고는 어떻게 생겼을까 궁금했듯, 자본주의 국가의 수도에서 태어나 한 번도 그곳을 벗어나지 못한 사람은 공산주의 국가의 수도가 궁금했다. 건축을 생활을 담는 그릇이라 하듯, 수도는 국가라는 거대한 권력을 담는 그릇이다. 그렇다면 공산주의와 사회주의를 담는 그릇은 어떻게 생겼을까, 그것이 궁금해 베이징 여행을 택했는데 아니나 다를까 신기했다.

공장이 그렇게 시내 한복판에 있다는 것이 신기했다. 그리고 더 신기한 것은 거기에 사용된 디테일이었다. 좋은 건축물은 그 섬세한 디테일에 놀라게 되는데, 베이징에서는 다이산즈(大山子) 거리가 그러했다. 본디는 공단이었지만 이제는 예술가들의 집단 창작촌이 된 그곳에서 정작 예술가의 예술 작품보다는 공장 건축의 디테일에 빠져버리고 말았다.

본래 공단 지역이었다가 도심이 번화해지면서 공장이 시 외곽으로 이전하고 나면 그곳은 한동안 슬럼 비슷하게 퇴락하게 된다. 그러다가 값싼 임대료의 매력에 끌려 들어온 예술가들로 인해 창작 마을로 변화하면서 갑자기 동네 분위기가 좋아지는 현상은 1960~70년대부터 런던과 뉴욕에서 자주 발생했다. 물론 서울도 예외가 아니다. 예전에 철공소들이 많았던 영등포구 문래동 일대가 예술가들의 창작 마을로 변하고 있고, 영세 상점이 많았던 신당동 주변이 새로운 문화 공간으로 바뀌는 예가 대표적이다. 그리고 지금 베이징의 다이산즈가 그렇게 변하고 있다. 본래 자본주의 사회의 도시에서 일어나는 일이, 중국이 자본주의로 전환하면서 베이징에서도 발생하고 있는 것이다. 하지만 내가 가장 놀란 이유는 공장 건축에 사용된 정교하고 고급스러운 건축 요소들 때문이었다.

건축에는 값싼 재료로 대충 짓는 건물이 있는가 하면 비싼 재료를 사용하여 정교하게 짓는 고급 건물이 있다. 사람이 아닌 물건을 위한 창고나 차고, 짐승이 사는 축사 등이 저렴한 건축이고, 공장도 그리 고급 건물에 속하지는 않는다. 그런데 다이산즈의 공장에 사용된 자재와 기술, 디테일은 놀랄 정도로 정교하고 고급스러웠다. 자본주의 사회에서라면 주택이나 교회, 학교 건축에나 쓰이는 고급 요소들이 공장에 사용되었다. 이것이 바로 사회주의 건축의 특징이리라. 학창 시절 1930년대 독일 건축을 흥미롭게 배운 기억이 있다. 제2차 세계대전을 일으키기 직전 군수 산업을 육성하기 위해 지었던 공장 건축이 특히 인상적이었는데, 책에서만 배웠던 간결한 기계 미학의 전형을 베이징에서 실제로 보게 될 줄이야. 그리고 거기서 희미한 공산주의의 냄새를 맡는다. 노동의 가치를 소중히 여기는 사회였기에 노동의 공간인 공장 건축을 고급스럽게 지은 것이다. 아울러 베를린 장벽이 무너지고 소련과 중공이 장막 밖으로 나오면서, 공장도 이제는 예술인 창작촌으로 바뀌어 가는 자본주의의 거센 물결 소리도 함께 들리고 있었다.

여기가 베이징의 젊은이들이 가장 많이 찾는 장소라고, 서울로 치면 강남이나 명동 같은 곳이라고, 가이드가 말해준 왕푸징(王府井) 거리에서 정작 나는 화려한 백화점보다 8차선으로 곧게 뚫린 도로를 놀란 눈으로 쳐다보고 있었다. 8차선 도로가 신기한 것이 아니라, 그 도로에 자동차가 없다는 점이 신기했다. 도쿄에 긴자가 있고 파리에 샹젤리제가 있듯, 베이징도 백화점과 명품점이 즐비한 왕푸징 거리가 있는데, 특이한 점은 사람들은 대개 걸어 다니고 자동차가 많지 않았다. 이 역시 사회주의 도시의 한 특징이리라.

사회주의 국가에서 도시를 계획하는 것은 새하얀 종이 위에 마음껏 그림을 그리는 일과 같다. 이주와 보상, 문화재 보존 때문에 자본주의 사회에서는 도저히 불가능한 일을, 사회주의 국가에서는 권력의 커다란 지우개로 깨끗이 지워버릴 수가 있는 것이다. 그렇게 해서 만들어진 넓고 깨끗한 종이 위에 반듯한 자를 대고 도시 계획을 하여 공장과 병원, 학교와 주택을 배치한다. 공장 바로 옆에 노동자 주택을 지어 공장근로자에게 그 주택을 지정해주면, 그래서 노동자들이 집에서 가장 가까운 직장과 학교와 병원을 이용할 수 있다면, 자동차라는 개별 교통 수단은 그다지 필요하지 않다. 각 지역을 촘촘히 연결한 지하철과 자전거만 있으면 되는 것이다.

중국이 '중공'이라 불리던 시절 베이징의 이미지를 결정짓던 거대한 자전거의 물결은 그러한 사회제도 속에서 생겨났다. 또한 사회주의 도시에서는 인민대중이 이용하는 시설일수록 더 화려하고 장대하게 짓는 경향이 있다. 개별 주택은 모양도 단순하고 크기도 협소한 반면, 중앙 광장에 마련된 인민대회당, 인민대학습당 등등의 건물이 유난히 화려한 것에 놀라게 된다. 뿐만 아니라 공공이 이용하는 지하철 역사도 매우 화려하게 짓는 경향이 있어서, 세계에서 가장 아름다운 지하철 역사를 선정할 때 모스크바, 베이징, 평양의 지하철이 대개 10위권 안에 들곤 한다.

톈안먼 광장과 왕푸징의 8차선 도로를 보며 문득 궁금해진다. 그 거대한 스케일은 대륙적 스케일인가, 사회주의 도시의 스케일인가. 쯔진청(자금성)과 완리창청(만리장성)을 보고 나서 과연 중국은 대국이더라, 정말 규모가 크더라고 혀를 내두르는데, 사실 그것은 독재주의, 전체주의 국가의 특징이기도 하다. 자본주의 국가의 수도가 '보이지 않는 손'에 의해 계획되었다면, 사회주의 국가의 수도는 '보이는 주먹'의 힘으로 계획된 도시이다. 그래서 모스크바와 베이징이 유난히 깨끗하게 정돈되어 있고, 이제는 아프리카 신생국가의 수도에서도 그런 모습들이 많이 눈에 띈다. 그렇다면 3대 세습이라는 거대한 권력의 그릇이 되어야 했던 평양은 어떤 모습을 하고 있을까. 그곳은 그 어떤 주먹의 힘이 흔적을 남겼을까. 베이징에서 문득 평양의 모습이 궁금하다.

"이번 겨울에 베이징 여행을 할 예정인데, 그중에서도 특히 쓰허위안(사합원, 四合院)을 보고 싶어요. 아직도 베이징 시내에는 그런 집들이 많이 남아 있다고 하더라구요. 그런데 선생님 집도 사합원이에요?"

기말고사의 답안지들이 테이블마다 한 무더기씩 쌓여 있던 시간강사 휴게실에서, 나는 한 학기 동안 친해진 중국인 강사를 붙잡고 기대에 부풀어 있었다. 중국어 회화를 가르치는 그녀의 집이 마침 베이징이라 했다. 파리를 생각하면 아르센 뤼팽이 살았던 아파르트망이 떠오르듯, 베이징을 생각하면 『대지』(펄 벅 지음)의 왕룽 일가가 살았던 사합원이 떠오른다.

본디 중국은 위로는 아버지와 할아버지까지, 아래로는 아들과 손자까지 총 5대가 한집에서 사는 것은 물론, 장남이든 차남이든 절대 분가를 하지 않고 한집에 사는 것을 가장 큰 복으로 여겼다. 이러다 보니 식구가 많은 집은 100명에도 이르게 되는데, '가화만사성'이라는 말도 그 속에서 나왔다. 이러한 대가족의 모습을 푸른 눈의 중국인 펄 벅이 섬세하게 묘사한 것이 대지 3부작이다.

가난한 농부인 왕룽이 마을에서 제일가는 부자인 황씨 집 여종을 아내로 맞이하여 마침내 그 황씨의 땅과 집을 사들이는 것이 1부작 『대지』이고, 그 세 아들의 이야기를 다룬 것이 2부작 『아들들』, 그리고 손자들의 이야기를 다룬 것인 3부작 『분열된 일가』이다. 왕씨 일가 3대에 걸친 이야기를 다룬 작품이라 할 수 있는데, 실제로 왕룽의 세 아들은 물론 왕룽의 삼촌과 그의 아들까지 분가하지 않고 모두 한 집에서 사는 것을 볼 수 있다. 바로 이 『대지』의 무대이자 거대한 확대가족을 담는 그릇이 바로 사합원이다.

네 개가 모여 하나가 된다는 이름답게 한가운데 마당을 두고 네 채의 집들이 마주 선 집, 마당 하나와 네 채의 집을 아울러 일진(一進)이라 하는데 식구가 많은 집이라면 일진이 앞뒤로 두 개, 세 개가 붙어 이진(二進), 삼진(三進)이 되는 주택. 일진에는 할아버지가 살고, 이진에는 아버지와 삼촌이 살고, 삼진에 사촌형제들이 사는 확대가족의 확대된 집. 베이징 여행 중에 반드시 그것을 보겠다고, 겨울방학이 시작되는 강사 휴게실에서 소풍을 앞둔 아이마냥 신이 나서 말했지만 돌아온 대답은 조금 뜻밖이었다.

"저는 사합원에서 태어나지 않았구요, 그런데 그 사합원 구경하기 힘들어요. 사람들이 살고 있는 가정집이거든요. 그 사람들은 조상 대대로 거기서 살고 있는 건데, 누가 자기 집을 쉽게 구경시켜주겠어요, 아는 사람이 있지 않고서야. 그리고 사합원의 정확한 발음은 쓰허위안이에요. 따라해보세요. 쓰 허위 안. 다시 한번 더, 쓰 허위 안."

그래서 사합원 아니 쓰허위안을 보지 못할 수도 있겠다 생각했는데, 운이 좋았다. 쓰허위안이 밀집한 동네를 인력거를 타고 한 바퀴 돈 뒤, 그중 한 채에 직접 들어가보는 관광 상품을 발견한 거였다. 서울의 가회동 같은 동네에서 돈을 받고 개방하는 집이었으니 유감스럽게도 원래 부자들이 대대로 살고 있다는 전통 쓰허위안은 아니었다. 규모도 작고 볼품도 없는, 그저 가회동의 ㅁ자 한옥과 비슷한 집을 빠져나오며 문득 궁금해진다, 굳건히 문이 닫힌 엄장한 규모의 진짜 쓰허위안들이. 어떻게 저기서 조상 대대로 살아올 수 있는지. 사유재산을 인정하지 않았던 공산주의 사회에서 어떻게 저 재산을 지금까지 사유할 수 있는지가. 시내 한복판에 있던 공장, 행여 테러가 발생할까 개찰구에서 가방 검사부터 먼저 하던 지하철, 자동차가 한 대도 없는 왕푸징의 8차선 도로보다 더 미스터리한 것이 바로 그거였다.

어느 나라나 전근대사회에서 귀족과 부자가 살아가는 방법은 동일하다. 지방에 있는 광대한 영지에서 올라오는 지대 수익으로 살아가는 부재지주들이다. 베이징의 쓰허위안에서 조상 대대로 여태껏 살고 있다는 저 사람들은 100년 전 아니 그전부터 내려오는 부자들일 텐데, 공산주의 사회에서 어떻게 그것이 가능한가. 회색빛 지붕이 비늘처럼 엮여 있는 골목길을 걸어 다녀도 종내 풀어지지 않던 그 미스터리의 이유는 한국으로 돌아와 희미하게 짐작할 수밖에 없었다.

'오성홍기'라고, 중국의 국기에 그려진 다섯 개의 별 중에서 작은 별 네 개는 각각 노동자, 농민, 소자산 계급, 민족자산 계급을 상징한다. 그리고 가운데의 큰 별은 중국공산당 혹은 중국 전체를 상징하는 것이리라. 옛 소련의 국기는 붉은 바탕에 그려진 낫과 망치가 농민과 노동자를 상징했다면 거기에 중국은 소자산 계급과 민족자산 계급을 더 추가했다. 자산 계급을 인정했다면 사유재산도 허용했을 것이다. 베이징의 쓰허위안이 살아남을 수 있었던 것은 바로 그 이유 때문이 아닐까 추정한다. 한 자녀 정책에도 소수민족에게는 예외를 허용한 나라, 공산주의를 표방하면서도 소규모의 양심적인 지주에 한해 사유재산을 인정한 나라, 중국이 놀라운 이유는 바로 그거였다. 그리고 그 나라의 수도 베이징은 가장 아름답고 미스터리하다. 서울에서 가장 가까운 거리에, 비행기 한 정거장의 거리에 그렇게 아름답고 신비로운 도시가 있다는 걸 여태 몰랐다는 것이 아쉽다.

맥당방 햄버거, 궁덕기 치킨

난기류가 심해 결국 기내식 서비스가 중단되고 말았다. 이륙할 때 켜져 있던 안전벨트의 붉은 신호등이 여태 꺼지지 않는다. 비포장 도로를 달리기라도 하듯, 기체가 심하게 흔들린다. 이 정도라면 공연히 불안해져서 밥이고 뭐고 기내식의 종이 뚜껑을 덮어버릴 만도 한데, 먹는 사람은 계속 먹고 있다. 한 손으로는 플라스틱 포크를 쥐고 또 한 손으로는 음료를 쏟을세라 플라스틱 컵을 움켜쥔 채로.

"난기류가 심합니다, 승객 여러분은 안전벨트를 풀지 마시고 화장실 이용을 자제해주십시오."

기장의 코멘트 뒤에 급기야 승무원은 서비스를 중단하고 각자의 자리에 앉아주십시오, 라는 말까지 나왔건만, 그러나 이 상황에서 태연히 밥을 먹는다. 서울에서 베이징까지 90분 남짓의 짧은 비행 시간, 볶음밥도 덮밥도 아닌 한식과 중식의 중간쯤 되는 밥에, 유부초밥과 김초밥, 케이크가 꼭 한 덩이씩 나온 참으로 글로벌한 먹거리를 앞에 두고서. 서비스가 중단되기 전에 먼저 기내식을 받은 사람은 그 행운을 감사하게 받아들이고, 꼭 자기 차례에서 서비스가 중단된 불운한 사람들은 목을 길게 빼고서 겉으로는 승무원의 서비스 재개 여부를 살피는 듯하지만 속으로는 힐끔힐끔 옆 사람의 네모난 종이 상자 속을 훔쳐보고 있다. 무엇이 들어 있을까, 무슨 맛일까. 해외여행을 할 때마다 항상 궁금한 것이 있다. 어디까지가 국내이고 어디서부터가 외국일까, 비행기 안의 이 시간은 한국 시간일까 현지 시간일까. 지상 3만 피트 상공 위에서 밀봉된 이 공간은 한국일까, 중국일까.

총기나 도검을 가지고 있는가? 아니다. 마약을 소지하고 있는가? 아니다. 이렇게 딱 두 번만 고개를 가로저으면 통과된다던 중남미의 국경을 아버지가 이야기해준 탓인가, 아니면 꼭 그즈음 발생했던 판문점 도끼 만행 사건을 강하게 기억하기 때문인가, 어린 시절부터 항상 국경에 관심이 많았다. 내가 회사를 그만두게 되면 사진작가가 될 것이며, 사진의 주제는 국경이라고, 전세계 여러 나라를 돌아다니며 국경의 사진만을 찍는 국경 전문 사진가가 될 거라는 말을 정말 회사를 그만두던 날에도 했을 정도로 국경이 좋았다. 그 후에는 유감스럽게도 사진을 찍는 작가 대신 책을 쓰는 작가가 되고 말았지만, 여전히 국경만은 가장 큰 흥미의 대상이다. 기차든 자동차든 육로로 이동을 하면 국경의 경계는 짧고 명확하지만, 배로 이동을 하면 항구에서 접안까지의 시간이 길기 때문에 오히려 상륙에의 감흥이 더 크다는 이야기를 들은 적이 있다. 그런데 사뿐히 하늘 위를 떠서 가는 비행기는 대체 어디가 국경인지 불명확하다. 대신 그것은 온통 무채색인 밀봉의 공간으로 점철된다.

안전벨트에 묶인 채 네모 상자 안의 기내식을 받아 먹고 바로 코앞의 네모난 모니터를 들여다보며 시간을 보내다가 착륙을 알리는 안내 방송이 나오면, 어릿어릿한 표정으로 내려 그저 남들 가는 대로 선택의 여지가 없는 동선을 따라 나선다. 사진 찍지 마시오, 떠들지 마시오, 한 줄로 서시오. 무채색 인테리어에 무표정한 얼굴의 입국 심사 뒤에 상륙 허가 도장이 찍히면 그제야 안도의 한숨을 쉬게 된다. 한결 밝아진 표정으로 잠시 벗어두었던 모자와 선글라스를 다시 쓸 무렵 마침내 만나게 되는 그 나라의 첫인상, 회색빛 밀봉의 장막이 벗겨지며 눈앞에 드러나는 총천연색의 세상, 쏟아지는 현지어, 그것이 가장 흔히 접하게 되는 21세기의 국경이다.

베이징에 도착하여 수도 공항에 내리던 날, 눈앞에 펼쳐지는 세상이 무엇일까 궁금했다. 가장 먼저 보게 되는 것이 무엇일까, 눈에 불이 나도록 보고 있는 내 앞에 나타난 것은 한국에서도 익히 보아왔던 새하얀 할아버지였다. 고등학생에서 대학생으로 넘어가던 시절 명동에 나왔다가 처음 보았던 가게, 그때 문 앞에서 웃고 있던 할아버지, 케이에프시(KFC)였다. 표음문자가 아닌 표의문자를 쓰는 나라이기에 켄터키 후라이드 치킨 대신 긍덕기(肯德基)라는 표현을 하고 있었지만, 분명 케이에프시였다. 뿐이랴 옆에는 맥당방(麥糖房)과 필성객(必胜客), 성파극(星巴克)도 있었다. 중국에서만 사용하는 간자체의 한문이 오히려 생경했지만, 분명 맥도날드, 피자헛, 스타벅스였다. 새로운 세상이 보고 싶어 국경을 넘었건만, 그 국경에 임립해 있던 것은 다국적기업의 프랜차이즈 지점들이었다.

사실 프랜차이즈는 레저 여행의 증가와 관련이 깊다. 20세기 초반 미국에 자동차가 대중화되면서 사나흘의 짧은 자동차 여행이 유행하기 시작했다. 낯선 곳에 가서 음식을 뭘 먹어야 좋을지 알지 못할 때, 익숙한 로고를 보고 찾아갈 수 있도록 한 것이 프랜차이즈 음식점의 시작이었다. 자동차를 타고 고속도로를 지나면서도 얼른 알아볼 수 있도록 강렬한 색채와 인상적인 외관을 특징으로 하는데, 아니나 다를까 공항에도 그 익숙한 프랜차이즈들이 늘어서 있었다.

국가가 지구를 나누는 세로축이라면 글로벌 기업은 가로축이다. 이 세상 어느 곳도 중국이면서 동시에 한국인 곳은 없으며, 물론 예외는 있겠지만 국적 역시 마찬가지다. 땅과 사람에 대해 국가는 배타적 독점권을 갖지만, 글로벌 기업은 그렇지 않다. 나이키 운동화에 리바이스 청바지를 입고 한 손에는 코카콜라, 또 한 손에는 아이패드를 든 채 유튜브에 접속을 하는 사람은, 유럽에도 아시아에도 아프리카에도 아메리카에도 얼마든지 있다. 다국적 기업의 제품을 입고 먹고 사용하는 데는 그 어떤 배타적 독점권도 적용하지 않는, 그래서 오히려 국가보다 더 강한 권력을 행사하고 있음을 거기서 보았다. 긍덕기, 맥당방, 필성객, 성파극을 과연 중국어로는 어떻게 발음할까 생각하고 있는데, 손에 무엇인가를 든 남자가 내 옆을 두리번거리며 지나갔다. 앉아 있던 곳이 화장실 앞이었는데, 거기에 정수기도 함께 마련되어 있었다. 거기서 그는 손에 들고 있던 것의 비닐을 벗겼다. 중국이라고 그것이 없겠는가, 즉석 컵라면이었다.

주변에 의자도 많았건만, 구겨진 양복을 입은 그는 바닥에 쪼그리고 앉아 면이 익기를 기다렸다. 요즘은 유행이 지나 입지도 않을 듯한 옷이다. 낡은 밤색 양복에 2월의 추위에도 코트를 입지 않았다. 높은 천장에 매달린 형광등 아래서 더욱 두드러져 보이는 검은 얼굴, 다가가면 군내가 날 듯 구겨진 자국이 역력한 갈색 양복을 바라보며, 시골에서 갓 상경한 모습은 중국과 한국이 어쩌면 저렇게 똑같을까 생각하고 있었다. 국적이 인간을 수직으로 가로지른다면, 사회적 계층은 인간을 수평으로 가로지른다. 싸구려 정크푸드라고 맥당방과 긍덕기도 가지 않는 사람이 있는가 하면, 그곳조차 가지 못해 화장실 앞에서 컵라면을 먹는 사람도 있다. 면이 익도록 기다릴 여유도 없는지 채 풀리지 않아 뻣뻣한 면발을 나무젓가락으로 성급히 들어올릴 무렵, 공안인지 무엇인지 제복을 입은 남자가 다가와 날카롭게 소리쳤고 이에 그는 컵라면을 움켜쥔 채 자리를 떴다. 호루라기처럼 내리꽂히는 제복의 목소리, 종내 불안한 눈빛을 희번덕거리다가 마침내 체념한 듯 이어지는 익숙한 동작, 그 상황을 나는 다른 곳에서도 보았다.

홍콩 달러? 유에스 달러? 차이니즈 위엔? 차례로 묻는 말에 편의점의 점원은 홍콩 달러와 유에스 달러를 모두 받는다고 했다. 지갑을 열고 보니 한국 돈, 미국 돈, 홍콩 돈, 중국 돈, 4개국의 화폐가 나란히 꽂혀 있다. 이렇게 골고루 준비해 오길 잘했다. 홍콩과 마카오, 선전(深圳)을 두루 여행하는 동안 각 도시들마다 쓸 수 있는 화폐가 모두 달랐으니까.

지갑 속에는 4개국의 화폐가 글로벌하게 꽂혀 있고, 마카오에서 홍콩으로 넘어가는 항구에는 참 많은 국적의 사람들이 뒤섞여 있었다. 다들 무슨 까닭으로, 어디에서 어디로 가는 것일까. 홍콩과 마카오, 선전을 가깝다는 이유로 짧은 일정 속에 우겨 넣고 보면, 내가 좋아하는 국경을 원 없이 보게 된다. 모두 다 같은 중국일 거라고 생각했는데 아니었다. 오갈 때마다 여권을 보이고 입국 허가를 받는 것이 국경은 국경이다. 그리고 그 경계선에는 무수한 한국인과 중국인, 일본인이 서 있었다. 그 세 나라 사람들을 한눈에 보고 국적을 가려낼 수 있다고 말하는 사람도 있지만,

글쎄 나는 모르겠다.

서너 사람이 모여 이야기를 하고 있으면 언어로 구분이 가지만, 말없이 혼자 앉아 있는 사람의 국적을 무슨 수로 알아낸단 말인가. 그러나 나는 거기서 보았다, 국적보다 더 명확하게 인간을 구분 짓는 경계선을. 그것은 바로 계층이었다. 무수히 오고 가는 사람들이 어느 나라 사람인지는 모르겠지만, 그가 어느 계층의 사람인가는 명확히 보인다.

"어이, 헐라헐라, 쌀라쌀라."

마카오에서 홍콩으로 넘어가는 길 편의점에서 음료를 사 가지고 나오는데, 검정 제복을 입은 남자가 내 쪽을 향해 화살처럼 소리쳤다. 무슨 일인가 놀랐는데, 나를 부른 것이 아니라 뒤쪽에 있던 남자를 부른 거였다. 혼자 다니는 남자 치고는 여행 가방이 너무 컸고 차림새는 지나치게 남루했다. 국경을 빠져나갈 때부터 유난히 불안한 눈빛을 희번덕거리던 그는, 이런 일이 처음은 아니라는 듯 익숙한 표정으로 공안 앞으로 나아갔다. 언어는 몰라도 상황은 짐작된다. 가방 안에 무엇이 들었느냐, 한번 열어봐라, 실랑이를 하는 양이 국경을 넘나드는 보따리장수였던 모양이다. 계층이란 이런 것이다. 결코 숨길 수가 없다는 점에서 그것은 나이와 같다. 나이보다 어려 보인다고, 진짜 동안이라고 칭찬을 받는 사람도 결국은 제 또래 가운데 젊어 보이는 것뿐이다. 서른 살이지만 20대 초반처럼 보인다는 말에 정말 그런 줄 알고 미니스커트에 배꼽티를 입고 셀카를 찍어 블로그에 올리지만, 막상

20대 사이에 서면 여지없이 드러나는 것이 노추이다. 계층 역시 마찬가지다. 아무리 숨기고 위장하려 해도 어느 순간 명확히 드러나고야 만다는 점에서.

닷새의 일정이 끝나고 돌아오는 길, 지갑 안에 든 돈을 꺼내 세어보니 지폐 외에도 동전이 한 줌 잡힌다. 지폐는 환전이 가능하지만 동전은 불가능하기에 마지막 중국령인 이곳 공항에서 다 써버리리라 작심한다. 탑승까지 30분 남짓의 시간, 동전 몇 닢을 남김없이 쓰기 위해 편의점으로 달려간다. 포카리스웨트, 코카콜라, 호올스, 스니커즈, 유에스 달러와 차이니즈 위엔으로 병기된 가격표를 훑어보며 한국보다 비싼가 싼가를 어림해보다가 그만 멈춘다. 똑같다, 몇 푼의 차이는 있을지언정 한국과 똑같다. 남은 돈에 꼭 맞추어 사탕과 초콜릿을 산다. 화폐라는 교환 가치가 재화라는 사용 가치로 바뀌어 비닐봉지 안에 담기는 순간, 흰색 봉지에 그려진 세븐일레븐의 로고가 선명하고도 익숙하다. 나는 원래 그 로고만 보면 여기가 도쿄인가 서울인가 헷갈리는데, 지금 여기는 베이징이다. 그리고 이곳을 뒤로 한 채 밀봉의 회색빛 시간 안으로 들어가야 한다.

요행 귀국길에는 난기류가 없어, 갈 때는 흔들리며 먹던 것을 올 때는 한결 편안하게 먹으며 생각했다. 갈 때 처음으로 보았던 풍경이 케이에프시와 맥도날드였다면 돌아올 때 처음으로 보이는 풍경은 무엇일까를, 한국의 국경엔 과연 무엇이 있을까를. 전신마취와도 같은 인위적 단절의 시간, 완전한 무채색의 공간, 곳곳에 나붙은 촬영금지와 정숙의 제약이 끝나고 나면 내 눈앞에 과연 무엇이 보일까.

그것은 에스(S)자의 푸른색 로고였다. 내가 13년간이나 보아온 매우 익숙한 로고이자, 매일 아침 출근하던 남편의 상의 왼쪽에 달려 있던 로고였다. 오랜 밀봉의 시간을 깨고 내 눈앞에 나타난 것은 S은행의 공항출장소였다. 그리고 그곳으로 자석에 끌리듯 남편이 다가가 곧바로 지폐를 환전했다. 자신이 직접 해야 수수료를 면제 받을 수 있다는 남편의 말에 그만 고개를 절레절레 흔들었다. 그래 봤자 고작 몇천 원이다. 베이징에서 샀던 세븐일레븐의 비닐봉지는 국경을 넘는 사이 약간 구겨져 있었고, 그 위에 깨알 같은 일상과 생활의 더께가 조금 묻어 있었다. 난기류로 흔들리는 비행기 안에서 컵을 움켜쥔 채 기내식을 먹던 사람들, 공항의 한구석에서 컵라면을 움켜쥔 채 먹던 밤색 양복의 사람, 홍콩과 마카오를 오가며 보따리장사를 하던 남자, 그리고 동전 몇 닢까지 빈틈없이 쓰고자 사탕과 초콜릿을 사는 아내와, 몇천 원 수수료를 아끼기 위해 재빠르게 환전을 하는 그의 남편. 국경을 넘었건만 먹고사는 문제는 그림자처럼 끈질기게 따라다니고 있었다.

밀봉의 이동 대신 체험의 이동을 꿈꾸다

Santa casa da misericordia, 慈仁堂.

Santa casa는 '성스러운 집'이니 옥(屋)이나 재(齋)가 아닌 당(堂)이라 번역했고, miseri와 cordia를 자(慈)와 인(仁)으로 번역했다. 사랑과 자비를 베푸는 성스러운 집, 그렇다면 '자인당'이란 사회복지시설이 아닐까. 르네상스 양식을 연상시키는 고전적 수법, 좌우대칭의 명확한 구조, 새하얀 색, 저건 공공건물이나 종교건물에 쓰이는 전형적인 수법이 분명했다.

The peninsula hotel, 半島飯店.

insula는 섬을 말하고 pen은 반(半)을 뜻하니 peninsula는 반도가 된다. 그리고 hotel은 주인을 뜻하는 host에 el을 붙인 것으로 '주인이 머무르는 집'이라는 뜻이다. 이를테면 영혼을 뜻하는 anima에 l을 붙여 animal(동물, 영혼이 있는 존재)이 되고, 자아를 뜻하는 id에 ol을 붙여 idol(우상, 나의 자아를 투사한 대상)이라 하는 것과 같은 이치이다. 주인이란 손님에게 숙소와 식사를 제공하는 사람이니, 숙박업소를 호텔이라 하는 것은 당연한 말이리라. 우리나라에서 식사와 숙소를 제공하는 장소로 '주막'이라는 말을 썼듯, 중국에서는 '반점'이라고 하는 모양이다.

마카오의 광장에서 주변 건물을 보고, 거기 적힌 간판들을 읽으며 뜻을 유추하려 애썼다. 거기 쓰인 말들이 포르투갈어인지 스페인어인지 미처 알지 못했지만, 그러나 분명 띄엄띄엄 읽히고 있었다. 마치 중국어와 일본어를 모른다 해도 드문드문 한자가 읽히듯이.

"유럽 여행을 하다가 한국인, 중국인, 일본인이 만나 서로 영어로 이야기하는 것을 유럽인들은 가장 이상하게 생각해요. 왜냐하면 이탈리아, 프랑스, 스페인이 만났을 때, 서로 자신의 모국어로 이야기를 하면 대충대충 통하기 때문이지요. 어째서 한중일이 서로 통하지 않는지, 그걸 더 이상하게 생각해요."

1990년대의 한국외국어대학교 캠퍼스, 일본어 회화 교수님은 더듬거리는 한국어로 이야기를 꺼냈다. 현대의 한국어와 일본어는 차이가 많이 나지만, 고어로 올라갈수록 그 차이가 줄어드는 것을 설명하던 수업 중에 나온 이야기였다. 그리고 정말 그런가 안 그런가를 확인해보기 위해 이태리어과, 불어과, 서반아어과 학생을 한 명씩 나오게 하여, 창문·책상·연필·학교 등을 각각의 언어로 쓰도록 했는데 놀라웠다. 외국어라기보다 차라리 방언이라 할 만큼 유사했으니까. 이탈리아와 프랑스, 스페인이 지금의 국경으로 갈라지기 시작한 것은 대략 500년 전의 일이다. 그보다 더 거슬러 올라가면 방언인지 외국어인지도 모호해질 것이다. 아울러 한국과 중국, 일본도 한문이라는 공용어를 갖고 있었다. 요즘 중국인은 불편하다고 번체 대신 간체를 쓰고 한국인은 어렵다고 한문을 쓰지 않으면서 서로 불통이 되어가고 있지만, 100년 전만 해도 한중일의 지식인들이 만나면 통역이 필요하지 않았다. 한문으로 필담을 나누었으니까.

유럽 전체가 가톨릭 문화권이면서 라틴 문화권이듯, 한국과 중국, 일본은 유교 문화권이자 한문 문화권이다. 『천자문』을 배우면 하늘천 따지 만이 아닌 그에 담긴 유교적 가치관을 함께 배우고 『동몽선습』을 지나 궁극으로 사서삼경에 이르듯, 칼을 찬 사무라이 역시 충효와 인의예지, 수신제가치국평천하를 배웠으리라. 조선의 선비들이 한문과 한글의 이중 언어 생활을 했듯, 일본의 무사들도 사적인 편지는 가타카나로, 공식 문서와 각종 기록은 한문으로 작성했다. 그러니 500년 전 조선의 선비와 일본의 무사가 만났을 때 서로 필담을 나누면서, 어쩌면 지금보다 소통은 원활했을 것이다. 또한 예전에는 중국인끼리도 서로 필담을 나누었다. 국토가 광대하다 보니 서로 방언이 심해 지역이 멀어지면 외국어라도 되는 듯 알아듣지 못하게 된다. 그때 유일하게 소통할 수 있는 수단이 한문이었다. 음성언어가 아닌 문자언어로 이루어졌을 그 화려한 침묵의 현장이 문득 궁금해진다.

지금 우리는 외국의 친구에게 이메일을 보내고 화상채팅을 하면서 세계가 얼마나 좁아졌으며 자신이 얼마나 글로벌해졌는가 새삼 놀란다. 그러나 200년 전 혹은 500년 전의 동아시아인들도 한문이라는 국제어로 소통하면서, 현대인 못지않게 글로벌했다. 역설적이지만, 글로벌한 국제인이 되기 위해서는 매우 고전적인 언어를 습득해야 하지 않을까 생각한다. 단순히 한자를 읽을 수 있는 수준을 넘어 한문으로 문장을 만들어 쓸 수 있으며, 영어나 프랑스어의 근간이 되는 라틴어를 읽고 쓸 수 있다면 한국에서 중국과 러시아를 지나 유럽의 서쪽 끝까지 가는 동안 언어의 소통에는 아무런 지장이 없으리라. 유라시아의 구대륙뿐 아니라 아메리카 신대륙도 마찬가지다. 북미 지역은 영어 문화권이고, 남미 지역은 스페인어 문화권이며, 미지의 대륙 아프리카는 의외로 프랑스어를 많이 사용한다. 라틴어는 서양의 한문이고, 한문은 동양의 라틴어이다. 그러니 한문과 가장 비슷한 중국어를 배우고, 또한 라틴어와 가장 비슷한 이탈리아어를 배운다면, 동서양 어디를 가든 대충은 의미 파악이 가능한 진정한 국제인이 되지 않을까.

본래 중국 땅이었지만 포르투갈이 점령했던 마카오는, 중국어와 포르투갈어가 병기된 간판에서 풍기는 한문과 라틴어의 향기로 은성했다. 베이징을 여행할 때 모든 곳에는 한문과 영어가 병기되어 있었다. 케이에프시(KFC)를 긍덕기(肯德基, 컨더지), 맥도날드를 맥당방(麥糖房, 마이당라오), 스타벅스를 성파극(星巴克, 싱빠크어)이라고 음차를 하여 표기한 것이 신기했는데, 그런데 마카오에서는 단순한 음차가 아닌 본래의 뜻에 충실하게 번역되어 있었다. 외국 여행 중에 내가 가장 좋아하는 일이 사람을 보는 것이고 그 다음이 언어를 이해하는 것이다. 중국어를 모르는 나는 베이징이 무척 매력적이었다. 모든 사물은 그 의미가 낱낱이 드러날 때보다는, 알 듯 모를 듯 절반 정도 가려져 있을 때 가장 신비롭게 반짝인다. 번체가 아닌 간체로 적힌, 그래서 오히려 더 난해해진 문자의 틈서리를 비집으며 그 뜻을 이해하려 애썼던 베이징 여행이었다. 그런데 마카오에 오니 간체 대신 고전적인 번체가 쓰이고, 병기된 포르투갈어에서는 라틴어의 향기가 진하게 풍겼다. 동서양이 만나는 그곳에서 생각한다. 궁극으로 내가 하고 싶은 여행이 무엇인가를. 무엇보다 대륙을 여행하고 싶다. 그리고 어느 도시, 어느 나라라는 특정 장소가 아닌 여정 그 자체를 즐기고 싶다.

젊었던 한때, 여자는 당연히 귀엽고 애교가 많아야 되는 줄 알았다. 한동안 그 생각이 옳다고 믿었지만, 중국과 프랑스를 여행하고 나서 그럴 필요가 없다는 걸 알게 되었다. '여자는 애교, 남자는 배짱'이라는 속담이 일본에 있듯, 여자의 애교라는 것은 일본 문화의 한 특징일 뿐이다. 본디 일본에는 어리광과 응석의 문화가 있다. 윗사람이 아랫사람을 신임하여 아끼고 사랑하는 것을 '귀여워한다'라고 표현하는데, 귀여움을 받는 아랫사람은 윗사람에게 어리광과 응석을 부림으로써 그 사랑에 응답하는 방식이다. 어린아이가 부모에게나 할 법한 행동을 제자가 스승에게 혹은 후배가 선배에게 하는 셈인데, 남녀 관계를 대등한 관계가 아닌 상하 관계로 파악해 여자가 어린아이라도 된 듯 남자에게 응석을 부리며 이것저것 요구하고 떼를 쓰는 것이 흔히 말하는 여자의 애교이다. 그리고 과거 잘못 들어온 일본 문화의 영향으로 애교가 여자에게 없어서는 안 될 중요한 매력이라는 인식이 한국에도 퍼져, 자신보다 어린 남자친구를 사귈 때에도 어리광과 응석을 심하게 부리는 경우를 종종 본다. 어린아이에게나 쓸 법한 귀엽다는 말을 여성에게도 하는, 다시 말해 여성을 아이와 동일시하는 것은 한국과 일본만의 특이한 현상임을 대륙을 여행하며 처음 알았다.

지금까지 알고 있던 것이 결국 지엽적 문화에 불과하다는 사실을 깨닫는, 새로운 지평이 열리는 순간의 기억 때문에 나는 언제나 대륙을 여행하고 싶어 한다. 아울러 항로가 아닌, 육로나 해로를 통해 이동하고 싶다. 내게 가장 흥미로운 것은 국경을 보는 일인데, 그 국경을 가장 강렬하게 체감하는 방법이 비행기와 같은 밀봉의 이동이 아닌, 육로와 해로를 통한 체험의 이동이기 때문이다.

지구는 아시아와 유럽을 아우르는 구대륙과 북미와 남미를 통칭하는 신대륙으로 양분된다. 한국은 유라시아 대륙의 가장 동쪽 끝에 자리잡고 있는데, 내가 하고 싶은 첫 번째 여행은 그 동쪽 끝에서 서쪽 끝까지 기차를 타고 이동하는 것이다. 부산에서 출발하여 서울을 지나 평양에 가면 중국행 기차를 탈 수 있고, 거기에서 오리엔탈 특급을 타면 시베리아 벌판을 횡단할 수 있다. 다음으로는 유럽을 가로지르는 유레일패스로 프랑스까지 가서 해저터널을 통해 영국까지 가는, 유라시아 대륙을 오로지 기차로 이동하는 여행을 꼭 한번 해보고 싶다. 더 욕심을 부린다면 일본과 한국을 해저터널을 통해 이동하는 것도 생각하고 있다. 부산과 시모노세키를 연결하는 터널이 생기고, 서울과 평양 사이에 끊어진 철도만 다시 이으면 가능한 일인데, 언제나 그것이 가능하려나. 일본에서 영국까지 구대륙을 동에서 서로 가로지르며 내가 보고 싶은 것은 문명의 교류 흔적이다. 고대로부터 비단길·초원길·바닷길이 있었고, 현재도 오리엔탈 특급과 유레일 패스가 있다는 것은 구대륙의 땅들이 서로 끊임없이 교류를 해왔다는 방증일 터. 중국, 인도, 중동, 이집트의 4대 문명이 어떻게 발생해서 어떻게 교류하며 흔적을 남겼는지, 그 5천 년의 여정이 정말 궁금하다.

두 번째로 해보고 싶은 여행은 신대륙을 북쪽에서부터 남쪽까지 훑어 내리는 여행, 즉 알래스카에서 캐나다와 미국을 거쳐 중남미까지 내려가는 여행이다. 『총, 균, 쇠』『제3의 침팬지』로 유

밀봉의 이동 대신 체험의 이동을 꿈꾸다

명한 재레드 다이아몬드는, 구대륙은 동서 방향으로 뻗은 대륙, 신대륙은 남북 방향으로 뻗은 대륙이라 일별했다. 동서 방향으로 확장되어 있었던 구대륙은 전반적으로 기후가 비슷하고 식생이 유사하여 인류의 이동이 쉬웠기에 결과적으로 4대 문명이 발달할 수 있었다. 하지만 남북 방향으로 뻗어 있는 신대륙은 기후 차이가 심해 식생의 유사점이 없었던 탓에 인류는 국지적 수준으로 고립되어 문화가 발달하지 못했고, 그것이 결국 아메리카의 원주민들이 유럽인에게 땅을 빼앗기는 결과를 초래했다고 말한 바 있다. 유라시아를 연결하는 교역로는 많지만, 그런데 그 실크로드에 해당하는 길이 아메리카에는 존재하지 않으며, 또한 지금도 남북 아메리카를 가로지르는 철도는 존재하지 않는다. 그러니 그 여행은 기차가 아닌 오로지 자동차로 달려야 할 것인데, 그러고 보면 역시 유럽은 기차 문화의 나라, 미국은 자동차 문화의 나라임을 다시 한 번 느끼게 된다. 구대륙의 동서 횡단이 인류 문명의 과정을 탐사하는 과정이라면 신대륙의 남북 횡단은 북극에서 적도를 지나 다시 남극까지 지구의 아름다움을 탐사하는 과정이 될 것이다.

　세 번째로 해보고 싶은 여행은, 미지의 대륙 아프리카에서 출발한다. 인류의 요람이라 알려진 그곳에서 출발하여 이집트와 아라비아, 이란을 지나 인도와 중국, 시베리아를 가로질러 마침내 베링해협을 건너 알래스카로 이동하고 싶다. 그다음은 캐나다와 미국, 멕시코를 차례로 만나게 될 테니, 구대륙과 신대륙을 모두 횡단하는 여행이 될 것이다. 사실 이것은 현생 인류의 긴 여정이기도 하다. 구대륙의 동서 횡단은 5천 년의 역사를 탐사하는 일이라면, 아프리카에서 시작해 베링해협을 건너는 것은 수만 년에 걸친 인류의 이동 경로를 찾아가는 일이다. 요람 속의 아이가 걸음마를 시작하면 하루에 한 발자국씩 조금씩 멀리 가려고 하며, 자랄수록 친구를 좋아하면서 활동 반경이 넓어진다. 마침내는 가장 사랑하는 사람의 손을 잡고 부모조차 가본 적이 없는 먼 곳으로 떠나기도 한다. 바로 그것이 고대 인류가 아프리카의 요람을 떠나 지구 곳곳에 뿌리를 내릴 수 있었던 이유이리라. 등 뒤에서 지켜보는 부모의 눈길을 받으며, 여태 가보지 않은 세상으로 첫발을 내디디던 인류의 여정, 나는 그 여정이 궁금하다. 수만 년에 걸친 긴 시간을 오로지 두 발로 걸어 지구 곳곳을 돌며, 무엇을 보고 느끼며 고대 인류는 현생 인류로 성장했을까.

끝으로 네 번째 여행도 생각하고 있다. 인류 이동의 또 다른 방향인데, 제주도에서 시작해 오키나와, 타이완을 거쳐 필리핀, 인도네시아를 지나 남태평양의 무수한 폴리네시아 군도를 지나 이스터 섬까지 가고 싶다. 이스터 섬이 처음 발견되었을 때, 그것은 거대한 미스터리였다. 이곳에 사는 사람들은 과연 어디에서 왔을까. 지리적 근접성 때문에 남아메리카에서 온 것이 아닐까 추정했지만, 오랜 시간 다각적 연구를 통해 폴리네시아 인들이 이주한 것으로 밝혀졌다. 인도네시아 제도의 사람들이 남태평양 위에 점점이 뿌려진 섬들을 징검다리 삼아 이스터 섬까지

간 것이다. 구대륙의 동서 횡단이 기차 여행, 신대륙의 남북 횡단이 자동차 여행, 구대륙에서 시작해 신대륙으로 가는 여행이 도보 여행이라면, 이 마지막 여행은 배를 타고 해로를 이용하는 방법이자 인류가 이동했던 또 하나의 여정이라 생각한다. 어제보다 한걸음 더 매일 조금씩 나아가기란 쉽지만, 그러나 바다 위에 떠 있는 섬을 향해 배를 띄우기란 결코 쉬운 일이 아니다. 대륙이 아닌 대양을 횡단하는 일이자, 인류의 열정과 불굴의 용기를 되짚어보는 일이기에 가장 내 가슴을 뛰게 한다.

그러고 보니 내가 생각하는 여행은 특별히 지정된 어느 장소가 아닌, 그 여정 자체에 있었다. 어쩌면 인생 역시 그런 게 아닐까. 지금 이 시점을 살고 있는 나는 궁극으로 어디를 향하고 있는가. 유한한 생명을 부여 받은 인간의 마지막 목적지는 결국 한곳밖에 없다. 그러니 인생에서 중요한 것은 최종 목적지가 아니라 살아가는 과정이다. 알래스카다, 하와이다 하면서 저마다 가고 싶은 목적지를 말하지만, 여행이란 지금 이 자리에서 출발해 궁극으로는 다시 이곳으로 되돌아오는 일이다. 즉 알래스카나 하와이는 목적지나 종착지가 아닌 반환점일 뿐이며, 여행에서 중요한 것은 목적지가 아닌 과정이다.

중국어 배워서 뭐하려고, 라틴어 알아서 뭣에 쓰려고, 내게 되묻는 사람이 많았다. 언어를 배운다는 것도 목적보다는 과정이 더 중요하다. 다른 방식으로 사고하는 연습을 하는 과정이라 할 수 있는데, 정말 라틴어와 한문에 능통하다면, 동양과 서양이 만나는 마카오 곳곳에 붙어 있는 저 간판들도 훨씬 쉽게 읽히지 않을까 생각한다. 르네상스 양식의 새하얀 건물, '民政總署(민정총서)'라는 한자 밑에 'INSTITUTO PARA OS ASSUNTOS CIVICOS E MUNICIPAIS'라고 병기되어 있는 것을 보면서, 'Pharmacia Popular'라는 간판 옆에 '便民藥房(편민약방)'이라고 쓰인 한자를 보면서.

4

·

만남

돌이켜보면 다섯 번의 일본 여행 동안, 가방 속에 들어 있던 짐꾸러미는 그때마다 조금씩 달랐다. 먹을거리와 볼거리, 놀거리를 행여 놓칠세라, 깨알 같은 정보가 적힌 수첩을 챙기는가 하면, 화려한 건축물 안내서를 제일 먼저 가방에 넣기도 했다. 때로는 이자나미와 이자나기를 비롯한 일본의 만신전을 챙겨 넣을 때도 있었다. 그러나 가장 기억에 남는 여행은 아무것도 가지지 않고 떠난 여행이었다. 첫 일본 여행 그때 나는 일본어 외에는 아무것도 준비하지 않았고, 그 여행이 가장 기억에 선명하게 남는다. 그것은 혼자 다닌 여행이었고, 목적 없는 발걸음이었고 무엇보다 사람과의 만남이었다.

혼자만 느끼는 맨발의 부끄러움

첫눈, 첫사랑처럼 첫○○에는 결코 잊히지 않는 설렘과 애틋함이 있다. 아울러 서툴 수밖에 없었던 자신에 대한 부끄러움도. 나의 첫 해외여행지는 일본이었고, 그중에서도 쓰쿠바(筑波)라고 하는 작은 도시였다. 그 후 여러 번 일본을 다녀오며 오사카와 도쿄에 머물렀지만, 쓰쿠바에는 다시 가볼 기회가 없었다. 내가 제일 처음 갔었고 그리고 딱 한 번밖에 가보지 않은 작은 도시, 그래서 그곳은 슬쩍 내리다 만 첫눈 같은 도시이자 잠깐 사귀다 헤어진 첫사랑 같은 도시이다. 항상 애틋함이 있고 또한 처음이라 서툴 수밖에 없었던 부끄러움이 있다.

1994년 나는 쓰쿠바 대학에 연구교수로 머물러 계시던 지도

교수님을 따라 그곳에 가게 되었다. 본디 쓰쿠바는 1985년에 엑스포를 개최했던 곳이자 처음부터 명확한 마스터플랜 아래 계획된 연구학원도시로서, 우리나라의 대덕연구단지와도 비슷한 곳이다. 대개 도시는 깊은 역사 속에서 성장하지만, 때로 과천이나 세종시 같은 행정도시, 울산이나 포항 같은 공업도시처럼 특정목적을 위해 빠른 시간 안에 조성되기도 한다.

쓰쿠바도 마찬가지였다. 시내 중심부에 쓰쿠바 대학과 쓰쿠바 센터가 있는 그곳은 도시 전체가 매우 차분하고 조용했으며, 그래서 그들의 시민의식은 도쿄보다 뛰어났다. 또한 수도권이라 도쿄로 출퇴근을 하는 사람도 많았는데, 그래서 매일 아침이면 정류장 앞에 길게 줄을 서서 도쿄행 광역버스를 기다리는 사람들을 볼 수 있었다. 때로 나도 그 버스를 타고 하루 동안의 도쿄 나들이를 갔다가 쓰쿠바로 돌아오곤 했다. 아마 그날도 그러했을 것이다. 아침에 도쿄로 나왔다가 쓰쿠바로 돌아가기 위해 저녁 무렵 도쿄 역에서 광역버스를 기다리던 때였으니.

그때 나는 집이 용인에 있어서 좌석버스를 타고 서울 나들이를 했다. 친구를 만나고 영화를 보고 백화점 구경을 하는 소소한 일상이 끝난 후 용인으로 돌아오기 위해 동서울 터미널에서 버스를 기다리는 동안, 줄을 서지도 표를 사지도 않았다. 버스는 시간에 맞춰 오는 일이 없었기 때문에 가판대에서 주전부리를 사들고 무작정 기다리다가, 멀리서 낯익은 버스가 보이기 시작하면 허둥지둥 마시던 콜라를 내던지고 차에 올랐다. 그리고 그 버릇 그대로 도쿄에서 쓰쿠바로 가는 광역버스를 탄 거였다. 먹던 아이스크림을 손에 쥔 채, 줄을 서서 기다리던 사람들을 향해 이거 쓰쿠바로 가는 거 맞지요? 하고 묻는 척 슬쩍 새치기를 하면서.

시민의식을 넘어 거의 선민의식을 가진 도시의 사람들답게, 그들은 미리 준비한 승차권을 회수함 안에 정연하게 넣고 있었다. 용인으로 가는 좌석버스도 승차권은 팔았지만 아무도 그걸 사는 사람은 없었다. 운전사 역시 왜 표를 사지 않았느냐 묻지 않았고, 오히려 승객이 내미는 지폐를 직접 받았다가 가판대에서 담배와 박카스를 사는 문화에 익숙해 있던 나는 잠깐 당황했다. 마침내 내 차례가 되어 얼결에 1천 엔짜리 지폐를 내밀었지만, 운전사는 돈을 받는 대신 그 옆에 놓인 작은 상자를 가리켰다. 식당에서 흔히 볼 수 있는 식권 판매기 비슷한 거였다. 지폐를 넣고 목적지를 누르면 거스름돈이 나오는 그 기계는, 그러나 내가 내민 지폐를 받아들이지 않았다. 이것저것 다 싫다고 고개를 가로저으며 혓바닥을 쏙 내미는 고집불통 아이처럼, 내가 밀어 넣는 지폐를 족족 내뱉었다. 구겨졌거나 접힌 자국 때문이리라, 똑바로 펴서 다시 넣어보아도 지갑 속에서 새 지폐를 꺼내 다시 넣어보아도 요지부동 그 고집은 꺾이지 않았다. 보다 못한 운전사가 자신의 지갑에서 돈을 꺼내 내 것과 바꾸어주었지만, 기계는 그 돈마저 뱉어내었다. 남들이 승차권을 살 때 사 먹었던 아이스크림이 손바닥에 끈끈히 묻어 있었기 때문이라는 걸 뒤늦게 알아차렸지만, 사실 부끄러웠던 것은 더러운 손바닥 때문이 아니었다. 내 뒤에 방패처럼 버티고 있던 팽팽한 침묵 때문이었다.

거 좀 빨리빨리 합시다, 왜 표를 안 사고 그래요? 이런 힐난이 한 마디라도 튀어나왔으면 차라리 덜 부끄러웠을 것이다. 미안합니다 외국인이에요, 하고 내가 더 크게 소리칠 생각이었으니까. 하지만 새치기를 당하고도 그들은 아무 말이 없었고, 서너 장의 지폐가 번갈아 거부를 당하며 시간을 잡아먹는 순간에도 그들은 조용했다. 샐쭉하니 흘겨보는 표정도 아니었고, 싸늘하게 일그러지는 비웃음도 아니었다. 그저 조용히 기다리기만 했는데, 그 순간이 그렇게 부끄러웠다. 멀쩡하게 생긴 아가씨가 왜 그래, 한국에서라면 응당 쏟아져야 할 비난이 없다는 것이 더 부끄러웠다. 도저히 안 되겠다, 차라리 내려야겠다고 생각할 무렵, 뒤에 서 있던 남자가 자신의 지갑에서 꺼낸 돈을 밀어 넣었다. 고집불통이던 기계가 거짓말같이 그 돈을 받아들이더니, 이내 붉은 버튼에 우르르 불이 들어왔다. 그러나 한문과 히라가나, 가타가나가 복잡하게 얽힌 버튼 속에서 쓰쿠바를 찾아내는 것도 쉬운 일은 아니다. 더구나 이런 순간이라면.

"Touch the button, here, Tsukuba.(여기, 쓰쿠바 버튼을 누르세요.)"

돈을 넣었던 남자는 내가 눌러야 할 버튼까지 가르쳐주었다. 동전을 거슬러 받고 아이스크림이 묻어 끈끈한 지폐를 그에게 건네고 여기저기에 대고 미안합니다 소리를 한 뒤 자리에 앉아서도 실체를 알 수 없는 부끄러움에 황망해야 했다. 비난도 야유도 없었다. 다만 대신 돈을 넣어주고 목적지의 버튼을 눌러준 친절함만이 있을 뿐이었다. 도쿄 나들이를 한다고 골라 입은 원피스에는 아이스크림이 녹아내려 얼룩져 있었다. 차가운 빙과류를 먹을 때 불현듯 머리를 죄여오는 두통처럼, 정확한 실체가 잡히지 않는 부끄러움이 괴어오고 있었다.

감정이라고 하는 것은 정확한 이유와 이름을 몰라도 분명히 느낀다. 저 사람이 저렇게 행동하는 데는 분명 무슨 이유가 있겠지, 그러니 무작정 비난하는 것은 옳은 일이 아니지, 라는 생각에 참고 기다려주는 여유의 이름은 '관용'이었다. 당시 나는 '톨레랑스(tolerance)'라고 발음하는 그 단어를 모르고 있었지만 분명 느꼈다. 그건 마치 갑자기 신발을 벗게 되었을 때, 다들 양말을 신고 있는데 혼자 드러난 맨발의 부끄러움 같은 거였다.

한 시간 남짓을 달리는 동안 해는 설핏 졌다. 어두운 길눈에 흐린 밤눈에 행여 내려야 할 정류장을 놓칠까 미리부터 고개를 쭈욱 빼고 이리저리 주변을 살필 무렵, 차비를 내어준 남자의 얼굴이 들어왔다. "The next station, Tsukuba.(다음 역이 쓰쿠바입니다.)" 작은 목소리가 분명 그리 말하고 있었다. 듣자마자 바로 주눅이 드는 네이티브의 버터 발음은 아니지만 그렇다고 샛노란 단무지 발음도 아닌, 저 발음과 목소리. 그제야 생각났다, 바로 며칠 전에도 한 번 맞닥뜨린 적이 있음을.

광역버스를 기다리던 쓰쿠바의 이른 아침, 이 버스를 타면 도쿄에 가나요? 시간은 얼마나 걸려요? 라는 물음에 "one hour and thirty minutes"라고 손가락으로 1과 3을 꼽아 보이며 대답하던 남자였다. 짧은 두 마디에 벌써 내가 외국인이라는 걸 눈치챘나 생각하며, 그래도 자격지심에 한 시간 30분이라는 말씀인가요? 하고 되묻던 외국인 여자를 여태 기억하고 있었던 모양이다. 그때도 나는 표를 사지도 줄을 서지도 않고 있다가 버스에 올랐으며, 자리에 앉은 뒤에는 곧바로 도쿄 관광 지도를 펼쳐 들었다.

"Excuse me, may I take the seat?(실례지만, 앉아도 될까요?)"

고개를 들고 보니 또 그 남자다. 아침 일곱 시면 벌써 붐빌 때인지 좌석은 꽉 차서 여유가 없다. 그럴 땐 아무 데나 빈자리에 앉으면 고만이지 이런 표현은 뭐란 말이냐. 영어를 좀 할 줄 안다고 나를 상대로 회화 연습이라도 하겠다는 거냐, 입안에 고이는 쓴 침을 삼키며 대답한다. 네, 앉으세요. 부디 편안하게.

그러나 "앉아도 될까요?"라는 그 말이 함부로 펼쳐놓은 도쿄 관광 지도를 작게 접고 또한 옆자리에 제멋대로 부려놓은 그 가방도 함께 치워달라는 뜻임을 그때는 미처 알지 못했다. 하긴 꼭 그때뿐만이 아니었다. 모르는 사람과 나란히 앉을 수밖에 없는 광역버스나 신칸센의 2인석, 내가 먼저 선점한 그곳에 옆자리에 앉기를 원하는 사람은 앉기 전에 항상 물었다. 괜찮으시겠습니까, 실례하겠습니다. 서울과 용인을 오가던 좌석버스, 그저 아무 말없이 옆자리에 털썩 앉는 사람만을 보아온 나로서는 낯선 행위와 친절에 어리둥절했다. 내가 건넨 지폐, 아이스크림이 묻어 끈끈한 지폐를 자신의 지갑 속에 넣으며 그는 무슨 생각을 하였을까를 떠올리다가, 나는 얼룩이 묻은 원피스를 핸드백으로 가렸다. 지금도 생각나는 가장 부끄러운 일이었다.

　예전에는 신혼여행 때나 한 번 다녀오던 해외여행을 요즘은 여름휴가를 이용해 다녀오면서, 여행지의 선택 기준에도 개인의 취향이 드러나기 시작했다. 몽골에서 말을 타고, 타이에서 코끼리를 타고, 이집트에서 낙타를 타고 하여간 무언가 타고 즐기기를 좋아하는 사람이 있는가 하면, 진시황릉과 앙코르와트를, 나이아가라와 그랜드캐니언을 평생에 한 번 꼭 보기를 원하는 사람도 있다. 유스호스텔도 호사요, 때로 노숙을 할망정 배낭 하나를 짊어지고 두 달 동안 유럽을 완주하고 싶다는 사람이 있는가 하면, 토,일요일을 홍콩에서 감쪽같이 보내고 월요일 새벽 공항에서 태연히 회사로 출근하는 사람도 있다. 혹은 콘서트를 보기 위해, 자동차 경주를 보기 위해, 전자 제품의 시연회를 보기 위해 아무튼 무언가를 보기 위해 다녀오는 사람도 있는데, 돌이켜보니 나의 여행은 사람을 보기 위해 그곳으로 가는 거였다.
　첫 여행을 일본 그리고 그중에서도 쓰쿠바로 다녀온 후, 선진국이라 함은 국민소득이 높다기보다는 사람이 선진적이라는 생각이 들었다. 줄을 서지도 표를 사지도 않은 사람을 불평 없이 기다려준 관용, 2인용 좌석의 옆자리가 비었을 때 먼저 양해를 구하던 예절, 내가 외국인이라는 것을 알고 영어로 답해주던 배려 등의 선진한 태도들이 여태 기억에 남는다.

바로 그러한 것들이 내가 프랑스나 일본 같은 문화 강대국을 주로 찾아다닌 이유였다. 티베트고원 아이들의 순진한 눈빛, 인도 갠지스 강가 사람들의 초연한 눈빛 앞에서 백화점 세일 기간에 맞추어 명품 백을 사던 자신이 한없이 부끄러워졌다고 말하는 사람들도 있지만, 그러나 선진국 시민의 선진한 태도 역시 그에 못지않은 감동을 주었다. 내게는 그것이 훨씬 더 큰 충격이자 즐거움이었다.

놓치고 싶지 않은 새벽 식당 ✏️

홀에 일곱 그릇!

호기로운 외침 뒤에 대령한 순대국밥, 들깨 가루가 소복이 얹혀 있다. 이제 어쩌나 하는 심정으로 주위를 둘러보니, 누구는 풋고추를 또 누구는 새우젓을 한 숟가락씩 넣고 있다. 나도 따라 풋고추와 새우젓을 집어넣고 국물 맛을 보니 먹을 만하다. 공기밥을 그릇째 말아 넣는 것을 보며 두어 술 밥을 말아 국물을 떠넘기려는데, 누군가가 물었다.

"어떤가요, 먹을 만한가요, 서윤영 씨?"

일시에 내게로 쏠려오는 시선, 나는 공기 안에 남아 있던 밥을 마저 말아 넣었다. 그러고는 한술 듬뿍 떠서 입안에 털어 넣으며 말했다. 아주 맛있는데요.

　나는 그때 스물일곱 살쯤 먹어서, 남자가 여자와 처음으로 함께 밥을 먹기 위해 지켜야 하는 세세한 규칙들에 익숙해져 있던 참이었다. 저와 식사 같이 하시겠어요, 뭐 좋아하세요, 이러이러한 것을 먹으려 하는데 괜찮으시겠어요. 아무리 생략해도 결코 빠질 수 없는 세 가지 절차가 그러나 그곳에서는 모조리 생략된 채, 식당 주인조차 메뉴를 묻지 않고 머릿수만 세어 일곱 그릇이라고 외쳤다. 낯선 경험, 하지만 불쾌하지는 않았다. 어쩌면 이 국밥 한 그릇을 먹기 위해 10년 전 그 일이 있었던 게 아닐까.

　경복궁 향원정의 뒤편에 앉아 새로 산 책을 들여다보는 내 목덜미 뒤로 서늘한 바람이 지나가고 있었다. 아침 일곱 시부터 밤 열 시까지 오로지 학교에 묶여 있어야 하는 그때, 무슨 일로 짬이 났던 걸까. 교보문고의 매대에서 급히 읽던 책 한 권에 뒤통수를 후려치는 듯한 충격을 받고 말았다. 처음에는 그저 아무렇지도 않은 듯 시작했다. 결혼식 장면에 이어 신혼의 재미가 오밀조밀 펼쳐지는가 싶더니 어느 순간 남녀 주인공은 할복을 해버렸다. 그것도 군복과 흰 명주옷으로, 바로 몇달 전 결혼식에서 입었던 그 예복으로 갈아입고서. 설마 설마 했는데 마침내 결행해버리는 것을 보고서 혹시 내가 이 책을 잘못 읽은 게 아닌가 착각할 지경이었다. 그래서 다시 한 번 찬찬히 읽어볼 요량으로 그 책을 샀는데, 막상 사고 보니 읽을 장소가 마땅치 않았다. 그때 고등학생이었던 나는 경복궁 견학을 왔던 초등학교 시절을 생각해냈다. 그때 교보문고에서 경복궁까지 8월의 아스팔트를 밟으며 걷던 길에 들려 있던 서늘한 책, 더욱 조용한 곳을 찾아 향원정의 후미진 구석까지 들고 온 피범벅의 책, 미시마 유키오(三島由紀夫)의 『우국(憂國)』이었다.

그것이 1936년에 일어난 실제 사건을 극화한 것이며, 미시마 역시 1970년 군국주의의 부활을 부르짖으며 할복으로 생을 마감했다는 사실을 당시 나는 전혀 알지 못했다. 또한 흑백의 표지 사진이 미시마 자신이 직접 감독과 배우로 출연했던 동명의 영화 속 한 장면이라는 사실도 알지 못했다. 다만 신혼집에 낭자하게 뿌려진 선혈로 정신이 아득할 뿐이었다.

당시만 해도 우리 문화계는 지금처럼 풍성하지 못했다. 해외 문학이라고 해봐야 거실 장식장에 꽂아놓기 딱 좋은 세계 문학 전집이 주류를 이루었는데, 30권 혹은 50권으로 이루어진 그 목록 속에 일본 작가는 가와바타 야스나리가 유일했다. 문화계 전반에서 왜색이 최대 금기이던 시절이었다. 그런 시대에 어떻게 미시마의 작품이 번역될 수 있었는지, 더구나 작가와 작품 속 주인공이 분신처럼 닮아서 작가 자신의 목소리를 가장 강하게 드러내고 있는 그 작품이 번역될 수 있었는지, 지금 생각해도 의문이다. 당시 나는 일본 문학이라면 아련하고 아슴아슴하기가 이보다 더할 수 없는 가와바타의 『서정가』에 익숙해 있던 터라, 미시마의 강렬하고 간결한 문장에 정수리를 얻어맞은 느낌이었다.

주변을 태워버릴 듯 아우성치는 8월의 태양 아래 또 한 번의 숨가쁜 재독(再讀)을 해보아도, 어째서 주인공이 할복을 해버렸는지는 알 수 없었다. 더구나 일반적인 남녀의 동반 자살과 다르게, 신혼의 아내는 남편의 죽음을 도운 후에 곧 그녀도 뒤를 따랐다. 내가 지금 이 자리에서 삼독을 하더라도 완벽히 이해할 수 없으리라 생각하며 책을 덮었다. 그리고…….

눈을 들어 향원정을 바라보았다. 연못 너머에 위령비가 서 있었다. 초등학교 시절 걸스카우트 제복을 입은 나는 친구들과 함께 거기 적힌 내용을 소리 내어 읽고 있었다. 토요일의 수업은 대개 특별활동과 현장학습으로 대체되곤 하였는데, 그날 일정은 경복궁 견학이었을 것이다. 그리고 마지막 코스가 명성황후 시해 장소였다.

지금은 태원전 영역을 재단장하면서 모습이 많이 바뀌었지만, 예전에는 그곳에 위령비와 함께 명성황후가 일본 낭인에게 시해되는 장면이 담긴 그림도 있었다. 흰색 속저고리 차림의 국모, 그 옆에 칼을 든 낭인들의 모습은 열두 살 시절에 보았던 그림 그대로였다. 그리고 열여덟 살 내 손에 들린 『우국』의 표지 사진 속에도 흰색 명주옷을 입은 여자가 피를 흘린 채 쓰러져 있다. 경사스러운 날에만 입는다는 옷, 그래서 자신의 결혼식에 입었던 그 옷을 다시 꺼내 입고 죽은 아내와 그 옆에 군복을 입은 채 할복을 한 주인공. 무엇 때문에 그들이 자결을 했는지 실마리는 잡히지 않은 채, 다만 피 묻은 칼만이 뇌리에 선명했다.

어쩌면 그 이유 때문이었다, 대학에서 일본어를 공부하게 된 것이. 이문열이 자신의 문학 세계에 큰 영향을 끼친 작품을 선정하면서 "사랑의 여러 빛깔" 편에 가와바타의 『서정가』를 수록하고 "죽음의 미학" 편에 미시마의 『우국』을 수록했듯, 두 작품은 열여덟 살의 나를 강렬하게 긋고 지나갔다. 이문열은 두 작품을 사랑과 죽음으로 구분하고 있지만, 기실은 동전의 양면처럼 사랑과 죽음을 동시에 다루고 있다. 다만 한쪽이 섬세했다면 한쪽은 강렬했다. 똑같은 주제를 어떻게 이토록 극명하게 달리 표현할 수 있나, 그 스펙트럼의 양극단을 동시에 보고 나니, 스펙트럼의 내부에는 어떤 것이 있을까 궁금해졌다. 그리고 공부를 해나가면서 나쓰메 소세키(夏目漱石)와 아쿠타가와 류노스케(芥川龍之介)에 탐닉했다. 이후에는 문학보다 문화, 문화보다 더 본질적인 정신이 더 궁금해졌다.

어떻게 해야 일본 문화의 정수를 끝자락이라도 맛볼 수 있을까 생각하다가, 도장을 찾아가 검도를 시작했다. 열여덟 살의 여름을 베고 지나간 『우국』의 칼, 명성황후를 시해한 낭인의 칼, 그리고 루스 베네딕트가 일본 문화의 특징으로 요약한 『국화와 칼』, 나는 정말 일본의 칼이 궁금했다.

처음에는 그저 한두 달 구경이나 하다 말겠지, 주변에서는 그리 생각했다. 솔직히 나 자신도 그렇게 오래 다닐 줄 몰랐다. 그런데 3년이 지나 초단을 딸 무렵이었나, 도장에 여자 단원이 별로 없어 그중 오래 다닌 내가 선수로 선발되었고 시합 날짜가 잡했다. 선수라니, 시합이라니, 내 생전 그런 말을 입술에 올려볼 줄은 몰랐다. 초등학교부터 고등학교까지 내가 가장 못하는 것이 체육이었으니까. 더구나 선수가 되고 보니 그냥 재미 삼아 다니던 때와는 또 다르다. 저녁 운동으로는 모자라 새벽 훈련을 하다 보면, 하늘의 태양이 바닥에 떨어져 박살이 나는 듯한 느낌이라든지 땅이 갈라지고 뜨거운 용암이 솟아오르는 듯한 고통이라든지, 미시마가 할복의 순간을 표현하는 데 사용했던 말들의 의미를 실감하게 된다. 그리고 그날도 시합을 앞두고 새벽 운동을 한 뒤, 모두 함께 아침을 먹으러 간 참이었다.

그렇게 이른 아침에 문을 여는 식당이란 많지 않다. 시장 골목을 뒤져 들어간 곳이 돼지머리가 족발 위에서 웃고 있는 순대국밥 집이었다. 특별히 음식을 가리는 편은 아니지만 스물일곱이 되도록 순대국밥은 처음이었다. 낯선 음식, 낯선 태도, 하지만 불쾌하지는 않았다. 다만 그중 한 명이 뒤늦게 물어주었다. 어떤가요, 먹을 만한가요? 나는 공기에 남아 있던 밥을 마저 말아 넣었다. 그리고 한 숟갈 크게 뜨며 말했다. 아주 맛있는데요.

그리고 옆 테이블의 사람이 다대기를 건네달라고 했을 때 문득 보았다, 주변에는 우리 말고도 많은 사람이 있음을. 그 시간에 그곳에서 식사를 해결해야 하는 남자의 일상이란 새벽 운동을 하러 다니는 우리와는 달리 고단한 것이다. 짙은 청색 점퍼에 모자를 눌러 쓰고 벽돌만 한 핸드폰을 허리에 찬 채, 천장 꼭대기에 매달린 텔레비전을 보며 깍두기를 씹었다. 아무렇게나 뒹굴던 리모컨에도 국밥을 먹기 전 먼저 목을 축였던 스테인리스 물컵에도 기름때는 절어 있었고, 한 켠으로 치워놓았던 어제 신문에는 깍두기 국물이 말라붙어 있었다. 그런 시간, 그런 곳에서 아침을 먹어본 것은 정말 처음이었다.

스무 살이 되고부터는 남자와 함께 밥을 먹을 때가 많았다. 대개 학과 동기나 선후배들하고는 점심을 함께 먹었고, 남자친구이거나 남자친구가 되려고 애쓰는 이들하고는 저녁을 함께 먹었다. 하지만 아침을 함께 먹어본 것은 그때가 처음이었다. 누구라도 마찬가지이리라, 남자와 아침을 먹기 위해서는 그 전날 밤을 함께 보냈거나 아니면 아주 이른 아침에 만나야 한다. 그런 사이라면 대개 연인을 생각하겠지만, 그런데 동기나 선후배도 그러할 수 있다. 그리고 그때 느끼는 감정은 연인의 사랑과는 또 다른 차원의 진한 동료애이다.

말없이 국밥 한 그릇을 해치우고 자판기에서 커피를 한잔씩 뽑아 마시고 헤어진 뒤 그날 저녁 다시 만나 저녁 운동을 했던 선배들이 내게는 그러했다. 또한 학교의 선후배들도 그러했다. 건축을 공부하다 보면 학교에서 밤새 작업해야 할 때가 있는데, 이튿날 새벽 찾아가는 곳이 시장통의 국밥집이다. 함께 가는 이들은 내게 메뉴를 묻지 않았고, 다만 주인 아주머니가 머릿수를 셀 뿐이었다. 홀에 다섯 그릇! 그 뒤엔 말없는 식사가 시작되었다. 남자친구와 함께 저녁을 먹으며 돈까스에 맥주 한 병을 시켜놓고 쏟아내었던 자잘한 이야기들을 그들은 하지 않았지만, 그

먹먹한 침묵 속에는 훨씬 더 많은 것들이 담겨 있었다. 그리고 그곳에 때로 혼자 갈 때도 있었다.

너무 젊은 청춘이 버거워 밤새 술을 마시고 나면 이른 새벽에 눈이 떠졌다. 부석한 얼굴로 비누를 챙겨 목욕탕에 다녀오면 짙푸른 새벽은 한결 밝아져 있었고, 가로수 사이로 차가운 햇살이 또다시 모질게 돌아 오를 때 찾아가는 곳이 해장국 집이었다. 트럭 운전을 하는 모양인지 허리춤에 자동차 키를 한 묶음씩 매단 남자들은, 벽에 걸린 텔레비전에서 눈길을 거두어 그 새벽에 젖은 머리로 혼자 앉은 여자를 슬금슬금 쳐다본다. 그 고단한 일상 속에 녹아 있는 적막한 침묵이 좋고, 그래서 해외여행 중 놓치지 않는 것도 바로 그 새벽 식당이다.

여행 중에는 대개 일찍 눈을 뜨는 편인데, 그중 도쿄의 아침은 까마귀가 먼저 반겨준다. 아슴푸레 눈이 뜨일 때 펼쳐지는 낯선 방 안의 모습, 창 밖에서 까악까악 우는 까마귀 소리에 내가 지금 일본에 있다는 사실을 언뜻 깨달으며 핸드백을 챙겨 거리로 나간다. 한국보다 조금 더 동쪽에 있어 서울보다 꼭 30분 먼저 해가 뜨는 동쪽의 수도 도쿄. 언제나 그러하듯 그 도시의 맨얼굴을 보기 위해 새벽의 거리를 산책하고, 다음으로 요시노야(吉野家)에 들어간다. 시장통 국밥집은 일본에도 있겠지만 그러나 가장 흔히 보이는 아침밥 집이자, 24시간 밥을 먹을 수 있는 그곳은 전국적인 체인점으로 운영된다. 대학가나 지하철 역 주변에는 빠짐없이 한 군데씩 있는 것이, 굳이 말하자면 미국 패스트푸드 매장의 일본식 버전쯤 되려나.

우동, 김밥, 덮밥 등 모형으로 전시된 음식을 구경하다가 자판기에 돈을 넣고 버튼을 누른 다음, 번호표를 요리사에게 건넨다. 인건비를 절감하자고 식당에는 다른 종업원이 없고, 자릿세를 아끼고자 상점 중앙에 기다란 바 테이블을 놓았다. 타원형으로 생긴 바 테이블의 가장자리에 손님이 둘러앉고 그 가운데에 두 명의 요리사가 서빙을 하는 가장 일본다운 식당, 이곳에 오는 사람은 빠르게 한 끼를 해결하기 위한 혼자 손님이 대부분이다. 더구나 그것이 출근 직전의 이른 아침이라면 더욱 그러하다. 그 아침 그곳에 모여 앉은 사람들은 20대에서 50대까지 나이 차이는 있을망정, 한결같이 똑같은 모습이다. 종이를 접어 만든 것 같이 주름 하나 없는 빳빳한 슈트, 미농지를 오려 붙여놓은 듯한 와이셔츠, 그 위에 셀로판 리본 같은 넥타이가 붙어 있다. 타원형 테이블의 특성상 함께 앉은 사람 모두와 눈이 마주칠 수 있지만, 바로 그 점 때문에 그들은 결코 눈을 마주치지 않는다. 귀는 이어폰으로 틀어막고 눈은 신문에, 잡지에, 만화에 내리꽂고 있다.

오래 기다리셨습니다. 요리사의 인사와 함께 쟁반 위에 담겨 나오는 식사 역시 매몰찰 정도로 단정하다. 패스트푸드 매장에서 흔히 볼 수 있는 똑같은 네모난 쟁반이지만, 칼로 잘라놓은 듯한 날 선 아름다움이 거기에 있다. 네모나게 잘라 구운 생선 토막, 반달 모양으로 잘라 부채 모양으로 펼친 단무지. 내가 처음 검도를 시작할 때, 시합에 나가는 선배들을 위해 시루떡을 준비하면서 그 떡을 정사각형으로 반듯이 잘라 내놓던 기억이 있다. 삶은 돼지고기도, 곁들여 먹을 김치도 모두 그렇게 똑같은 크기로 반듯반듯 잘라야 했다. 그리고 내가 선수가 되어서는 후배가 무심코 잘라온 수박을 보고 샐쭉하니 밀쳐 놓았다. 선수가 시합에 출전한다는 것은 무사가 전쟁터에 나가는 일과 다름없는데 지금 나보고 삐뚤어진 수박을 먹으라는 거냐, 재수없게. 지금 내 앞에 놓인 밥과 된장국, 생선과 채소 절임은 후배가 새로 잘라온 수박마냥 날이 서 있고, 또한 내 눈앞에 보이는 일본의 샐러리맨들은 귀에 이어폰을 꽂은 채 똑같은 모습으로 반듯반듯하다.

신문에 박고 있던 눈길을 거두어 이제 자신 앞에 놓인 쟁반만을 쳐다본다. 젖은 머리를 풀어 헤친 채 해장국을 먹든, 이틀이나 감지 않은 머리를 고무줄로 동여맨 채 비빔밥을 비비든, 아무튼 남자는 여자를 쳐다보게 되어 있다. 그러나 요시노야에서의 아침, 그들은 결코 나를 쳐다보지 않는다. 그 새벽에 거기서 밥을 먹는 여자는 나 혼자이고, 원형 테이블에서 저절로 눈이 마주치는데도 그들은 결코 나를 쳐다보지 않는다. 그럴 여유조차 없는 것인지, 그 또한 상대를 위한 배려인지, 그러나 나는 거기서 더욱 고단한 생의 이면을 엿본다. 새벽 운동을 마치고 함께 몰려갔던 용인의 순대국밥 집, 거기서 보았던 남자들은 후줄근한 점퍼에 때묻은 모자를 쓰고 한결같이 고단하고 신산스런 얼굴이었다. 그리고 지금 요시노야의 샐러리맨들도 다르지 않다. 주름 하나 없

는 옷차림에 장난감 같은 이어폰, 찹쌀로 빚어놓은 듯한 저 얼굴
에 스며 있는 긴장의 빛은 결국 똑같다. 오히려 그보다 더할 것
이다. 그래서 그들은 결코 나를 쳐다보지 않는다, 그럴 여유조차
없기에.

그 서늘한 눈빛을 훔쳐보며 문득 생각한다, 백 년 전 태평양으
로 고기잡이를 나가던 어부의 눈빛이 저러했을까를, 전쟁이 있
어 출병해야 함을 가족에게 고하는 무사의 눈빛이 저러했을까를,
『우국』의 심정으로 신혼의 아내를 앞에 두고 할복을 해야 하는
육군 중위의 눈빛이 저러했을까를.

작은 꼬투리 하나로 전체를 그리는 무지

아차 하는 순간에 실수를 했다. "어른 한 명에 얼마?"라고, 카운터를 지키는 일흔 넘어 여든은 된 듯한 할아버지에게 얼결에 반말이 나왔으니까. 할아버지 역시 흠칫 놀랐지만 그래도 상인의 본분에 따라 "450엔입니다, 손님"이라고 대답하는 손에 동전을 쥐여주고 안으로 들어왔을 때, 이거 뭐야, 한국이랑 똑같잖아 하고 중얼거렸다. 나무 벤치, 체중계, 동전을 넣고 사용하는 헤어드라이어, 구석에 놓인 낡은 텔레비전, 지하철 보관함같이 줄줄이 늘어선 옷 보관함과 그 앞에 걸린 번호표와 열쇠, 끄트머리에 붙어 있는 불어 터진 고무줄까지 모든 것이 한국과 똑같았다. 보관함에 옷을 넣고 수건과 비누를 챙겨 들어온 욕실, 바닥에는 푸른

색 타일이 깔려 있다. 냉탕과 온탕이 구분되어 있고 샤워기와 수도꼭지가 붙어 있으며 벽에는 소나무를 배경으로 학이 날아가는 그림이 페인트로 그려져 있는, 정말 모든 것이 한국과 똑같다. 일본 여행 중 가장 가고 싶었던 곳이 동네 골목길에 있는 대중목욕탕이었다. 가장 서민적인 그곳은 대체 어떤 모습일까, 잔뜩 기대를 하고 왔는데 생각보다 시시하다.

한국에서 하던 대로 탕 안에 들어가 몸을 담근다. 저녁 무렵이어서 사람이 많을 줄 알았는데, 웬걸 나 혼자밖에 없다. 자그마한 동네 목욕탕이라 그런가 생각해보아도, 목욕탕은 크면 큰 대로, 작으면 작은 대로 손님은 있는 법이다. 그런데도 이곳에 나 말고 아무도 없다니. 사실 우리나라도 예전에는 목욕탕에서 동네 사람을 다 만날 정도였지만, 아파트가 대중화되면서 목욕탕 갈 일도 뜸해졌으니 일본이야 어련할까.

동전을 내고 들어간다 하여 일명 '센토(錢湯)'라 불렸던 이곳도 이제 역사의 뒤안으로 사라지는가 생각하고 있는데, 갑자기 기침 소리가 들렸다. 아무도 없는 곳에서 들리는 낯선 기침 소리, 분명 남자의 목소리였다. 주위를 한번 돌아다보았지만, 역시 아무도 없다. 분명 카운터 앞에 남탕과 여탕이라고 구분되어 있던 것을 재차 확인하느라 정신이 팔려 할아버지에게 반말까지 하는 실수를 했는데, 대체 어디에서 나는 소리인가. 뒤이어 이번에는 좀 더 또렷한 목소리가 들려온다, 분명 남자의 말소리다. 순간 아하, 이게 바로 그거구나 생각했다. 한국과 일본의 가장 다른 점,

작은 꼬투리 하나로 전체를 그리는 무지

일본의 대중탕에서만 볼 수 있는 아니 들을 수 있는 거였다.

"동네 목욕탕이 있었는데 거기는 커다란 온탕이 가운데 하나 있었단다. 그래서 그 중간에 칸막이를 치고 남자는 이쪽, 여자는 저쪽에서 목욕을 했단다. 탕이 하나니까 당연히 수도꼭지도 하나겠지? 여자 쪽에서 뜨거운 물을 잔뜩 틀면 갑자기 남자 쪽에서 수도꼭지를 확 잠그는 경우도 있었단다. 내가 어느 날 조그만 바가지로 물을 떠서 끼얹고 있는데 갑자기 칸막이 밑에서 남자 손이 확 나오면서 그 바가지를 채 가는 거야, 처녀 손인 줄 알고 장난치느라 그랬겠지."

옆에서 듣고 있던 외할머니도 거들었다.

"동네 목욕탕이다 보니까, 부부가 함께 와서 여자는 이쪽, 남자는 저쪽으로 들어가는데, 그러다가 비누나 수건을 칸막이 밑으로 넘겨주기도 했었지, 어이, 나 그것 좀 줘, 하면 칸막이 밑으로 넘겨주는데, 그런데 여보, 나 그것 좀 주세요 소리가 나면 조심해야 돼, 남자들은 수건이며 비누를 칸막이 너머로 확 던진다니까. 가만히 앉아 있는데 갑자기 비누가 확 날아오고."

그때 중학생이던 나는 깜짝 놀라 되물었다. 그럼 칸막이 밑으로 얼굴을 들이밀고 여탕을 훔쳐보는 사람도 있겠는데? 어머니와 외할머니는 고개를 가로저었다. 글쎄, 그런 경우는 못 봤다. 물론 나도 지지 않았다, 그럼 만약에 사다리를 디디고 올라가서 칸막이 너머로 고개를 내밀고 들여다본다면? 어머니와 외할머니는 마주 보고 웃었다.

"글쎄, 그런 적 없다니까. 거기만 그런 게 아니라 원래 일본 목욕탕이 전부 그래, 하나를 만들어서 칸막이를 쳐서 가운데를 갈라놓은 거니까, 보이지만 않을 뿐 목소리는 다 들리지."

젊었을 적 돈을 벌기 위해 외할아버지와 외할머니는 일본으로 갔고, 장녀였던 어머니는 그곳에서 태어나 어린 시절을 보냈다. 그리고 외할머니와 어머니가 마주 앉아 하던 이야기를 들었던 터라 놀라지 않았다.

사실 그것은 그리 이상한 일이 아니다. 예전에는 어디나 물자가 귀해서 요즘처럼 남탕, 여탕을 따로 짓지 않고 그저 동네에 하나만 지어놓고서, 대개 격일로 남녀 구분을 하였다. 그런데 이것이 혼란스럽기도 하고 불편해서 점차 반으로 나누어 쓰기 시작하다가 나중에는 아예 남탕과 여탕을 따로 만들기 시작했다. 어머니가 기억하는 목욕탕은 그 과도기의 것이리라. 본디 하나였던 것을 반으로 나누다보니 급한 대로 나무판자로 벽을 막았고, 그래서 비누나 수건이 넘나들었던 모양이다. 그리고 그 풍습이 지금도 남아 있는 모양인지 어디선가 목소리가 들린다. 가운데 칸막이는 현재 육중한 콘크리트 벽이지만, 남자의 목소리가 이렇게 가깝게 들릴 수 있다니.

귀 기울여보니 별거 아니다. 고교 시절 축구부에 가입했던 이야기다. 한국에서는 남자 셋만 모이면 군대에서 축구 한 이야기를 한다는데, 군대를 아니 가는 일본 남자들이 모여 앉아 고등학

작은 꼬투리 하나로 전체를 그리는 무지

교 때 축구 했던 이야기를 하고 있다. 깨알 같은 남자들의 수다가 이리도 자세히 들릴 만큼 그 벽은 얇고도 가벼웠다. 어린 시절 어머니의 이야기를 미리 들어놓지 않았다면 놀라 까무러쳤을지도 모르겠다.

대중매체에서 일본 문화를 다루는 것 자체가 금기시되던 때가 있었다. 그래서 그것이 음성적인 경로로 들어오면서 음란과 폭력으로 점철된 저급 문화가 주류를 이루던 때, 저급 문화의 최고 정점에 남녀 혼탕이 자리 잡고 있었다. 일본에서는 남녀가 함께 목욕을 한다더라, 거짓말 아니고 정말로 혼탕이라더라, 시골 온천은 물론 자그마한 동네 목욕탕까지 전부 다. 일본 여행에 관한 이야기만 나오면 빠짐없이 등장하는 단골 소재가 그거였다. 그래서 그게 정말인지 아닌지, 여행을 할 때마다 빠짐없이 찾아보았는데 여태 한 번도 못 보았다. 다만 1994년 처음 일본으로 갔을 때 동네 목욕탕 입구에 '남녀 별탕'이라고 쓰여 있어 그럼 혼탕도 존재하긴 하는구나 미루어 짐작했는데, 2000년대가 되고 나서는 남녀 별탕이라는 말도 사라지고 입구에는 남탕, 여탕이라고만 적혀 있었다.

"목욕을 할 때, 더운 물을 좋아해요, 조금 미지근한 물을 좋아해요, 어느 쪽이에요?"

한국에서도 자주 먹던 메밀국수가 그렇게 신기해 보인 적도 없었다. 갈색의 메밀국수 외에 흰색 밀국수, 쑥색 쑥국수까지 세

가지 색의 국수가 각각 따로 삶아져 나왔으니까. 뿐이랴 노란 달 걀지단에 주홍빛 삶은 새우도 있었다. 메밀국수에도 고명이 있으며 그것이 달걀지단과 새우라는, 손품이 많이 들어가는 고명이라는 걸 신기하게 바라보며, 삼색 국수를 가쓰오부시 국물에 찍어 황송하게 먹고 있던 참이었다. 쓰쿠바 대학에 교환교수로 계시던 지도교수님 댁을 방문하여 첫 짐을 풀어놓은 날 저녁, 사모님의 뜬금없는 질문에 무슨 말인지 어리벙벙한데 곧 친절한 설명이 이어졌다.

"보일러를 올려서 미리 목욕물을 받아야 해요, 그리고 목욕한 물은 버리지 말아요. 선생님이 다시 쓰셔야 하니까. 물론 나는 맨 나중에 들어갈 거예요."

국물 한 그릇에 국수는 세 종류가 나왔으니 무엇을 어떻게 먹어야 할지 어리둥절한데, 도대체 한 번의 목욕물로 어떻게 세 사람이 목욕을 한다는 거지?

일본의 목욕 문화는 우리와 달랐다. 어쩌다가 한 번 명절이나 제사를 앞두고 부엌에서 더운 물을 끓여 하는 우리와 달리, 일본에서 그것은 일상이었다. 여름이 몹시 무덥고 습기가 많아 주택은 여름을 나기 쉽도록 지어졌고, 겨울에도 이렇다 할 난방 시설이 없다. 일본도 홋카이도 쪽은 우리 함경도와 평안도보다 훨씬 북쪽이라 추운데도 어떻게 난방 시설 없이 겨울을 나는지, 도쿄 대학의 건축학과 학생들에게까지 물어보았지만 고다쓰 이외에 별다른 시설은 없다고 했다. 다만 잠들기 전 더운 물에 목욕을 하여 체온을 올리는 것이 유일한 방법이라 했다.

일본에서 목욕이란 여름이나 겨울이나 매일 저녁 해야 하는 일상일 뿐, 다른 의미는 없다. 더구나 물도 귀하고 불을 땔 연료도 귀하고, 예전에는 모든 것이 귀했다. 그래서 그런 풍습이 있었다. 목욕통에 더운 물을 받아놓고 가장이 먼저 목욕을 한 다음, 그 물을 버리지 않고 아들이 들어가고 다음으로 딸과 어머니가 차례로 들어가는 일본의 목욕 풍습이 생긴 것이다. 그리고 사람이란 어디에 살든 결국 그곳의 풍습과 문화를 따를 수밖에 없다. 교수님 댁에서 함께 지내면서 한 번 받아놓은 목욕물에 손님인 내가 가장 먼저 들어가고, 다음으로 교수님이 끝으로 사모님이 들어가는, 일본의 일상적인 목욕 풍습을 따르며 지냈다.

하지만 한국에서 목욕이란 일상이 아닌 비일상이다. 사극에서 보여주는 가장 흔하고도 야한 장면이 여주인공이 부엌에서 목욕을 하는 것인데, 그런데 속옷을 입은 채 목욕을 한다. 혼자 하는 목욕조차 옷을 입고 하는 문화권이고 보니, 남녀 혼탕의 문화란 왜곡되어 보일 수밖에. 가운데 칸막이 벽이 있었던 일본의 목욕탕 이야기를 하다가 어머니와 외할머니는 다시 한 번 마주 보고 큭큭 웃었다. 글쎄 일본 사람들은 한국인들이 솥 씻은 물을 먹는다고 놀라더라니까. 그게 숭늉인 줄도 모르고.

한국 주택의 가장 큰 특징은 온돌이고 온돌의 특성상 부엌와 안방은 서로 맞붙게 된다. 하여 전통 주택에서 가장 중요한 공간은 안방 아랫목과 부뚜막에 걸린 가마솥이다. 더구나 이 솥은 떼었다 붙였다 할 수 없고 부뚜막에 고정되어 있어서, '솥을 건다'는 것은 살림을 시작한다, '솥을 뗀다'는 것은 살림을 끝낸다는 의미로도 쓰였다. 누룽지가 눌어붙은 솥을 씻기 위해서는 숭늉을 끓일 수밖에 없다. 그걸 보고 솥 씻은 물을 마신다고 했던 모양인데, 그럼 이쪽에서는 이렇게 말할 수밖에. 숭늉이나 마셔보고 하는 말인가, 아니 온돌방에서 잠이나 한번 자보고 하는 말인가.

문화란 이런 것이다. 앞뒤를 모두 잘라내고 주워들은 한 꼭지만 가지고 보면, 우리 문화의 낯선 모습에 나 자신조차도 놀라게 된다. 문화는 그 자리와 그 상황에서 몸소 체험하면서 통째로 이해해야 하는 것이지, 멀찌감치 물러서서 고개만 삐죽 내민 채 한 토막만 잘라놓고 보면 이해가 아닌 왜곡이 되고 만다. 그리고 우리가 이제까지 가장 많이 왜곡했던 것이 일본 문화이다.

가깝고도 먼 나라라고 했듯, 지리적으로 가까우면 어쨌든 서로 영향을 주고받게 된다. 그런데 불행하게도 해방 후부터 거의 50년이 넘도록 문화 유입을 차단하다 보니 결국 그것은 음성적인 방향으로 흐를 수밖에 없다. 정상적인 경로를 통해 들어오는 고급 문화가 아닌, 암류를 통해 들어오는 저질 문화에서 폭력과 음란, 선정성은 결코 빠지지 않는 요소이다. 그리하여 일본 문화란 곧 음란하다는 통설이 생겨났고 남녀 혼탕 역시 그렇게 만들어진 허상에 불과하다. 물론 혼탕이 전혀 없는 것은 아니었다. 하지만 모든 문화에는 그 사회의 건강성을 유지하기 위한 내재적 도덕률이 존재한다. 보아서는 안 된다, 보여서도 안 된다, 라는 두 가지 규칙을 쏙 빼놓고 보면 그 문화는 분명 이상해 보일 것이다. 칸막이 너머에서는 여태 고등학교에서 축구 하던 이야기가 오가더니, 문득 잘못 찬 축구공이 날아오듯 갑자기 웃음이 터져 이편으로 날아온다.

발 밑의 다다미까지도 차가워져서 혼자 탕으로 들어가려고 하니까, "잠깐만, 저도 가겠어요." 하고 이번에는 여자가 고분고분 따라나섰다. 그가 벗어 던지는 옷을 여자가 바구니에 챙겨 넣고 있을 때, 남자 손님 하나가 들어왔다. 그 손님은 시마무라의 가슴 앞에 몸을 움츠린 채 얼굴을 숨기고 있는 여자를 보자, "아, 실례했습니다." 하고 돌아서려고 했다.

"아닙니다, 어서 들어오십시오. 우리가 저쪽 탕으로 가지요." 하고 재빨리 말하고는, 시마무라는 얼떨결에 벌거벗은 채 옷 바구니를 안고 옆에 있는 여탕으로 갔다. 여자도 물론 부부인 체하고 따라갔다. 시마무라는 뒤도 돌아보지 않고 아무 말없이 탕 속으로 뛰어들었다. 터져 나오려는 웃음을 참기 위해 얼른 수도꼭지에 입을 대고 물 한 모금을 받아서 소리 나게 목 양치질을 했다.

- 가와바타 야스나리, 『설국』 중에서

일본 문화 자체가 금기시되던 1970~80년대, 『설국』은 한국에 소개된 몇 안 되는 문화 중 하나였다. 많은 사람들이 궁금해했다. 무슨 내용일까, 여주인공이 기생이라는데, 기생과 유부남이 연애

하는 이야기라는데. 그것이 묘한 상상력을 자극하여 책을 펼치는 사람도 많았고, 그리고 읽고 나면 대개 한마디씩 했다.

"노벨상 수상자의 작품이래서 읽어봤더니 별거 아니더라, 관광지에서 기생하고 목욕하는 이야기밖에는 별로 기억이 안 나네."

그래서 정말 그런 장면이 있는가 하고 다시 한 번 정독해보았다. 나는 본래 같은 책을 되풀이해 읽는 습관이 있는데, 그중 『설국』은 가장 여러 번 반복해 읽은 책이었다. 열다섯 살 때부터 스물다섯 살까지 다섯 번을 읽어보았지만, 과연 그런 장면이 있었나 할 만큼 사소하게 처리된 부분이었다. 주인공 남녀의 친밀도를 묘사하기 위해 사용된 작은 소품에 불과했는데, 꼭 그 한 장면이 기억에 남은 모양이다. 비단 그 일뿐이랴, 모든 것은 단 한 가지 작은 꼬투리 하나가 전체 인상을 결정지어버린다.

"좀 전에는 실례했습니다, 외국인이어서 일본어가 서툴렀던 것입니다."

목욕을 마치고 돌아오는 길, 카운터를 지키고 있는 일흔 넘어 여든은 된 듯한 할아버지에게 사과를 한다. 그에 한결 밝아지는 얼굴. 행여라도 내 작은 행동 하나가 한국인은 무례하더라, 젊은 것이 노인에게 반말을 하더라 하고 싸잡아 비난 받지 않기 위해.

봇물 같은 감정의 격랑을 피해

부르르릉 우다다다…….

　야간의 한적한 도로, 갑자기 들려오는 굉음에 들고 있던 가방을 가슴 쪽으로 바싹 끌어안았다. 소리가 나는 쪽으로 고개를 돌려 보니 길 한복판을 가로지르는 오토바이 두 대. 번쩍거리는 엔진, 앞쪽과 뒤쪽에 붙은 어지러운 장식물, 하지만 밤거리의 폭주족처럼 그렇게 요란하지는 않았다. 헬멧도 생각보다 단정했는데, 다만 한 대에 앞뒤로 남자 두 명이 타고 있었다. 순간 머리털이 곤두선다. 저것이 바로 폭주족보다 더 무섭다는 그게 아닐까, 말로만 듣던 그 일이 내게도 일어나는 걸까. 가슴에 감싸 안은 가방에 더욱 힘을 주면서 아예 고개까지 푹 수그리고 있는데, 어느 순간 오토바이 소리가 잠잠하다. 무슨 일인가 실눈을 뜨고 보니 오토바이들이 횡단보도 앞에 얌전히 섰다. 순간 맥이 탁 빠지면서 가방을 감싸 쥐고 있던 팔이 힘없이 풀어졌다. 아니었다, 그들은 폭주족도 그것도 아무것도 아니었다. 헬멧에 독수리와 해골을 그려 넣었을망정 신호 대기를 하는 평범한 시민, 야간에 횡단보도를 건너는 사람이 없더라도 붉은색 정지등에는 일단정지를 하는 모범 시민이었다.

최근 한류 열풍의 그림자랄까, 일본 내에 반한 감정이 높아졌다는 이야기를 뉴스로 종종 접한다. 그런 감정은 최근에 생겨났다기보다 예전부터 있었는데, 너울처럼 오르내리는 감정의 격랑은 1990년대 중반에 특히 심했다. 그리고 그것은 생각지도 못한 장소에서 불쑥 튀어나오곤 했다. 어제 친구 집에 갔더니 친구는 없고 대신 친구 누나가 있었는데, 라고 시작되는 이야기는 한국뿐 아니라 일본에도 있다. 그런데 아메요코 시장이나 도쿄 역처럼 사람이 많이 모이는 곳의 공중화장실에 가면 한국에 대한 욕설이 친구 누나와 함께 뒤엉켜 있곤 했다. 심한 경우에는 화장실 문을 열자마자 보란 듯이 태극기에 커다란 X자를 그어놓고 한국은 어쩌고 저쩌고 문구가 적혀 있기도 하는데, 그러면 달리 도리가 없다. 조용히 문을 닫고 다른 칸으로 갈 수밖에.

때로 저녁 아홉 시 NHK 뉴스에서는 앞섶에 칼자국이 난 저고리 한 벌을 보여줄 때도 있었다. 옷고름이 달려 있어야 할 자리에 칼로 그은 흔적이 역력한 하얀색 여자 저고리, 극우파가 찢고 달아난 조총련 여학생의 교복이었다. 아직도 국적을 버리지 않고 그들만의 학교에 다니는 조총련, 남학생의 교복은 슈트 차림이지만 여학생의 교복은 전통적인 치마저고리 차림, 2인1조로 오토바이를 타고 다니는 과격한 극우파 청년, 길을 묻는 척 접근하여 순식간에 칼로 긋고 달아난 저고리, 당분간 여학생은 교복 대신 사복으로 등교하게 되었다는 안내, 장면장면 보여주는 자료 화면, 드문드문 이어 들리는 앵커의 목소리, 낱낱의 단어들이 조합되어 만들어진 문장, 각각의 정황들이 이어져 재구성된 상황. 아홉 시 뉴스가 끝나고 그 문제에 대한 심야 토론이 곧 이어지는 모양인데, 그 사이에 나오는 맥도날드 광고를 보며 생각했다. 갑자기 남자들이 나타나 칼로 앞섶을 찢고 달아났을 순간의 황망함을, 행여 그 잭나이프가 2~3센티미터 더 깊이 들어왔을 때의 상황을, 아울러 지금 저것이 성범죄인가 외국인 혐오증인가를.

조총련에 대한 감정을 표출하는 과정에서 남학생은 구분이 안 되니 여학생만 표적이 되었을 뿐인데, 그 발단은 슈트 차림의 남학생, 한복 차림의 여학생이라는, 바로 옷에 있었다. 그들은 지금도 그러한 차림을 하고 다니는데, 따지고 보면 매우 이상하면서도 널리 퍼진 관행이다. 대개 외세에 의해 근대화를 경험하는 제3세계에서 남성복은 빠르게 국제 복식으로 바뀌지만, 여성복은 계속 전통 복식을 고수하다가 한 세대가 지나야 비로소 국제 복식으로 바뀌는 경향이 있다. 이러한 복식의 성별 시차는 조총련의 문제뿐만이 아니다.

　부르르릉, 끼익!

　헬멧을 벗고 나니 긴 머리가 어깨 위에서 물결친다. 배낭을 메고 건물 안으로 들어서는 그녀의 옷차림은 민소매 티셔츠에 짤막한 핫팬츠 차림이다. 예전과 비교해 여학생들의 옷차림은 점차 짧아지고 또한 간단해지고 있는데, 그 옆을 긴 바지에 긴팔 셔츠를 입은 한 무리의 여학생들이 지나간다. 얼굴에는 선명한 얼굴 선만을 남긴 채 머리카락 한 올 보이지 않도록 단단히 베일을 쓴 모습, 한여름에도 언제나 긴 바지에 긴 소매 옷차림을 하고 행여 발목이 보일까 두꺼운 양말을 신은 모습, 이슬람에서 유학 온 여학생들이라 했다. 아울러 그 뒤에는 함께 온 이슬람 남학생들이 청바지에 학교 점퍼, 야구 모자를 쓴 채로 뒤따른다.

　학교 내에 유학생이 많아지면서 예전에는 생소했던 이슬람 국가의 학생들도 눈에 띄기 시작했다. 그들을 보며 생각한다. 만약에 이슬람 극렬분자의 테러 행위로 한국인이 사망하는 사건이 발생한다면, 새삼 이슬람에 대한 반감이 커질 것이고 그로 인해 그녀들이 모욕이나 폭행을 당하지 않을까를. 학교 마크가 새겨진 점퍼에 야구 모자를 쓴 남학생은 그의 국적이 복장으로 나타나지 않는 까닭에 화를 면할 수 있지만, 저렇게 보란 듯이 베일을 쓰고 다닌다면 행여 저 베일이 벗겨지거나 찢어지는 모욕을 당하지 않을까를. 그때 일본에서 조총련 여학생의 저고리가 찢어진 것도 그 이유 때문이었다.

당시 일본인들은 조선인(북한 사람)과 한국인(남한 사람)을 명확히 구분하지 못했다. 조선인 여고생이나 한국인 여대생이나 그들 눈에는 매한가지로 보일 것이다. 횡단보도 앞에서나 으슥한 골목길, 난데없는 오토바이 소리에 소스라쳐 놀라는 일이 한두 번이 아니었다. 그럴 때면 가방을 가슴에 안은 채 그 소리가 사라지기만을 기다릴 뿐이었다. 자라 보고 놀란 가슴 솥뚜껑 보고도 놀란다는 격으로, 그들은 극우파도 폭주족도 아닌 그저 오토바이를 타고 다니는 사람에 불과했다. 사실 극우파는 오토바이보다 주로 버스를 타고 다닌다.

우에노 공원 앞, 지하철에서 내리고 보니 그곳 풍경이 조금 낯설었다. 1980년대 대학가에서 흔히 볼 수 있던 전경 버스와 같은 차량이 서 있고, 나부끼는 일장기와 펄럭이는 욱일승천기 사이로 뜻 모를 군가 소리가 우쭐대고 있었다. 그 옆에 늘어선 남자들은 볏을 잔뜩 세운 장닭같이 기세등등했고, 아래위로 청색 양복을 맞추어 입은 채 머리 모양이 유난히 짧고 단정했다. 순간 잘못 걸렸구나, 라는 생각이 퍼뜩 들었다. 말로만 듣던 극우파 단체를 여기서 보게 될 줄이야. 노래가 끝날 때마다 확성기로 뱉어내는 말들이 무엇을 뜻하는지는 모르겠다. 놀라고 다급한 마음에 어서 이 자리를 피해야겠다는 생각이 앞섰다.

거리에는 나 말고 다른 사람들도 많았다. 그러나 일본인인 그

들은 경찰들이 만들어준 폴리스라인 밖에서 무관심하고 심드렁
했다. 제복을 입은 경찰들이 몰려서서 폴리스라인을 확보하고 있
는 것이, 어찌 보면 극우파와 경찰 간의 몸싸움으로 보이기도 했
다. 나도 그들처럼 태연하게 그저 심상하게 지나가야겠다고 생각
하며 조심스레 걸음을 옮기는 순간, 누군가 내 소매를 잡아당겼
다. 흠칫 놀라 돌아보니 머리를 짧게 자른 남자가 서 있었다. 예
의 그 푸른 양복을 입은 그는 서른 살쯤 되었을까, 바짝 치켜 깎
은 머리카락들이 이마와 정수리 끝에서 꼿꼿하게 서 있었다.

내가 대학을 다니던 때는 학내 시위도 많았고 반미 감정도 높
았다. 축제란 곧 데모와 동의어여서, "Yankee go home(미국인
은 물러가라)"을 외치고 성조기를 짓밟은 뒤에는 막걸리와 파전
을 먹으러 갔다. 그런데 하필 그때 미국인이 지나간다면? 짓밟힌
성조기와 찢어진 저고리가 머릿속에서 오버랩 되는 가운데, 그가
전단지 한 장을 내밀었다. 무슨 내용인지는 모르겠다, 다만 태극
기 위에 커다랗게 X자가 그어져 있고 ○○○정부는 어쩌고 저쩌
고, 당시 대통령의 이름까지 거명되어 있었다는 것 외에는. 선뜻
그것을 받지 못하고 있자니 무어라 말을 하는데, 혼잡하고 시끄
러운 틈새에서 잘 들리지 않는다. 달리 도리가 없다, 외국인이라
둘러대고 어서 이 자리를 피하는 수밖에.

"나는 한국인이 아니라 외국인입니다, 그래서 한국어를 모릅
니다."

어처구니없는 말, 그마저도 잘 들리지 않는 모양이었다. 무

슨 소리야, 그가 되묻는다. 외국인이어서 일본어를 모른다고 고쳐 말하려다가 깨닫는다. 그는 내가 일본인인 줄 알고 동참하라는 의미로 전단지를 내밀었다는 것을. 당시만 해도 한국 관광객이 그리 많지 않던 시절이었다. 공중전화를 걸기 위해 기다리고 있다가 수화기를 집어 들고 한국어로 이야기를 하면 옆 사람이 흠칫 놀라 돌아보곤 했으니, 그저 나를 일본인으로 생각했으리라. 그런데 한국인이 아니어서 한국어를 모른다는 앞뒤 없는 말에 이 생경한 말투는 무엇인가. 푸른 빛을 내쏘는 듯한 그의 눈이 나를 빠르게 훑어보고 있었다.

때는 여름, 반바지에 운동화를 신고 배낭을 멘, 그래서 '나 배낭여행객이오' 광고하고 다니는 듯한 옷차림이 싫어 그날은 원피스를 입고 비닐 가방을 들었다. 그 전날 와세다 대학 근처를 쏘다니다가 들뜬 마음으로 사 입은 원피스, 내친김에 집어 든 여름용 비치백이었다. 아무것도 숨길 수 없는 비닐 가방에 요란스레 적혀 있던 말들은 'New York, Paris, London'이었나, 그 사이로 'Republic of Korea', 짙은 녹색의 한국 여권이 투명하게 드러나고 있었다. 그의 눈길이 그곳에서 딱 멈추었다. 심장의 한가운데가 얼음처럼 굳어지는 공포, 뇌리의 여러 곳에서 폭죽처럼 터지는 두려움, 혹여 이 사람도 잭나이프를 갖고 있는 걸까, 천천히 가방을 들어 올려 가슴에 감싸 안으려는데 그가 무어라 말을 했다. 요란한 확성기 소리에 묻혀 잘 들리지 않았지만, 어쩐지 '가거라'라는 말을 들은 것 같았다. 어디로 가라는 말인가, 나는 여기 배낭여행을 왔을 뿐인데, 왜 이 나라 사람들은 나만 보면 어서 빨리 한국으로 돌아가라는 말만 하는가, 소리쳐 물었다. 어째서? 어디로? 그가 더 크게 외쳤다.

"가라고, 여기 위험하니까 어서 피하라고."

그러고는 내밀었던 전단지를 거두어 내 옆을 스쳐 지나갔고, 이윽고 푸른 양복의 무리 속에 묻혀버리고 말았다. 펄럭이는 욱일승천기 너머로 햇빛이 사납게 쏟아지는 가운데, 웅웅거리는 스피커 소리를 타고 서늘한 바람이 내 등을 스쳐 지나가고 있었다. 사람들은 여전히 폴리스라인 밖에서 심드렁했고, 한낮의 거리는 태양에 녹고 있었다.

일본의 태양은 언제나 뜨겁고 여름은 무덥다. 1994년의 폭염처럼 더웠던 2012년의 여름, 유튜브에 올라온 동영상 하나가 화제가 되고 있었다. 태극기를 짓밟는 극우파의 발길들, 위안부 소녀상 옆에 설치된 말뚝, 런던 올림픽 박종우 선수의 독도 세레모니, 그 옆으로 함께 링크되는 일본 극우파의 반한 시위 관련 기사들, 그리고 그 뒤로 한결 차분한 해설 기사들이 이어지고 있었다. 한일 관계가 최악이었던 때는 1990년대 중반 김영삼 정부 시절이라 했다. 국내 여론을 의식해 연일 쏟아내는 대통령의 강경발언이 일본 극우파의 반한 감정을 자극했고, 그리고 비슷한 상황이 지금 벌어지고 있다고 했다. 당시 NHK 뉴스 뒤에 이어지는 심야 토론에서 해석되고 토론되었을 그 문제들을 18년이 지난 지금에야 알게 된 것이다. 그러고 보니 또 하나 기억난다, 전단지를 내밀던 그가 돌아서며 했던 말이. 폴리스라인 밖으로 물러서라, 위험해지면 경찰에게 도움을 청해라, 였다.

세상에서 가장 무서운 나라

"이 문제에 대한 당신의 생각은?"

갑자기 날아온 화살 같은 질문. 수업 시간 내내 아무 말 없이 입을 꼭 다문 채로 앉아 있었으니.

"아무 말이라도 좋으니, 본인의 생각을 말해보세요."

다시 한 번 다그치는 일본인 교수의 눈매가 날카롭다.

"그러니까, 말하자면 기존의 전통적인 남녀 관계가……. 현 사회에서는……"

더듬더듬 말을 꺼내고 있자니, 새삼 안경을 고쳐 쓰고 나를 똑바로 쳐다본다. 둥글게 모여 앉은 학생들의 시선까지 온통 내게 쏠린다. 기존의 전통적인 남녀 관계가 현 사회에서는……, 다음

말을 이을 수 없는 것은 단어를 몰라서인지 할 말이 없어서인지
나 자신도 알 수가 없는데, 아니나 다를까 교수님이 말한다.

"어려우세요? 그럼 한국어로 말해보세요."

회화 수업 시간에 듣는 가장 치욕적인 말이 이것이다, 오기와
자존심을 세우고 끝끝내 일본어로 말한다.

"제가 지금까지 했던 비행기 여행은 얼마 전의 제주도 수학여
행이었습니다."

난데없는 동문서답에 키득키득 웃음이 쏟아진다. 교수님까지
웃음을 참느라 입꼬리가 살짝 올라간다. 그러고는 출석부로 눈을
돌리는데, 지금 기입하고 있는 내 점수는 몇 점이려나.

1992년 외국어 대학의 일본어 회화 시간, 아직 춘설이 남아
있는 3월의 캠퍼스에서 교수님이 펼쳐 보인 것은《요미우리신
문》의 사회면이었다. 빽빽한 한자와 세로쓰기의 그 신문은《한
겨레신문》의 순한글체와 가로쓰기에 길들기 시작하던 우리 눈에
사뭇 고풍스러워 보였다. 그것은 4학년 고급 회화의 무게가 실린
신문이기도 했다. 이제부터《요미우리》의 사회면에 실린 기사 한
꼭지를 주제로 학생들끼리 자유토론을 한다고 했으니까.

"주5일제 근무의 확산에 따라 요즘 도쿄의 직장 여성들 사이
에서는 주말을 이용해 홍콩 등지로 쇼핑관광을 떠나는 일이 많
아졌다. 그래서 일본의 각 항공사들은 이러한 주말 여성 고객을
공략하기 위해, 기존의 여성 스튜어디스 대신 준수한 외모의 남

성 스튜어드를 주말 아시아 노선에 집중 배치하고 있다."

마을 전체를 통틀어 이장 댁에만 꼭 한 부 배달되는 신문을 돋보기를 쓴 이장이 소리내어 읽듯, 안경을 돋우며 외국인 교수님이 외국 신문을 낭독하고 있었다. 바다 건너 용인 캠퍼스에까지 전해진 도쿄의 소식은 겨울 눈도 채 녹지 않은 마을에 전해진 때이른 벚꽃 소식 같았다. 그 문제에 대해 토론을 하자면 먼저 관련 단어들을 알아야 했기에, 내가 준비했던 내용은 지난 학기의 제주도 수학여행이었다. 김포 공항에서의 이륙과 착륙, 한 시간도 못 되는 비행, 기내식 대신 제공된 음료와 사탕, 처음 타본 비행기, 그러나 내가 연습했던 말들은 이륙 대신 그저 활주로만 맴돌 뿐이었다.

고등교육과 전문직 진출로 인한 여성의 지위 상승, 그에 따른 남성의 성적 대상화 문제가 그날 화제로 올랐다. 수업 시간 내내 아무 말도 못하던 내게 돌연 주어진 발언의 기회, 거기서 나는 초등학생의 여름방학 일기와도 같은 이야기를 꺼내고 말았다. 나의 말에 별다른 토론은 없었다. 다만 "여행은 즐거웠나요? 좋은 추억으로 기억되기를 바라요."라는 교수님의 짧은 언급 뒤에, 또 다른 소식이 《요미우리》를 통해 전해졌다. 딩크족의 증가와 1.5인용 개전제품*의 등장이었다. 외국에 사는 친척이 보낸 국제 소

---

* 개전제품(個電製品) : 텔레비전, 냉장고, 전기밥솥 등 기존의 가족 단위에 맞춘 가전제품이 아닌, 개인 단위에 맞춘 전자 제품. 독신자들이 사용하기에 알맞은 1인용 전기밥솥, 1인용 냉장고 등을 말한다. 독신자라 해도 애인이 방문하는 수가 많아 평소엔 1인용, 특별한 때에는 2인용으로 사용할 수 있는 1.5인용 제품이 더욱 인기가 있다.

세상에서 가장 무서운 나라

포처럼 생경한 단어, 사전을 찾아보아도 나오지 않는 그 단어의 뜻을 《시사 일본어》라는 잡지를 뒤지고서야 알 수 있었다.

거기에 대해 내가 무슨 이야기를 준비해 갔는지는 이제 기억에 흐릿하다. 다만 그다음 시간의 주제가 노인 인구의 증가에 따른 실버 산업의 성장이었고, 또한 청년 실업의 여파로 인한 캥거루족의 증가가 다음다음 시간의 주제였던 것만은 기억난다. 아울러 다른 것들도 기억의 끄트머리에서 건져 올려지기 시작한다. 결혼을 하지 못하는 농촌 총각들이 많아져 필리핀 등지에서 외국인 신부가 들어오고 있다고 했다. 또한 더럽고 위험하고 힘든 이른바 3D 산업의 기피에 따라 6개월 비자를 발급 받아 원정 취업을 하는 한국인이 증가하고 있다고도 했다. 거기에 젊은 여성들은 6개월 비자로 유흥업소에서 일하다가 일본인 남성과 결혼하여 국적을 취득한 후 잠적해버리는 일도 있다고 했다. 외국인 노동자와 외국인 아내의 지위를 보장해주기 위한 복지정책 확대에 따라 일본 내에 외국인 혐오 감정이 증가하고 있으며, 그것이 결국 우익 세력의 결집을 유발하고 있다고도 했다. 그런 이야기들이 전혀 이해가 안 되는 것은 아니었다. 하지만 명문대를 졸업하고도 취직이 되지 않아 이것저것 아르바이트로 용돈을 해결하는 '프리터족'의 증가나, 도쿄 대학을 졸업하고도 결국 부모의 우동집을 물려 받았다는 이야기는 어떻게 해석해야 하나. 수업 시간에 읽던 신문은 요미우리가 아닌 오리무중이었다. 요지경 속 같기만 하던 1990년대 일본, 어쩌면 그것은 당연한 일이었다.

1945년 전쟁에서 패하고 난 뒤 원폭의 낙진 아래서 재건에 성공한 일본은 1964년 도쿄 올림픽을 개최하는 것으로 화려한 성인식을 치렀다. 1945년 8월 6일 히로시마에 원폭이 떨어지던 날, 그날 그 장소에서 태어난 사카이 요시노리(坂井義則) 군은 열아홉 살의 청년이 되어 올림픽의 메인스타디움에 성화를 점화했다. 175센티미터의 건장한 체격에 와세다 대학 1학년이던 그는 올림픽의 최고 스타이자 시대를 상징하는 아이콘이었다. 아니나 다를까 사카이 군이 사회로 나왔을 1970~80년대 일본은 도요타 신화와 소니 신화로 대표되는 고도성장기를 지나고 있었고, 그가 오십 줄에 들어선 1990년대에는 서서히 저성장 사회로 접어들고 있었다.

저성장 사회 특유의 난숙한 사회상과 분위기를, 1988년 서울이 올림픽을 치르던 해 대학에 입학한 내가 이해하기란 역시 무리였다. 학기말이 될수록 수업은 점점 어려워지고 있었다. 당시 일본은 미국에 이어 제2의 경제대국으로 성장하고 있었지만 국민의 살림살이는 더 힘들어진다고 했다. 일본 주부들은 우유 배달, 신문 배달 등 두서너 개의 부업을 하고 있는데, 자아실현이나 사회참여와는 거리가 먼 이러한 일을 생계형 맞벌이라 했다. 이렇게 하지 않으면 4인 가족이 생활하기가 어렵다고 했다. 직장에 다니는 남편이 있는 여자가 어째서 우유 배달과 신문 배달을 하는지 의아했지만, 이상하기는 미혼 여성들도 마찬가지였다. 한편으로는 주말을 이용해 홍콩으로 쇼핑을 가면서, 또 한편으로는 사채를 갚지 못해 대낮에 야쿠자에게 납치되어 술집에 팔려간다고도 하였다. 또한 청년도 마찬가지였다. 이름조차 생소한 '멘즈에스테(men's aesthetic)'라고 남성 전용 피부 관리실이 성업중인가 하면, 청년 우익 단체가 사회문제가 되고 있었다. 청년이 오른쪽에 설 수도 있는가. 4학년 회화 수업, 나는 두 시간 내내 입을 떼지 못하는 경우가 많았다.

그리고 3년 뒤 도쿄에 왔다. 도쿄 시내를 돌아다니면서 받은 첫인상은 서울이 한창 성장기에 있는, 그래서 때로 미숙하고 좌충우돌하는 열여덟 살의 모습을 하고 있다면, 도쿄는 훨씬 세련되고 성숙한 서른 살의 모습을 하고 있다는 느낌이었다. 이제 마흔이 넘은 나는 그것을 고도성장기와 저성장기 사회의 차이라고 세련되게 말할 수 있고, 그래서 당시에는 이해되지 않던 것들이 지금은 매우 쉽게 수긍이 간다.

어느 나라나 올림픽을 계기로 주변 환경이 깨끗이 정비가 되고 나면 그 이후에 태어난 아이들은 어른이 되어서도 3D 직업에 종사하기를 꺼려하기도 한다. 그래서 그 일을 대신해줄 외국인 노동자들이 들어오고 그 외국인 노동자들의 권익 보호를 해주면 해줄수록 우익 단체들이 생겨나 외국인 혐오증을 드러내게 된다. 우에노 공원이나 아사쿠사에 가면 일본 우익 단체들의 시위 장면을 자주 볼 수 있는데, 요즘은 한국에서도 우익 단체들이 서서히 생기고 있는 모양이다. 그러고 보니 20년 전 일본의

O.L.(office lady, 직장 여성)들이 주말을 이용해 홍콩을 다녀온 이유는 명품가방을 사기 위해서였으나, 그때의 그들은 지금 40대 주부가 되어 홍콩 대신 한국에 와서 화장품과 김치를 사 가는 모양이고, 이에 질세라 한국의 O.L.들도 주말을 이용해 일본과 홍콩으로 쇼핑을 떠난다. 1980년대에 중고생이던 내게 최고의 선물은 소니 워크맨이었고 대학생이던 1990년대에는 시디맨이었는데, 20년이 지난 지금은 삼성 갤럭시가 그 자리를 대신하고 있다. 그즈음 미국으로 어학연수를 다녀온 선배들은 미국인들이 일본의 혼다(Honda) 자동차와 한국의 현다이(Hyundai, 현대) 자동차를 정확히 구분하지 못하더라 했고, 또한 소니(Sony)와 삼성(Samsung)을 같은 회사로 알고 있는 사람도 있다고 했다.

하지만 1990년대 일본의 최고 스타는 크리스티나 야마구치라는 작은 소녀였다. 냉전의 벽이 두텁던 1980년대, 올림픽이 미국과 소련 양국의 국력을 과시하기 위한 장으로 이용되던 그때, 하계 올림픽이 미국의 잔치, 월드컵이 유럽의 잔치라면, 동계 올림픽은 소련의 안방 잔치였다. 그중 피겨스케이팅이 가장 화려했는데, 은반 위에서 미끄러지듯 춤추는 소녀들의 국적은 소련이거나 불가리아, 폴란드 등이었다. 가끔 드물게 미국이 별 무늬가 그려진 옷을, 중국이 붉은 원피스를 입고 출전했지만, 결코 메달을 따는 일은 없었다. 하지만 1990년대 초 크리스티나 야마구치라고 하는 일본계 미국인 소녀가 나타나 은반 위의 메달을 모두 휩쓸었을 때 전 세계는 경악했다. 메달을 석권해서가 아니라 동양계

도 피겨스케이팅을 할 수 있구나, 그것을 보여주었기 때문이다. 세계는 그녀가 일본인인지 일본계 미국인인지 중요하게 생각하지 않았다. 검은 머리에 검은 눈을 한, 키 작은 동양계 소녀가 은반 위에서 피겨를 한다는 사실, 그 자체가 충격이었으니까.

20년이 지난 지금 한국의 김연아가 그 역할을 하고 있으며, 이제 세계는 한국과 일본이 금, 은, 동을 모두 차지해도 별로 놀라지 않는다. 고등학교 시절 복제한 제이팝을 들으며 성장한 나는 이제 케이팝이 그 어느 곳에서 복제되고 있다는 사실에도 별로 놀라지 않는다. 1994년 일본에 가서 가장 먼저 했던 일은 정품 시디를 사는 거였다. 값싼 테이프에 복제되어 길거리 리어카에서 팔리던 노래, 수없이 반복해 들으며 그 뜻을 이해하려 애썼던 노래의 가사들이 정교하고도 선명한 글씨체로 인쇄되어 시디 재킷에 담겨 있다는 것이 신기하기만 했다. 물론 신기한 것은 그것뿐만이 아니었다. 길거리에 구멍가게가 없다는 사실이 신기했다.

12호선까지 개통되어 있던 지하철, 맥주에 라면은 물론 잡지에 꽃다발까지 모두 살 수 있던 자판기처럼 한국에는 없고 일본에만 있는 것들은 그다지 신기하지 않았다. 반대로 한국에는 있지만 일본에는 없는 것이 신기했다. 그런데 응당 있어야 할 것이 전혀 없다는 점은 신기한 일이 아니라 이상한 일이었다. 도쿄에는 구멍가게가 전혀 없었다. 일주일 내리 이 골목 저 골목을 쏘다녀 보아도 결코 볼 수 없는 것이 그거였다. 도쿄뿐 아니라 거기서 한 시간 넘게 떨어진 작은 도시 쓰쿠바에도 구멍가게는 없었다. 그렇다면 혹시 이 나라 전체에 구멍가게가 없는 것인가 의아해졌다. 맥주는 자판기에서 살 수 있고, 그 옆에는 음료 자판기가 있어서 스무 가지도 넘는 찬 음료, 더운 음료를 팔고 있지만, 우유 한 병, 빵 하나는 어디서 사는가. 그것은 편의점이었다.

그때까지 편의점이라고는 '서클케이'라고 하는, 건국대 입구와 대학로 딱 두 군데 있던 곳밖에 모르던 나는 골목길마다 마주치는 '세븐일레븐'의 경쾌한 불빛을 넋을 잃고 바라보았다. 그 무렵의 시엠송도 기억난다. '좋은 기분, 세븐일레븐'이라고 젊은 여자가 흥얼거리며 들어가는 세븐일레븐, '기분'은 일본어에서도 똑같이 기분이라고 발음하므로 '분(븐)'이라는 각운을 이용한 시엠송이었다. 텔레비전만 틀면 나오던 그 광고는 편의점이 구멍가게를 빠르게 몰아내고 있다는 증거일 터, 아울러 그 시절 동네 상권이 대기업의 독식 아래 고사하기 시작했다는 신호탄일 터, 그것이 가장 무서웠다. 일본 여행을 간다고 하면 비싼 엔화의 나라를 어떻게 가느냐고, 지진이라도 나면 어떻게 하느냐고 묻는 사람도 있고, 혹은 등짝에서 청룡과 백룡이 춤을 추는 야쿠자를 만나면 어쩌냐고 묻는 사람도 있지만, 여태껏 지진이나 야쿠자는 구경도 못해 보았다. 대신 그것보다 더 무서운 것을 많이 만났는데, 편의점도 그중 하나였다.

1964년의 도쿄 올림픽과 1970~80년대의 급격한 경제성장기 그리고 그 후의 잃어버린 20년, 1988년의 서울 올림픽과 1990~2000년대의 경제성장 및 그 이후 겪고 있는 저성장 사회

특유의 침체기. 두 살 터울의 자매처럼, 도쿄와 서울은 대략 20년의 시차를 두고 닮아 있었다. 내가 당시 도쿄를 가로지르며 보고 들은 것은 1994년 일본의 모습이 아닌, 2012년 한국의 모습이었는지도 모른다. 다만 당시엔 그것을 알지 못했기에 무섭지 않았다. 돌이켜 보니 무서움을 몰랐다는 사실이 더 무섭다. 여섯 살짜리 아이에겐 세상이 온통 놀이터이듯, 난생처음 해외여행을 나선 스물여섯 살 여자아이에게 그곳은 거대한 원더랜드였다. 한없이 재미있고 신이 나서 편의점에서 파는 비린내 나고 식어빠진 생선 초밥조차 맛있기만 했다.

저녁에 딱히 무엇을 먹어야 좋을지 모를 때, 좋은 기분 세븐일레븐이라고 흥얼거리며 그곳에 갔다. 김밥이 한 줄 단위가 아닌 다섯 알씩 포장되어 있는 것도 신기했고, 초밥이 네 개 혹은 여섯 개씩 포장되어 있다는 사실도 재미있었다. 적게 포장된 김밥과 초밥을, 뷔페에서 접시에 골라 담듯 바구니에 집어 넣는다. 아울러 옆에 놓인 된장국과 야채 절임을 집어 들다가 놀란다. 단무지 옆에 '기무치'가 진열되어 있는 것이다. 오늘은 이것으로 한 끼 저녁을 해결하는구나. 계산대에 바구니를 올린다.

"생선초밥 85엔, 김초밥 90엔, 기무치 65엔, 전부 240엔에 5퍼센트 세금이 붙어 252엔 되었습니다"

노래라도 부르는 듯이, 박자에 맞추어 잠시도 쉬지 않고 입을 놀리는 내 또래의 젊은 여자를 놀란 눈으로 바라본다. 거기에는 독특한 고저장단이 있다. 일반적 어법과는 조금 다른 말투에 의

아해 하며 동전을 내민다.

"300엔 받았습니다, 감사합니다. 거스름돈 48엔입니다, 다음에 또 오십시오."

동네 슈퍼에서 텔레비전을 보던 주인 아저씨가 계산기를 두드려 4,800원이라고 짧게 대답하면 내가 5,000원을 내고, 거기에 말없이 200원을 건넨 뒤 다시 텔레비전으로 눈을 돌리던 문화와는 사뭇 달랐다. 그녀는 새가 노래하는 듯한 목소리로 잠시도 입을 쉬지 않았다. 뿐만 아니다. 나무젓가락이 필요하십니까, 초밥은 되도록 빠른 시간 안에 드십시오, 기무치는 매울 수 있으니 조심하십시오, 라는 말을 사이사이에 덧붙였다. 물건을 살 때마다 손님에게 말해주어야 하는 주의사항이 있는 모양이다. 어떻게 사람이 그럴 수 있을까, 똑같은 말을 그렇게 기계적으로 반복할 수 있을까, 숙소로 돌아와 전혀 맵지 않은 김치를 먹으며 어리둥절했다.

요즘 이태백이라고, 20대 태반이 백수라는 자조적 농담처럼 대학을 졸업하고도 취직이 되지 않는 상황이 당시 일본에서는 이미 진행되고 있었음을 그때는 몰랐다. 젊은이들이 가장 쉽게 찾을 수 있는 일자리가 판매직 아르바이트요, 그들에게 강요된 것은 서비스 정신과 친절로 포장된 감정노동이라는 현실을 지금의 나는 간신히 이해하기 시작했다.

그 뒤로도 여러 번 편의점에 갔다. 소소한 물건을 사기에 거기만 한 데가 없었고, 무엇보다 입맛은 없고 밥값은 비쌀 때 가장 좋았다. 아울러 처음에는 생소했던 그 말투가 점점 익숙해지기 시작했다. 그날도 마찬가지였다. 점심을 간단히 때우기 위해 들어간 곳은 여느 때나 다름없는 좋은 기분 세븐일레븐, 물건을 골라 계산대에 올린다.

"라면 800원, 김밥 900원, 음료수 850원, 모두 2,550원입니다. 나무젓가락이 필요하십니까, 빨대는 아래쪽에 놓여 있습니다. 5,000원 받았습니다, 감사합니다."

녹색과 청색의 유니폼을 입은 직원의 목소리가 오늘도 노랫가락 같다.

"할인이나 적립 카드 있으십니까. 거스름돈 2,450원입니다. 감사합니다."

비닐봉지를 손에 들고 나오는 길에 무심코 안녕히 계세요 인사를 했다. 아차, 한국어로 인사를 하다니. 그런데 직원은 별로 놀라지 않는다. 네 안녕히 가세요 하는 대답이 돌아온다. 거슬러 받는 푸른 지폐에는 퇴계 이황의 초상이 선명하다. 그제야 문득 깨닫는다, 지금 이곳은 1992년 도쿄가 아닌, 2012년 서울이라는 것을.

길을 잃어야 진짜 여행

최초에 이자나기 남신과 이자나미 여신이 있었는데 두 신이 하늘에서 아래를 내려다보니 바다만 있을 뿐 땅이 없었더라, 빛나는 하늘의 창을 들어 물속에 넣고 휘저었더니 거품이 생겼더라, 거품이 엉겨 붙은 창끝을 바다에 대고 있자니 그것이 방울방울 바다에 떨어졌더라, 그래서 지금의 일본 열도가 생겼더라고, 창밖을 내려다보는 어머니께 말했다. 인천에서 비행기를 타자마자 창문 쪽에 머리를 댄 채 여태 말이 없던 터였다. 점차 작아지는 도시의 모습, 그 이후 펼쳐지는 짙은 초록의 산맥이 끝나고 동해의 푸른 물이 보일 무렵 일본항공은 맥주를 제공했다. 오사카까지 한 시간 남짓의 짧은 비행 시간, 이제 곧 점점이 놓인 열도가 보일 거라 생각하며 안주 대신 꺼내놓은 이야깃거리였다. 땅이 생겼으니 이제 사람이 생길 차례라고 남신과 여신의 결혼 이야기를 시작하려던 참이었다.

"그다음 이야기는 나도 알아. 그렇게 만들어진 땅 위에 큰 궁전을 짓고 이자나기와 이자나미는 결혼을 했는데, 그 후 태어난 아이는 온전한 사람이 아니라 그저 흐물흐물한 살덩어리였단다. 깜짝 놀라서 다시 하늘로 올라가 하늘신에게 대체 어떻게 된 거냐고 물어보니까……"

나 역시 깜짝 놀라 되물었다. 그걸 어떻게 아시느냐고.

"외할머니한테 들었던 얘기야. 엄마 어렸을 때 일본에서 살았잖아. 외할아버지 외할머니하고, 큰외삼촌하고. 그 밑에 작은외삼촌하고 이모는 한국에 와서 태어난 아이들이야."

그랬었지. 잊고 있었다. 그 사실을.

"밤에 배를 타고 바다를 건너 부산으로 오는데, 우리보다 앞서가던 배가 가라앉은 거야. 사람을 너무 많이 태워서 그런 거지. 그래서 그 배에 탔던 사람들이 죄다 물에 빠지고, 그중에 힘이 있는 남자들은 헤엄을 쳐서 우리 배로 엉겨 붙는 거야. 그럼 위험하잖아. 그 사람들을 다 태우면 우리 배도 가라앉을 텐데. 그래서 사람들이 노를 가지고 엉겨 붙는 사람들의 손등을 때리던 게 기억난다."

엉겨 붙는 게 뭐냐고 물었다.

"예전에 6·25 터지고 피난 갈 때 기차 지붕 위에 올라타던 거

있지? 꼭 그런 식이지. 뱃전을 손으로 잡고 물에 떠서 가는 거야. 지금도 어디 아프리카 같은 데서는 버스 차비가 아까워서, 버스 뒤꽁무니에 붙어 간다더라."

듣고도 이해가 되지 않았다. 버스나 기차는 그렇다 치고, 나룻배로 강 하나를 건너는 것도 아니고, 어떻게 바다를 그런 식으로 건넌단 말인가.

"그때는 어쩔 수 없었지, 살기 위해서. 부산까지 오는 데 하룻밤이면 되니까. 그런데 그걸 본 사람들이 노를 가지고 사람 손등을 때리던 걸 생각해봐라."

그 이야기를 하며 어머니는 지나가던 승무원을 불러 세웠다. 그러고는 뱃전에 엉겨 붙듯 카트에 손을 얹고 말했다. 맥주, 그거 말고 저거, 그렇지 그 일본 맥주. 그 말을 일본인 그녀는 용케 알아들었다.

요새 누가 회갑연을 하냐며 차라리 여행을, 그것도 일본 여행을 하고 싶으시다는 말에 최종 낙점된 곳이 교토였다. 어머니와의 여행을 계획하며 내가 준비한 것은 신화와 역사였다. 나는 그때 서른일곱 살쯤 되어 있었고, 세 권의 책을 갓 출간한 터였다. 여행에 앞서 그 나라의 신화와 역사쯤은 미리 꿰차고 있어야 한다는, 정말 신출내기 작가 같은 생각을 하기에 딱 좋은 때이기도 했다. 그렇게 읽은 책이 서너 권쯤 되었던가, 신사에 가면 제일 중요한 게 거울인데 그 이유는 예전에 태양신인 아마테라스 오오가미가 어쩌고저쩌고, 신에게 기원을 하기 전에는 미리 입을 헹구고 손뼉을 두 번 쳐야 하는데 그 이유는 이러저러해서, 여기에 이렇게 사슴이 많은 이유는 이러쿵저러쿵, 설익은 지식이 돌부리마냥 발에 챌 무렵 어머니가 물었다. 그런데 여기서 고베(神戸)까지는 먼 거니? 후쿠이(福井)는? 지금 다녀올 수 있어?

어머니가 태어나 어린 시절을 보냈다는 고베는 교토에서 그리 멀지도 않았건만 미처 생각조차 못했다. 그리고 후쿠이, 어머니가 배를 타고 한국으로 건너왔을 그 항구를 3박4일 일정 안에 다녀온다는 것은 사실상 무리이고, 아니 그보다 미리 이야기를 했으면 일정에 끼워 넣었을 걸. 급히 늘어놓는 어설픈 변명들을 어머니가 덮어주었다. 그렇겠지, 솔직히 나도 잘 기억이 안 난다, 50년도 더 된 옛날인데 지금 가봐야 뭐가 남아 있겠니.

동아시아에서 가장 크다는 도다이지(東大寺)의 대불도, 지상 최고의 아름다움을 자랑한다는 뵤도인(平等院)의 봉황당도 어머니에겐 그저 앙코르와트 유적과 같은 모양이었다. 다큐멘터리 프로그램에서 숱하게 보아온 것을 직접 눈으로 확인한다는 사실 외엔 별다른 의미가 없는. 다만 어느 신사에서 일본 옷을 예쁘게 차려 입은 유치원생 정도의 남자아이와 여자아이를 보았을 때 말했다.

"나 저거 기억나, 나도 했으니까."

지금 저건 시치고산(七五三)이라고, 아이들이 세 살, 다섯 살, 일곱 살이 되었을 때 예쁘게 옷을 입히고 절에 찾아가 무병장수를 기원하는 의식이라고 덧붙이다가 아차 했다. 어머니가 기억하는 시치고산은 몇 살이었을까.

"나는 그때 일곱 살, 네 외삼촌은 다섯 살, 두 살 차이니까."

그리고 여덟 살에 한국에 왔다고 했다. 어머니가 그렇게 유년 시절의 추억을 줍는 동안, 나는 나대로 불상 앞에 동전을 던지고 있었다. 부디 합격하게 해주십시오, 한국으로 돌아가 이번 가을에 원서를 넣을 예정입니다, 내가 거기에 꼭 합격하게 해주십시오.

"이 건물이 바로 르 코르뷔지에가 설계한 서양미술관입니다. 한눈에 보기에도 그의 대표작인 빌라 사보아(Villa Savoye)와 매우 유사하다는 인상을 받습니다. 1959년에 개관하였으니까 그가 일흔의 나이로 설계한 작품으로, 청년기의 실험적 정신보다는 노년기의 관록이 엿보인다고 하겠습니다. 필로티, 걸어다니는 회랑 등 그가 자주 사용했던 건축 어휘들이 충분히 활용되어 있어 코르뷔지에 건축의 전형을 보는 느낌입니다. 현재 일본에서는 내년 개관 50주년을 기념하여 유네스코 세계문화유산 등재를 추진하고 있습니다. 아울러 야외 마당에 전시된 것은 〈지옥의 문〉, 〈활을 쏘는 헤라클레스〉, 〈낙원에서 추방당한 이브와 아담〉 등 모두 로댕의 작품입니다. 코르뷔지에와 로댕의 작품을 동시에 접할 수 있는 곳, 정말 대단하지 않습니까."

서울의 경복궁이나 베이징의 자금성 앞에서 깃발을 든 관광안내원이 함 직한 이야기를, 도쿄의 박물관 앞에서 하고 있었다. 동아시아에서 가장 크다는 도다이지 대불의 영험이었으나, 교토 여행에서 돌아와 그해 겨울 박사과정에 합격하였다. 그리고 이듬해 교수님과 연구실 후배들을 동반한 도쿄 여행이 있었다. 금요일의 학회, 토요일의 건축 기행, 일요일의 귀국, 2박3일의 일정을 효율적으로 수행하기 위해 연구실 친구들이 일을 분담했고, 그중 토요일의 건축 기행이 내 담당이었다. 우에노의 미술관과 박물관을 지나 신주쿠의 고층 건물군까지, 일행을 이끌고 지하철을 몇 번씩 갈아탈 때마다 가장 걱정되는 일은 길을 잃는 사람은 없나 하는 거였다.

"미쓰이(三井) 빌딩입니다. 단순한 검정색 외관에 큰 특징 없는 파사드(façade)를 하고 있지만, 제가 이것을 신주쿠에서 가장 우수한 건물이라고 생각했던 이유는 휴먼 스케일이 적용되었기 때문입니다. 30층이 넘는 고층 건물의 경우, 지상 레벨에서 그 건물을 실제로 마주하는 사람은 거대한 스케일에 위압감을 느낄 수밖에 없습니다. 그래서 그 스케일을 사람 눈높이에 맞게 낮추어주어야 하는데, 미쓰이 빌딩은 지하 1층에 선큰 가든(sunken garden)을 설치하여 식당과 카페를 두고 있습니다. 지상 도로에서 지하의 선큰 가든으로 쉽게 접근할 수 있도록 하여, 고층 건물이 주는 위압감을 줄이고 있습니다. 개인적 의견으로 아름다운 건물이란 제삼선(the third line)에 서 있는 건물이 아닐까 생각합니다. 도시 표정을 결정짓는 것은 사람의 행위이고, 사람들의 행위가 일어날 수 있도록 도시에는 섬세하고도 풍부한 스트리트 퍼니처(street furniture)가 있어야 합니다. 그리고 그 스트리트 퍼니처의 끝단은 건물과 연결되어야 합니다. 즉 제일선(the first line)에 있어야 할 것은 사람의 행위가 일어날 수 있는 가로 공간, 제이선(the second line)에 있어야 할 것은 스트리트 퍼니처, 제삼선에 있어야 할 것이 건물이라고 했을 때, 미쓰이 빌딩과 그 아래의 선큰 가든은 가장 좋은 사례라고 생각합니다.”

신주쿠를 통틀어 아니 도쿄를 통틀어 내가 가장 좋아하는 미쓰이 빌딩 앞에서 부르튼 입술을 축여가며 그 이야기를 하는 동안, 정작 미쓰이 빌딩은 그 매력을 상실했다. 잡지에서 본 건물이 실물로 솟아 있는 것을 보며 일정표의 체크리스트를 확인하는 것 외엔 별다른 감흥이 없었다. 그다음 일요일 오전을 모두 자유 시간으로 내어주고 오후 세 시 귀국 비행기에 일행을 태워 보내며 쓸데없는 말을 덧붙이다가 아차 했다. 인천 공항에 도착하거든 출국 게이트를 빠져나간 후 각자 행선지에 따라 공항버스를 타야 하는데……. 하나하나 모든 것을 직접 챙겨야 했던 여행, 실은 몇 년 전에도 한 번 있었다.

“거기 호텔이죠? 방 있어요? 하룻밤 숙박에 얼마예요? 지금 전화로 예약할 수 있어요? 지하철 역에서 가까운가요? 어떻게 찾아가죠?”

공중전화에 전화 카드를 밀어 넣고 한 손으로 급히 메모지를 찢어 지하철 역명을 빠르게 적어나가던 때, 문득 바라본 전화 부스 바깥의 풍경이 낯설었다. 음료수에 빨대를 꽂아 마시고 있는 사람, 소풍 나온 아이마냥 야구 모자를 쓴 채 지나가는 사람을 무연히 바라보고 있는 사람, 눈으로는 전화 카드의 잔여 통화 한 도가 점차 줄어드는 것을 보며 머리로는 하룻밤 숙박료와 정해진 여행 경비 사이를 빠르게 계산하는 이 와중에 한가로이 음료수를 마시는 사람, 남편이었다.

결혼 후 처음 맞이한 여름휴가 장소를 오사카로 정해놓고 보니 일정 잡기에 숙박 예약, 경비 계산은 오롯이 내 몫이었다. 당시 갓 생기기 시작한 인터넷으로 한국에서 예약을 하고 찾아갔던 좁고 퀴퀴한 호텔을 더는 다시 기억하고 싶지 않다. 다음날 아침 체크아웃을 하고 나니, 그날 밤 묵을 숙소를 다시 정해야 했다. 전화번호부를 뒤적여 값싸고 적당해 보이는 호텔을 찾아, 방 있어요? 하룻밤에 얼마예요? 라고, 한국에서는 단 한 번도 해보지 않았을 그 말을 일본이라는 이유로 내가 하는 동안 남편은 참으로 순진무구한 얼굴을 하고 있다. 호텔만이 문제가 아니었다. 어디에서 무엇을 보고, 무엇을 먹고, 어디로 갈 것이며, 얼마의 돈을 어떻게 써야 하는지, 대개 남자가 알아서 하는 그 일을 일본에서는 내가 해야 했다. 그리고 그 일을 실수 없이 처리하기 위해 관광 안내 책자를 보며 열심히 공부했다.

담징의 금당 벽화가 여태 남아 있는 호류사(法隆寺), 도쿠가와 이에야스의 근거지였던 오사카 성, 『겐지모노가타리』에 근거하여 헤이안 시대의 왕실 생활을 그대로 묘사한 인형 박물관까지 미리 작성한 일정표대로 빠짐없이 움직였지만, 웬걸 서른두 살 남자아이는 소니사의 쇼룸에 열광했다. 고교 시절 내 영혼을 뒤흔들었던 미시마 유키오의『금각사』역시 빠듯한 일정 속에 억지로 끼워 넣어지느라, 이제 그것은 수학여행 중에 보았던 석굴암이나 첨성대 같다. 다녀왔다는 증거를 남기기 위해 그 앞에서 사진을 찍고, 또한 기억 속에 확인 도장 하나를 찍는 것 외엔 별다른 의미가 없는.

2000년 여름, 나는 그때 저녁상 하나에도 세심하게 신경을 쓰던 신혼의 아내였으므로 남편과의 첫 여행에 앞서 무엇을 보고 무엇을 먹을까 정말 열심히 준비했다. 그리고 2006년 어머니의 회갑 여행을 위해 올 때에는 '과연 내 딸이구나, 이래서 작가구나' 소리를 듣고 싶었던 서른일곱 살짜리 아이였다. 아울러 2008년에는 지도교수의 마음에 들고 싶어 애쓰는 박사과정 신입생이었다. 하나에서 열까지 모든 것을 신경 써야 했고, 남편이, 어머니가, 교수님이 하고 싶은 말을 내가 대신 하느라 바빴다. 입장료가 얼마죠, 오늘 휴일인가요, 물 한잔 주세요, 이게 닭고기인가요, 돼지고기인가요, 수없이 많은 말을 하고 한국에서 꼼꼼히 챙겨 온 일정표에 빠짐없이 체크를 해가며, 그날 잠자리에 누워서는 또 다른 걱정을 해야 했다. 내일 일정은 어떻게 되는가, 차질 없이 잘 할 수 있을까, 그런데 돈은 얼마나 남았지? 그러나 첫 일본 여행, 나는 그러한 걱정은 전혀 하지 않았다. 당연했다, 아무것도 준비하지 않았으니까.

1994년 봄, 도쿄행 비행기에 오르던 내 가방 안에는 노트 한 권과 전공서적이 들어 있었다. 나는 그때 석사과정 4학기였고, 지도교수님을 뵙기 위해 쓰쿠바로 가던 길이었다. 생애 첫 해외 나들이였건만, 해외라는 느낌은 별로 들지 않았다. 김포까지는 어머니가 배웅을, 나리타에 도착해서는 사모님이 마중을 나왔으니까. 시내에서 간단한 점심을 먹고 몇 번의 지하철을 갈아타며 쓰쿠바에 도착하기까지 모든 것을 사모님이 돌보아주셨다. 18평짜리 연립주택에서 교수님의 서재에 짐을 푼 뒤, 황홀한 삼색의 메밀국수를 먹었다. 이튿날에는 아침 산책을 나섰고 점심 무렵에는 사모님과 시장엘 다녀왔으며, 저녁에는 교수님 밑에서 논문 지도를 받았다. 일본인과는 단 한 번도 부딪히지 않은 채, 그렇게 하루가 지났다.

"아 그러셨어요, 그럼 그렇게 하도록 할게요, 걱정 마세요, 잘할 수 있을 거예요."

사흘째 아침, 산책에서 돌아와보니 사모님은 한 손에는 진공청소기를 또 한 손에는 전화기를 들고 있었다. 어쩌면 이렇게 딱 맞게 들어오네, 라는 말씀 뒤에 두툼한 서류 봉투를 내밀었다. 선생님이 급한 서류를 놓고 가셨나 봐요, 수고스럽겠지만 갖다 드리면 좋겠어요. 쓰쿠바 대학까지 가는 길은 알고 있나요? 시집 간 딸도 친정에만 오면 어린아이가 된다고 했던가, 일본에서 신혼을 보냈던 사모님은 이곳에 와서 다시 신혼의 아내가 되었다.

메모지에 적어준 대로 버스를 타고 내려 쓰쿠바 대학에는 도착했지만, 이과대학까지 찾아가는 것은 또 별문제였다. 대학 풍경이 몹시 낯설었다. 캠퍼스가 워낙 넓어 그랬나, 그곳 학생들은 모두 자전거를, 특히 여학생도 스커트를 입은 채 자전거를 타고 다녔다. 그곳에서 걸어 다니는 사람은 나 혼자뿐이었다. 내 옆을 빠르게 스쳐 지나가는 자전거의 행렬 앞에서 그저 어리벙벙할 뿐이었다. 길을 물어야 했고 그러기 위해서는 자전거 중 하나를 불러 세워야 했다. 미니스커트를 입고 책가방을 배낭처럼 멘 채 페달을 밟고 지나가는 여학생을 머뭇머뭇 바라보다가 그만 놓치고 말았다. 다만 그녀가 내 옆을 스쳐 지나가며 짧게 내뱉었던 "실례합니다"라는 말을 혼자 되풀이해보았다. 그러다가 마침내 뒤쪽에서 오고 있는 자전거를 향해 돌아서 말했다. "실례합니다." 순간 자전거가 멈추었다. 무슨 일입니까. 이과대학이 어디에 있습니까.

청바지에 하늘색 카디건을 입은 그는 그곳까지 가는 상세한 길을 가르쳐준 뒤에도 다시 자전거에 오르지 않았다. 대신 양손으로 자전거를 끌며 나와 함께 걷기 시작했다. 한 사람은 걷고, 또 한 사람은 자전거를 끌며 나란히 걷는 것이 그때가 처음이었다. 혼자 갈 수 있다는 말에 그는 같은 방향이라고 대답했다.

"유학생입니까?"

갑자기 날아온 질문에 흠칫했다. 학교에서 제대로 배웠기에 일본어가 서툴지는 않다고 생각했는데, 내가 외국인이라는 걸 벌써 눈치챘나.

"일본에 온 지는 며칠이나 되었습니까."

그 질문에 말이 막혀버렸다. 무슨 까닭인지는 모르겠지만 서너 살 무렵부터 셋과 넷이 헷갈리더니 초등학교에 입학해서는 사흘과 나흘이 그랬고, 대학에서 일본어를 배울 때도 마찬가지였다. 얼른 대답이 떠오르지 않아 손가락으로 셋을 꼽아보며 "three days"라고 대답했는데, 그 말에 "밋카(사흘)"라고 되묻던 그의 표정이 여태 기억난다. 아울러 "four days는 욧카(나흘)"라 덧붙이던 것도. 그래서 밋카와 욧카는 지금도 절대 헷갈리지 않는다. 그는 내가 일본에 가서 처음 만난 일본인이자, 또한 보행자를 위해 자전거에서 내려 함께 걷기를 처음 보여준 사람이었다.

돌이켜보면 다섯 번의 일본 여행 동안, 가방 속에 들어 있던 짐꾸러미는 그때마다 조금씩 달랐다. 먹을거리와 볼거리, 놀거리를 행여 놓칠세라, 깨알 같은 정보가 적힌 수첩을 챙기는가 하면, 화려한 건축물 안내서를 제일 먼저 가방에 넣기도 했다. 때로는 이자나미와 이자나기를 비롯한 일본의 만신전을 챙겨 넣을 때도 있었다. 그러나 가장 기억에 남는 여행은 아무것도 가지지 않고 떠난 여행이었다. 첫 일본 여행 그때 나는 일본어 외에는 아무것도 준비하지 않았고, 그 여행이 가장 기억에 선명하게 남는다. 그것은 혼자 다닌 여행이었고, 목적 없는 발걸음이었고 무엇보다 사람과의 만남이었다.

길을 잃어야 진짜 여행이라고 하듯, 내가 도쿄에서 태평양을 볼 수 있었던 것도 목적 없는 발걸음에 길을 잃었기 때문이었다.

명확한 계획을 세우고 지도를 보고 찾아갔다면 나는 그곳에서 도쿄 베이만 보았을 뿐, 결코 태평양은 보지 못했을 것이다. 목적 없이 다니다 보니 길을 잃어버리고, 그래서 길을 묻다 보니 많은 사람을 만났다. 그저 손짓과 턱짓으로 "이쪽으로 쭉 가세요"라고 대답하는 문화에 익숙해져 있던 내게 보행자와 속도를 맞추기 위해 자전거에서 내려 함께 걷던 쓰쿠바 대학 경제학부 3학년 생은, 오랜 시간이 지난 지금도 훈훈한 감동으로 남아 있다. 물론 대학생만 그런 것은 아니었다. 쓰쿠바의 작은 동네에서는 고등학생도 그리 해주었으니까. 내가 어릴 때나 보던 옛날 교복, 그 빳빳한 옷깃의 양쪽에 붙어 있던 'Ⅲ'과 'B'라는 표지가 기억난다. 3학년 B반인 모양이다.

"그때 살던 집은 철길 근처에 있었던 모양이야, 대문을 열고 조금만 더 걸어가면 기찻길이 있던 게 기억나니까. 하루는 집 앞에서 놀고 있는데 어떤 아저씨가 오더니 너 몇 살이냐고 묻는 거야, 여섯 살이라고 대답했지, 그러니까 다시 집 어디냐고 묻더니, 집에 들어가서 놀라고 하던 게 지금 생각나네. 어린애가 기찻길 옆에서 놀고 있으니까 위험해서 그런 거지."

시치고산을 구경하면서, 일본에 살던 것 중 또 기억나는 게 없느냐는 내 질문에 어머니가 대답했다. 그럼, 엄마, 일본어 잘 했다는 얘기네, 그런데 왜 지금은 못해?

"그렇게 말을 했다는 것들은 기억나는데, 글쎄 그 단어들은 기억이 안 나. 어떤 때는 그 아저씨가 한국말을 했는지, 일본말을 했는지 그것조차 가물가물하다니까. 그런데도 기억은 나지, 그렇게 말했다는 거, 그 얼굴하며 생김새하며."

어머니도 사람을 기억해냈다. 가장 기억에 많이 남는 것은 역시 사람이다.

5

·

섞임

"Excuse me, Madame. Not this way, but that way.(실례합니다. 부인. 이 길이 아니라
저 길입니다.)"

은총같이 쏟아지는 저 말은 성경 속 어느 구절일까. 넓은 길은 멸망의 길이요 좁은 길은
성령의 길이라는 그 말일까. 이제 그는 팔을 뻗어 완전히 내 앞을 가로막고 있다. 그리고
보다 분명한 어조로 말하기 시작했다.

이 길이 아니라 저 길입니다, 성당 안쪽은 신자들만 들어갈 수 있고, 관광객은 저쪽 동선
을 이용해주시기 바랍니다. 팔을 뻗어 이쪽저쪽을 가리키는 그의 허리춤에 어디서 급히
구해 온 듯, 어색한 벨트가 삐뚜름히 걸려 있었다. 아울러 어두운 벽면 위에는 오늘 아침
급히 써 붙인 듯, "Catholic only, No Tourist(신자만 입장 가능. 관광객 입장 금지)"라고
적힌 노란 포스트잇이 붙어 있었다.

만약 아르센 뤼팽을 만난다면

시차 때문도 아니고 그렇다고 아침형 인간도 아니지만, 외국의 도시에서는 이른 새벽에 눈이 떠진다. 세상은 주로 야행성 인간에게 맞추어져 있는 듯, 그렇게 이른 시간에는 별달리 갈 곳도 없고, 그래서 하는 일이란 어제 저녁에 사다놓은 치즈와 초콜릿을 먹는 일이다. 순도 99퍼센트의 다크초콜릿과 구멍이 숭숭 뚫린 에멘탈 치즈 그리고 비록 얄팍한 두께의 냉동식품이긴 하나 푸아 그라도 1유로에 살 수 있는 곳, 그러나 두부는 2유로로 치즈보다 더 비싼 프랑스 슈퍼마켓에서 사온 먹거리였다. 커피에 치즈를 곁들이고 후식으로 초콜릿을 먹는 파리식 아침 식사가 끝나면 카메라를 들고 산책을 나선다. 거리엔 아직 사람이 보이지 않는다.

　은성한 도시란 원숙한 배우의 모습이 아닐까 생각한다. 배우의 모습을 결정짓는 것은 그의 외모가 아닌 분장과 연기이듯, 도시의 인상을 결정짓는 것은 거리에서 일어나는 사람의 행위이다. 그리고 이는 시간에 따라 변한다. 아침 여덟 시의 도시는 바쁘게 출근하는 직장인의 모습을 연기하는 배우이다. 오후 두 시의 도시는 어린아이의 손을 잡고 걷는 젊은 어머니의 모습을 연기한다. 그리고 밤 아홉 시, 배우는 가장 놀라운 변신을 할 시간이다. 나이를 가늠할 수 없을 정도로 아름다운 여자, 하는 일을 짐작할 수 없을 정도로 화려한 여자, 이름도 그 무엇도 알지 못하지만 지금 내 눈앞에 황홀하게 서 있는 여자의 모습으로. 하지만 새벽 여섯 시, 도시는 가장 솔직한 얼굴을 보여준다. 거리엔 아무도 없고, 네온도 간판도 모두 꺼지고, 다만 떠오르는 태양빛 아래 모든 것을 숨김없이 드러내 보이는 도시. 아무런 치장도 하지 않은 무표정의 맨얼굴, 도시 본연의 모습을 가장 완벽하게 느끼는 진귀한 순간이기에 결코 놓칠 수 없다. 그걸 보기 위해 새벽 여섯 시, 거리로 나간다.

　2008년 여름, 나는 운이 좋았다. 한창 유럽의 주거 문화를 공부하던 때라서, 그해 봄부터 프랑스의 건축 문화와 소설을 집중적으로 천착하고 있었다. 중세 프랑스 주택부터 르네상스와 근세 주택까지, 그리고 『클레브 공작부인』(17세기), 『마농 레스코』(18

세기) 등 소설과 기담의 중간 단계에 있는 작품부터 시작하여 소설의 전성기라 할 수 있는 19세기의 작품들『보바리 부인』,『여자의 일생』,『목로주점』,『나나』,『적과 흑』을 순서대로 읽다보면 소설의 발달 단계는 물론, 프랑스 주택이 어떻게 변화하였는지가 눈앞에 입체적으로 그려지는 놀라운 경험을 하게 된다.

그중 가장 재미있었던 것은『아르센 뤼팽』이었다. 사설 탐정인 영국의『셜록 홈즈』와 달리 뤼팽은 도둑인데, 그것도 주로 보석이나 골동품, 현금, 특정 서류나 비밀편지, 채권처럼 부피가 작으면서 값이 많이 나가는 물건들을 훔치는 낭만적 도둑이다. 그런데 대개 보석은 여성의 드레스룸에, 서류나 채권 등은 남자의 서재에 보관되어 있고, 골동품은 응접실과 식당에 많아서, 작업을 수행하자면 드레스룸과 서재, 응접실과 식당을 제 손바닥처럼 잘 알고 있어야 한다. 뿐만 아니라 그가 다녀가고 나면 파리 경시청의 수사관들이 동선을 파악하는데, 그 과정에서 19세기 프랑스 주택과 중산층의 소소한 일상이 생선 뼈가 발리듯이 고스란히 드러나 보인다. 그리고 그 모습 그대로 지금 파리가 내 눈앞에 펼쳐져 있다.

잘 알려진 대로 지금의 파리는 1850년 나폴레옹 3세 시절에 대대적인 재건에 의해 만들어진 도시여서 19세기의 모습을 여태 간직하고 있다. 독재자는 클래식을 좋아한다는 건축계의 담론이 여기서도 적용되는데, 권력의 거대한 손길은 파리 시내 전역을 르네상스식 도시로 재단장했다. 깨끗한 스카이라인을 유지하기 위해 모든 집들은 7층 높이를 유지하도록 하였고, 그래서 1층에는 꽃집이나 빵집, 약국 등 작고 예쁜 가게들이 있고 2층부터 주거가 있는 파리의 '아파르트망(appartement)'들이 도시 전체를 뒤덮고 있다. 지금 우리가 흔히 쓰는 아파트라는 말이 사실 여기서 유래하는데, 물론 파리의 아파르트망은 한국식 아파트와는 조금 달라서, 1층에 상점이 있고 2층부터 주택이 있는 일종의 상가 주택과 유사하다. 아르센 뤼팽이 가장 자주 나타나는 장소도 아파르트망이었는데, 읽다 보면 정말 신기하다.

분명 뤼팽은 1층 꽃집에서 꽃을 사서 2층에 사는 어느 부인을 방문하러 갔는데, 2층의 부인은 그런 남자는 본 적도 없다고 하고, 대신 옆집에 사는 미망인이 목걸이를 도둑맞는다. 그리고 꽃집에서 꽃을 샀던 신사도 온데간데없이 사라지는데, 며칠 뒤 가난한 미술학도가 샹젤리제의 보석상에 나타나 어머니의 마지막 유물이라며 값비싼 목걸이를 눈물을 머금고 내놓는다. 그리고 다음날 아침이면 작고 구부정한 노파가 미망인이 사는 아파르트망의 1층 빵집에서 빵을 살 것이다, 샹젤리제의 보석상에서 목걸이를 팔고 받은 금화를 빵값으로 내밀면서. 흥미로운 것은 부유한 신사에서 가난한 미술학도로, 다시 노파로 변장하는 그의 모습이 아니라 행적이었다. 분명 A집으로 들어갔는데 B집에서 도둑질을 한 뒤 C집을 통해 빠져나가는 이 동선을 어찌 설명할 것인가. 추리소설을 덮고 오전에 읽었던 전공 서적을 꺼내 도면을 들여다 보아도 여전히 미궁 속이었다.

사실 나는 그 전해 영국 주택을 공부하느라 똑같은 일을 했었다. 오전에는 영국의 주택들에 대한 전공 서적을 읽고, 오후에는 19세기의 영국 소설을 읽었다. 작가는 달라도 같은 시대, 같은 나라의 소설을 여러 편 한꺼번에 읽다보면 나중에는 각 작품들의 줄거리는 모호해지면서 비슷한 내용의 이야기들이 하나의 이미지로 뭉뚱그려지는 경험을 하게 된다. 『비밀의 화원』과 『제인 에어』가 그러했다. 동화와 소설이라는 차이는 있지만, 서사 구조는 거의 동일하다.

　황량한 땅에 우뚝 솟은 음산한 대저택, 그곳에는 괴팍한 성격의 주인 남자가 가족도 없이 홀로 살고 있으며, 그마저도 긴 여행으로 여간해서는 모습을 드러내지 않는다. 그리고 그곳에 고아 소녀 혹은 고아 처녀가 들어오는데, 괴팍한 주인 남자는 그녀로 인해 점차 밝은 성격으로 변하고 또한 그 와중에 대저택의 비밀도 밝혀지게 된다. 『제인 에어』의 주인공이 열여덟 살 처녀여서 저택의 주인과 사랑에 빠져 결혼할 수 있었던 반면, 『비밀의 화원』의 메리는 열두 살 소녀라서 집안의 분위기만 바꾸어놓는다는 것이 작은 차이점이다. 그 외에도 또 하나의 공통점이 있으니, 주인 남자의 성격을 괴팍하게 만들고 저택까지 음산하게 만들었던 비밀이 결국 그녀에 의해 밝혀진다는 점이다. 그곳에는 병약한 소년이나 정신 질환을 앓는 아내가 숨어 살고 있었는데, 사실 이는 19세기 영국의 컨트리 하우스(country house, 장원 주택)라는 독특한 주택을 배경으로 하기에 가능한 일이다.

방이 몇 개인지 이루 다 셀 수 없을 정도로 넓은 집, 지하에서 1층, 2층, 다락으로 끝없이 이어진 넓은 집, 그런데 밤이면 긴 복도의 어느 끝에서인가 이상한 소리가 들린다. 비명 소리거나 신음 소리, 고함 소리거나 킬킬거리는 웃음 소리, 그 뒤를 이어 다급한 발걸음들이 오가고 나면 곧 소리는 멈춘다. 대체 그 소리의 정체는 무엇이며, 그들은 무엇을 숨기고 있는가. 영국은 우리나라보다 위도가 높고 또한 흐린 날이 많아 되도록 햇볕을 많이 받기 위해 정남향의 긴 건물 형태로 주택을 짓는다. 건물 내부는 긴 복도를 두고 각 방들이 늘어선 구조인데, 우리나라의 중고등학교와도 비슷한 형태이다. 흔히 유행하는 학교 괴담류의 영화나 이야기를 보면 긴 복도 끝 어느 교실에서 이상한 소리가 나는 것으로 공포를 유발하는 것도 이러한 구조 때문에 가능하다.

빈 교실에서 누가 무엇을 하는지, 그 방에 누가 있는지조차 잘 알 수 없다는 데서 기묘한 공포가 발생하는데, 영국의 컨트리 하우스도 마찬가지다. 복도 끝에서 나는 정체불명의 소리, 거대한 저택에 숨겨진 비밀, 그리고 우연한 방문자에 의해 그 비밀이 밝혀지는 구조가 『제인 에어』와 『비밀의 화원』의 공통점이다. 아무리 기괴하고 비밀스럽다 한들 종국에는 그 비밀이 밝혀지는 것이 영국 소설들의 특징인데, 그런데 『아르센 뤼팽』에서 그 동선의 비밀은 끝내 밝혀지지 않는다. 그렇게 신비로운 파리의 아파르트망들이 지금 내 눈앞에 있다. 이제 시간은 6시 30분, 여전히 거리엔 사람이 별로 없어서 지금 이곳이 19세기인지 21세기인지 모호해진다.

파리에서 가장 흔히 볼 수 있는 것이 빵집과 카페이다. 아파르트망 1층에 마련된 빵집에 들어가 빵을 산다. 프랑스를 대표하는 음식 세 가지는 빵과 치즈, 와인이다. 이름도 종류도 다 헤아릴 수 없는 갖가지 치즈가 모두 1유로라는 가격에 진열되어 있던 슈퍼마켓처럼, 빵집에는 1유로짜리 빵들이 즐비하고 그 옆에는 간단한 커피도 있다. 카페오레를 주문하는 내 뒤에서 누군가가 "Moi, aussi(나도 같은 걸로)"라고 말한다. 돌아보니 이어폰을 꽂은 운동복 차림의 남자다. 이 새벽에 조깅을 하고 커피를 마시는, 그러고 보니 오늘 처음 만난 파리지앵이다.

어느 도시나 특징적인 음료가 있다. 도쿄가 녹차 특히 봄날의 여린 잎으로 덖어낸 연둣빛 녹차의 도시였다면, 홍콩은 짙은 향기로 발효된 갈색 보이차의 도시였다. 그리고 영국은 한결 가볍게 발효시킨 홍차의 나라이다. 내가 런던에 가게 되면 아침에 커피 세 잔을 마셔야 하는 이 식성도 홍차 세 잔으로 바뀌게 될까 생각하다가, 문득 영국의 셜록 홈즈와 프랑스의 뤼팽이 맞붙는다면 누가 이길까 궁금해진다. 모든 사람이 궁금해하는 그 이야기를 해주기 위해 결국 뤼팽의 작가가 나섰다.

신출귀몰한 뤼팽의 행적에 지친 파리 경시청이 마침내 영국의 사설탐정에게 사건을 의뢰하고, 그리하여 셜록 홈즈가 도버해협을 건너 파리에 도착한다. 뤼팽의 작가에 의해 묘사된 셜록 홈즈는 쉰 살이 넘은 약간 굼뜬 영국인이라, 아쉽게도 그는 다 잡았던 뤼팽을 놓치고 말지만 중대한 비밀 하나는 밝혀낸다. 불우한 어린 시절을 보냈던 뤼팽은 프랑스 제일기술고등학교를 졸업한 후, 어느 유명한 건축가의 조수로 일하게 된다. 그 시절 주로 했던 일이 파리의 각종 아파르트망 건물의 개조와 설계였다. 그 과정에서 부유한 주택들의 도면을 입수할 수 있었고, 또한 지금도 건축가의 딸과 연인으로 지내면서 정보를 입수하고 있다는 사실을 홈즈가 밝혀낸 것이다. 뤼팽이 드나들며 도둑질을 했던 건물마다 현관 부분에 동일한 마크가 새겨져 있는 것이 단서가 되었다. 그것은 레지옹 도뇌르 훈장을 받은 건축가가 설계한 건물에만 붙일 수 있는 마크였다. 모든 건물은 동일한 건축가가 설계한 건물이었으며, 뤼팽이 '막심 베르몽'이라 불리던 젊은 시절 그 건축가 밑에서 일했다는 사실을 영국 탐정 셜록 홈즈가 밝혀냈다.

아침 일곱 시, 지하철을 타러 가는 파리지앵의 모습이 처음 눈에 띈다. 이른 출근을 하는 모양이다. 서서히 도시의 표정들이 깨어나기 시작한다. 서류 가방과 핸드폰을 쥐고 분주한 모습을 보며 불현듯 깨닫는다. 지금 여기는 19세기가 아닌 21세기 파리이며, 이제 도시는 맨얼굴을 지우고 출근하는 샐러리맨들의 긴장된 모습을 연기할 시간이라는 것을. 나 역시 맨얼굴은 여기까지만. 호텔로 돌아가 외출 준비를 해야겠다. 종이컵에 담긴 카페오레를 서둘러 마시고 빈 컵을 휴지통에 넣으려는데, 문득 똑같은 모양의 컵이 눈에 띈다. 똑같은 로고가 박힌 똑같은 종이컵, 눈을 들고 보니 정장을 말끔히 차려 입은 남자가 서 있다. 귀에 꽂은 그 이어폰을 보고서야 깨달았다. 좀 전에 빵집에서 바로 내 뒤에서 카페오레를 사던 남자임을. 옷차림이 달라져 모를 뻔했다. 차 한잔을 마시는 짧은 시간에 이렇게 빨리 변신을 했나. 빵집 앞에 여태 같은 모양으로 앉아 있는 나를 알아본 모양인지 "Bonjour!(좋은 아침!)" 하고 인사를 건넨다. 휴지통에 빈 컵을 버리고 돌아서는 그 뒷모습을 보며 문득 생각한다, 혹시 아르센 뤼팽이 아닐까 하고.

금기의 영역으로 한 걸음 더

노트르담 성당이 시내 한가운데 있다는 사실이 의외였다. 서울 한강에 여의도가 있듯 파리의 센 강에도 시테 섬이 있는데, 그 섬 한가운데 성당이 있었다. 당시로서는(1163~1250년 건립) 신기술이었을 버팀벽(flying buttress)의 사용, 35미터의 최고 높이가 만들어낸 중세 성당의 원형이라는 이유로 서양 건축사 강의에서 빠지지 않고 배웠던 성당이 천년의 나이를 먹은 채 바로 눈앞에 있었다. 사실 내가 거기서 감명을 받은 이유는 천년이라는 묵은 시간 때문이 아니라, 그것이 여태 성당으로 사용된다는 점 때문이었다. 이것저것 생명 연장 장치에 연결되어 중환자실에 누워 있는 백 세 노인에게서 우리는 감동보다는 동정을 느낀다. 얼마나 괴로울까, 본인은 물론 가족들까지. 그러나 본래 해녀였던 사람이 백 세 노인이 되어서도 여전히 건강하게 물질을 한다면 큰 감동을 받는다. 노트르담도 마찬가지였다. 중세 성당의 정수라고 교과서에서 누누이 배웠기에 지금은 곳곳에 출입 금지, 사진 금지 표지만 더덕더덕 붙어 있는 박제된 건물일 줄 알았는데 아니었다, 미사가 진행되고 있었다. 찾아간 날은 일요일이어서 천년 묵은 성당에서 울려 퍼지는 천년 묵은 오르간 소리를 들을 수 있었다.

그날 노트르담 앞의 인파는 얼마나 대단했던지, 성당이 크다 보니 교인도 많거니와 전 세계에서 몰려든 관광객도 엄청났다. 아직 로마 산 피에트로 광장에서의 미사 장면은 보지 못했지만 결코 그에 못지않을 노트르담 광장과 거기 모인 인파를 바라보며, 예배를 뜻하는 미사와 시장을 뜻하는 메세를 생각하고 있었다. 동양의 도시가 도로 중심이라면 서양의 도시는 광장이 중심이다. 특히 성당 앞에 큰 광장을 마련해두고, 예배가 열리는 날이면 그곳 광장에서 장이 열렸다. 그래서 미사(예배)와 메세(시장)는 어원이 같은데, 그 광장 어느 구석에서 긴 원피스를 입고 있는 남자를 발견했다.

발등을 덮을 정도로 길고 긴 검정 원피스가 수녀복과 닮아 있음을 보며 수도사구나 짐작했다. 하지만 맑은 영혼만큼이나 깨끗해야 할 그 옷은 구김이 가 있었고 몸가짐도 흐트러져 있었다. 엉거주춤하고 구부정하게 약간 비틀거리며 걷는 모습, 그리고 보니 그리 낯선 모습도 아니었다. 월요일 1교시에 강의가 있어 이른 아침 학교에 오면, 골목길이나 캠퍼스 안에서 그런 자세로 걷는 남학생을 더러 볼 수가 있었다. 어젯밤 마신 술이 아직도 깨지 않은 까닭이리라. 대학생들만 그러는 줄 알았는데 노트르담의 수도사도 마찬가지라니. 유럽이나 아시아나 남자가 스커트를 입는다는 것은 일상적인 일이 아니다. 금기를 깨고 원피스를 입은 남자, 여느 남자라면 웃음거리겠지만 사제이기에 가능한, 아니 사제라서 더욱 우아한 차림새를 하고 찬송가 소리가 울려 퍼지는 이 순결한 아침, 간밤의 숙취가 가시지 않은 채로 비틀거리는 걸음으로 어디로 가고 있는가.

"서양의 성당은 말이야, 해질 무렵에 가 보아야 제맛이고, 동양의 사찰은 해 뜰 무렵에 가 보아야 제격이지. 성당은 서향을 하고 있어서 석양의 지는 해를 받을 때 깊은 음영을 드리우는데, 바로 그때 성당 벽면에 조각된 천사와 악마의 이미지가 강렬해지는 거야. 즉 빛과 그림자의 강한 대비를 통해 선과 악의 세계를 표현한 것이라 할 수 있지. 하지만 동양의 사찰은 말이다, 대웅전이 동향을 하고 있어서 이른 새벽 해가 뜰 때, 대웅전에 앉은 본존불의 이마가 환하게 빛나기 시작하는 거야. 해 뜰 무렵 절에 간다는 것은 보통 정성이 아니지, 새벽 예불에 참석하기 위해서는 해도 뜨지 않은 밤길을 걸어야 하니까. 어둡고 험한 산길이 고난에 찬 속세를 상징한다면, 아침 해가 떠오르는 사찰 내부는 정토 세계를 상징한다고 볼 수 있지. 그래서 사찰 건축의 정수를 맛보기 위해서는 새벽에 가 보아야 하는데, 그때 마침 비구니 스님의 낭랑한 염불 소리가 들리기 시작하면, 정말 여기가 극락이 아닐까 싶어."

학창 시절 고건축을 강의하던 노교수님이 계셨다. 답사를 위해 오래된 사찰을 다니다 보면 비구니 스님이 있는 곳도 자주 가게 되는데, 어느 절에 있는 어느 스님이 그렇게 예뻤다는 둥, 그 절을 찾아갈 때면 가슴이 두근거렸는데 몇년 만에 다시 찾아가 봤더니 보이질 않아 혹시 그새 환속을 해서 시집을 가버린 게 아닐까 궁금했었다는 둥, 그 스님 어디 갔느냐고 누구한테 물어볼 수도 없고 그저 냉가슴만 앓았다는 둥, 동향의 사찰마다 빠지지 않는 이야기들이 있었다. 그래서요 교수님, 그래서 어떻게 하셨어요, 재차 다그쳐 물으면 대답 대신 두 눈을 지그시 감고 시 한 수를 읊조리곤 하였으니.

> 얇은 사 하이얀 고깔은 고이 접어서 나빌레라
> 파르라니 깎은 머리 박사 고깔에 감추오고
> 두 볼에 흐르는 빛이 정작으로 고와서 서러워라.
>
> 조지훈, 〈승무〉 중에서

사실 이 시가 그토록 사랑받는 이유는 언어의 조탁 외에도 금기에의 욕망을 미묘하게 건드렸기 때문이다. 〈사운드 오브 뮤직

(Sound of music)〉이라는 뮤지컬도 있고 또한 〈병사와 수녀〉라는 연극도 있듯이, 가톨릭 문화권에서는 수녀의 사랑 이야기가 문학과 연극의 소재로 가끔 등장한다. 수녀를 상대로는 연심커녕 여자로 생각하고 바라보는 것 자체가 금기이고, 물론 여승도 마찬가지다. 먹지 말라고 했던 선악과가 무슨 맛인지 궁금하듯, 항상 사람은 금지된 것을 소망한다. 소망하는 것 자체가 금기였던 여자, 하지만 그것은 남성의 시각으로 보았을 때의 이야기다. 이 세상의 모든 문화는 대개 남성의 시각에서 생산되고 향유된다. 수녀와 여승은 남성의 시각에서 금기의 대상이겠지만, 반면 여자의 눈으로 보면 사제와 승려가 대상이 된다.

예전에 국제선도 김포에서 타던 시절의 일이다. 그때는 탑승기 별로 대기실이 구분되어 있어서, 탑승 게이트 앞의 부스마다 제각각 언어와 표정이 달랐다. 지구촌을 작게 축소해놓은 듯한 각 부스, 그중 어느 곳의 표정이 특히 기묘했다. 그곳은 온통 세가지 색상으로만 이루어져 있었다. 바닥에 깔린 붉은색 카펫, 그 위를 누비고 다니는 오렌지색 보자기, 그 사이로 드러나는 갈색 어깨. 자판기를 찾아 그곳까지 갔던 나는 투입구 속으로 동전을 밀어 넣다가 어리둥절했다. 대기실 안을 수선스레 뛰어다니는 열두어 살짜리 남자아이들, 모여 앉아 이야기에 열중하고 있는 스물몇 살짜리 젊은 남자들, 그리고 더 나이가 많아 심드렁하고 무관심한 남자들, 열댓 명 정도 되는 그들은 모두 똑같은 복장을 하고 있었다. 세상에 그런 옷은 처음 보았다. 그건 차라리 옷이 아닌 보자기였다. 전혀 바느질을 하지 않은, 베틀에서 방금 짜낸 베를 어깨에서부터 허리, 다리까지 온몸에 둘둘 말고 다니는 차림, 저러고도 옷이 흘러내리지 않는 걸까. 벽에 붙은 표지판을 바라보니 타이 항공이라고 적혀 있는 것이 타이의 승려들이었다. 가사 장삼이라고, 우리나라 스님들은 회색의 장삼을 입고 그 위에 적색 가사를 두르는데, 타이의 승려들은 장삼은 아니 입고 맨몸에 가사만 두르고 있다. 하긴 부처도 원래는 저렇게 입었을 것이다. 비슷한 시기 소크라테스와 아리스토텔레스의 옷차림도 대충 저러했으리라 생각하며, 얼떨결에 오렌지색 환타를 눌렀다.

하단의 출구에 손을 넣어 음료를 꺼내려는데 어쩐지 뒤꽁무니가 간질간질, 해외에 간답시고 차려입은 옷차림이 치마가 너무 짧았다. 가방을 꼬리뼈 근처에 붙이고 엉거주춤 환타를 꺼내는데, 하필 승려 한 명과 눈이 마주쳤다. 그냥 외면해도 될 것을 무어라고 사람을 이리 빤히 쳐다보나. 쳐다보는 정도가 아니라 환하게 웃기까지 한다. 정녕 날 보고 웃는 것인가 생각하고 있는데, 순간 그는 오렌지색 가사를 사뿐히 여미어 일어섰다. 그러고는 내 쪽을 향해 나비처럼 걸어오기 시작했다. 얇은 사 하이얀 고깔은 고이 접어서 나비와 같은 것이 아니라, 오렌지색 가사 사이로 드러난 갈색 어깨가 한 마리 호랑나비 같았다. 돌아설 듯 날아가며 붉은 카펫을 사뿐히 즈려밟는 갈색의 맨발이여. 나이를 가늠할 수 없는 남자가 의미를 짐작할 수 없는 미소를 지은 채 나를 향해 걸어오고 있는 통에, 끌어내려봤자 끌어내려지지 않는 짧은 치마를 다시 한 번 끌어내려야 했다. 마침내 내 앞에 선 그가 황홀한 가사를 여미어 깊은 마음속 거룩한 합장을 하였을 때 얼결에 나도 따라 합장을 하며 고개를 숙였다. 그러고는 '이 밤사 지새우는 귀또리'와도 같은 음성으로 무언가를 나직이 읊조리는데 무슨 말인지는 모르겠다. 나무아미타불 성불하십시오 정도 되려나 생각하고 있는데, 두어 번 반복되는 그 말은 의외로 영어였다. "Excuse me, excuse me, lady?"

합장한 손에는 지폐 한 장이 들려 있다. 어리둥절해 서 있자니 온화한 미소는 사라지고 무언가를 요구하는 눈치다. 한 손에는 천 원을 들고 또 한 손으로는 자판기를 가리키는 양을 보고 겨우 눈치를 챈 나는 머쓱하게 물러섰다. 몇 걸음 걷다 뒤돌아보니 코카콜라를 손에 들고 있었다. 원터치 버튼을 따면서 젊은 승려 하나를 불러 뭐라뭐라 말을 했고, 그예 젊은 승려가 어린 승려들을 향해 짧고도 낮게 소리치자 이내 부스 안은 조용해졌다. 그리고 지금 노트르담 앞 광장 한 귀퉁이에서 나이 먹은 사제가 좀 전의 젊은 수도사를 불러 세우고 있다. 손가락으로 자꾸만 허리께를 가리키는 것을 보니, 사제복을 허리띠로 여미지 않았음을 나무라는 모양이다. 저 우아한 사제복을 단정하게 입은 것이 아니라 흐트러지게 입은 남자, 아니 차라리 벗어던진 남자를 예전에도 한 번 본 적이 있었다.

경기도 안성의 미리내 성지, 천주교 성지일 뿐 아니라 건축적으로도 유명한 그곳을 답사차 간 적이 있었다. 그때는 또 힙합 패션이 유행할 때라서 두 치수나 큰 힙합 바지에 워커를 신고 손에는 큼지막한 카메라를 들었다. 그런데 막상 그곳에 도착해 보니 성당보다 그 앞에 있는 자그마한 수도원 건물에 더 마음이 끌렸다. 성당에 대한 스터디만 하고 가느라 그 건물에 대한 지식이 전혀 없었는데, 그것이 누구의 작품인지 모르는 채였기에 더 인상 깊었다. 생각지도 못한 곳에서 만난 건축의 첫 인상은 순수하고도 섬세했다.

대체로 성당은 화려한 치장을 하고 무대 위에 선 배우 같은 건물이다. 모든 종교는 성과 속을 극명하게 구분하여 미사나 예배, 예불이 올려지는 시간을 극적으로 연출하는데, 그 무대가 되는 건축이 성당과 사찰이다. 넓은 마당 혹은 광장을 앞에 두고 우뚝 솟은 모습, 사방 어디에서나 쉽게 눈에 띄는 모습, 이 세상과 타협하지 않는 보수적이고 고집스러운 건축 양식이 대부분이다. 하지만 연극이 끝나면 배우도 무대에서 내려와 일상으로 돌아오듯, 성당 옆의 수도원 건물, 사찰 옆의 요사채는 좀 더 순수한 모습을 하고 있다. 분장을 지운 맨얼굴을 관객에게 보이지 않음으로써 연극 속 주인공의 이미지를 신비롭게 만드는 것이 배우의 몫이듯, 수도원과 요사채도 성당과 사찰의 그림자 뒤에 숨는 것이 보통이다. 그러나 가려져 있기에 더 알고 싶은 것이 배우의 사생활이고, 숨겨져 있기에 더 보고 싶은 것이 수도원 건물이다. 미리

내 성지의 성삼성직 수도회는 되도록 눈에 띄지 않게 숲속에 반쯤 가려져 있었다.

그것이 궁금해서 다가가는 길에 작은 팻말이 하나 서 있었다. 수도사들이 수양을 하는 곳이니 일반인의 출입을 금하며, 특히 여성 출입을 엄금한다는 내용. 수녀원이 아닌 남자 수도사들이 생활하는 곳이라는 말에 호기심이 더하여 경고를 무시한 채 계속 걸어 들어갔다. 양옆으로 나무들이 잘 꾸며진 숲길이 있고, 그 길 끝에 수도원이 있었다. 여기에서 발을 돌리기에는 스물여덟 건축학도의 호기심이 허락치 않았다. 숲길이 시작되는 곳에서 개가 서너 마리 나타나 낯선 사람을 보고 짖었지만 개의치 않았다. 하지만 길모퉁이에서 사람들의 함성이 들리는 데는 멈칫했다. 공을 차는 소리에 웃고 떠드는 소리가 섞여 들리는데, 그 웃음소리가 여느 사람들보다 단정하고 차분한 것이 수도사들이 분명했다. 여기서 돌아서야 하나, 잠시 주저했지만 물러날 수는 없었다. 휘어진 오솔길의 끝, 저 나무들 너머에 무엇이 있을지 가보기로 했다. 수사들이 생활하는 건물에 여자가 들어온다는 것은 분명 금기였으나, 무릇 금기의 영역은 신비로운 법이다. 한 걸음 더 다가갔다.

그렇지, 그렇지, 이쪽으로. 목소리들이 한결 또렷이 들리는 것이 대여섯 명이 모여 족구를 하고 있는 것 같았다. 분명 이 모퉁이를 돌면 중정과 회랑이 있고 거기에 다들 모여 있으리라.

그래, 바로 그거야, 잘한다. 소리가 더욱 커진 것이 가까이 온

듯하다. 몇 걸음만 더 나아가면 족구를 하는 안마당이 보일 것도 같은데, 그런데 지금 내가 그 마당에 불쑥 나타난다면 저들은 어떤 표정을 지을까.

아냐, 거기 말고 이쪽이야, 안 돼, 그쪽으로 넘어가지 마. 그래 더 이상 그쪽으로 넘어가면 안 되겠다, 여기서 사진만 몇 장 찍고 돌아가야겠다고 생각하는데, 어어 넘어갔다, 넘어갔다, 갑자기 나무 틈 사이로 공이 굴러왔다. 어디 갔어, 완전히 넘어갔어, 낡은 축구공이 그 소리를 묻힌 채 내 발밑에 떨어졌고 곧 나무 사이에서 사람이 뛰어나왔다. 길고 긴 원피스의 사제복을 입고 있을 줄 알았는데 아니었다. 흔히 추리닝이라고 말하는 운동복을 입고 있는 줄 알았는데 아니었다. 검정 바지에 흰색 셔츠를 입고 있었다. 그 위에 겉옷을 입으면 바로 그 우아한 사제복이 완성되나, 그러고 보니 그 치렁치렁한 사제복을 잠시 벗어던진 모양이다. 하지만 놀라서 쳐다보기는 나보다 그쪽이 더한 듯했다. 넘어간 공을 줍기 위해 뛰어나왔는데 갑자기 서 있는 웬 여자, 줄줄 흘러내리는 힙합 바지에 대포만한 카메라를 손에 든 람보 같은 여자.

선배들이 해준 이야기가 있었다. 경복궁에서 사진을 찍다가 갑자기 경찰서에 붙잡혀 간 적이 있었다고, 그 뒤편에 청와대가 있어서 특히 조심해야 하는 지역인데, 뭣 모르고 사진을 찍다가 경찰에게 카메라를 빼앗겼다고. 한두 시간 붙들려 있으면서 경찰서 청소를 해주고서야 풀려났다고. 그때 다른 선배가 말했다. 야 그래도 그 정도면 괜찮다, 나는 카메라가 부서진 적도 있었다니까, 차라리 사람을 때리지 왜 카메라를 망가뜨리냐고. 그런데 이제 나는 어떻게 해야 하나, 카메라를 슬그머니 몸 쪽으로 당기려는데 그가 말했다. 저기요, 공 좀 던져주세요.

그때보다 한결 작고 가벼워진 디지털카메라를 들고 두 치수 큰 힙합 바지 대신 한 치수 작은 스키니진을 입고 나는 지금 성당 안으로 들어가고 있다. 파이프오르간 소리가 울려 퍼지는 노트르담의 예배실, 흰색 미사보들이 구름처럼 뭉게뭉게 떠 있는 가운데 길고 긴 통로의 끝에 제단만이 천국처럼 빛나고 있었다. 어둡고 긴 길은 고난에 찬 인생을, 그 끝에서 빛나는 제단은 천국을 상징한다고 강의실에서 지루하게 배울 필요가 없었다. 미사에 한번 참석하는 것만으로 절로 알게 되는 것을. 한 걸음 더 나아갔다. 사찰의 대웅전 내부가 좌우로 길게 펼쳐져 있다면 성당의 내부는 앞뒤로 길게 구성되어 있다. 안쪽 깊이가 길기 때문에 성당 안쪽에 있는 제단이 더욱 신비롭게 보이는 것이다. 한 걸음 더 나아갔다. 모든 종교 건축은 극적인 공간감을 연출하기 위해 시각과 청각, 후각을 한꺼번에 자극한다. 실내를 어둡게 만듦으로써 내 발밑과 몸가짐까지도 조심하게 만든다. 향을 사르거나 향초를 피우거나, 후각은 우리의 가장 깊은 무의식을 자극하고, 깊은 저음의 파이프오르간 소리는 귀에 들리는 소리뿐 아니라 온몸이 함께 진동하도록 만든다. 한 걸음 더 나아갔다. 울려 퍼지는 찬송가 소리가 무엇을 말하는지는 모르겠다. 굳이 알 필요가 있는가, 이렇게 온 영혼이 전율하는 것을. 한 걸음 더 나아갔다. 그 사이 어둠에 익은 눈이 낯익은 얼굴을 발견해냈다. 좀 전에 보았던 그 비틀거리던 젊은 사제였다. 두 볼에 흐르는 빛이 정작으로 고와서 서럽더라고 했던가, 어째서 사제가 되었을까, 무엇 때문에 일평생 저 검은 옷 속에 자신을 가두어두려는 걸까. 한 걸음 더 나아갔다. 아직 신부가 되지 못한 그가 이곳에서 맡은 소임은 무엇일까, 아침부터 저녁까지 찬송과 기도 외에 또 무슨 일을 하며 하루를 보낼까. 그는 미사에 참석하기 위해 오는 사람에게 일일이 눈인사를 하고 있었다. 한 걸음 더 나아갔다. 그가 어느새 내 쪽을 유심히 바라보고 있다. 검은 머리를 하고 있으면 꼭 이렇게 눈에 띄는 법이다. 한 걸음 더 나아갔다. 이윽고 내가 그의 앞을 통과하려는 찰나, 그가 우아한 몸짓으로 내 쪽으로 손을 뻗었다. 의외의 반응에 놀라 바라보고 있자니 그의 푸른 눈이 나를 향해 웃고 있다. 지상에 천사가 강림했다면 이런 모습일까. 그리고 낮게 중얼거리는 저 축복의 말은 프랑스어일까, 라틴어일까. 들어보니 의외로 영어였다.

"Excuse me, Madame. Not this way, but that way.(실례합니다. 부인. 이 길이 아니라 저 길입니다.)"

은총같이 쏟아지는 저 말은 성경 속 어느 구절일까. 넓은 길은 멸망의 길이요 좁은 길은 성령의 길이라는 그 말일까. 이제 그는 팔을 뻗어 완전히 내 앞을 가로막고 있다. 그리고 보다 분명한 어조로 말하기 시작했다.

　이 길이 아니라 저 길입니다, 성당 안쪽은 신자들만 들어갈 수 있고, 관광객은 저쪽 동선을 이용해주시기 바랍니다. 팔을 뻗어 이쪽저쪽을 가리키는 그의 허리춤에 어디서 급히 구해 온 듯, 어색한 벨트가 삐뚜름히 걸려 있었다. 아울러 어두운 벽면 위에는 오늘 아침 급히 써 붙인 듯, "Catholic only, No Tourist(신자만 입장 가능. 관광객 입장 금지)"라고 적힌 노란 포스트잇이 붙어 있었다.

각자의 추억을 주우며

.

내일도 비가 오려나, 대체 이 비는 언제 그치려나 하는 조바심에 그 밤중에 1층 로비까지 내려와 서성거렸다. 도착 첫날 가이드로부터 초특급 태풍이 북상하고 있다는 소식을 들었기에 자생지 베트남에서 만나는 태풍이란 얼마나 크고 무서울까 잔뜩 겁을 먹었는데, 웬걸 그저 봄바람 같은 바람에 이슬비 같은 비가 오락가락할 뿐이었다. 이 정도라면 차라리 속 시원히 한바탕 뿌려버리고 다음 날 아침 말짱히 개어주면 좋으련만, 이유도 모르고 영문도 모르는 채 토라져버린 연인처럼 내리는 것도 그친 것도 아닌 비가 하루 온종일이다. 창문을 열고 내다보아도 그저 오리무중 같은 하늘에 뾰족한 수도 없으면서 1층 로비까지 내려온 순간, 짧은 탄성이 나왔다. 사각으로 정확히 둘러싼 호텔의 중정에 비가 내리고 있었다. 우리도 예전 가회동이나 신설동의 ㅁ자 한옥을 보면, 한가운데 안마당이 있고 수돗가, 장독대, 화분이 늘어선 그곳이 집안의 중심이 되곤 했다. 그 안마당을 건축 용어로 중정(中庭, inner court)이라 하며 라틴 건축의 특징으로 보고 있다. 그런데 이것을 하노이의 호텔에서 만날 줄이야.

따지고 보면 당연했다. 로마제국 시절 프랑스는 로마의 속령이었고, 제국주의 시절 베트남은 프랑스의 영향을 받았으니, 손자가 할아버지를 닮듯 베트남 건축은 고대 로마를 닮아 있었다. 그런데 재미있는 것은 위도상으로 남쪽이고 날씨가 덥다 보니 라틴 문화권 중에서도 가장 남쪽에 위치한 스페인 건축의 냄새를 진하게 풍긴다는 거였다. 그렇지, 스페인어로 이런 것을 파티오(Patio)라고 하지, 하면서 그 주변을 서성거리다가 문득 보았다. 로비 구석에 앉아 비 오는 파티오를 하염없이 내다보고 있는 검은 그림자를. 작은 체구, 약간 구부정한 등, 희끗희끗한 머리, 도착 첫날 인사를 나누었던 그 할아버지였다.

도쿄나 파리라면 모르되 베트남은 어쩔 수 없었다, 현지 가이드가 안내하는 단체 관광을 할 수밖에. 첫날 저녁 식사에서 동석하게 된 이가 그 할아버지와 아들이었다. 아버지의 칠순을 맞아 베트남 여행을 시켜드린다고, 형제들은 다들 시집 장가를 가서 저희 식구 챙기느라 바쁘고 막내이자 총각인 자기가 아버지를 모시고 왔다고, 할아버지를 꼭 닮은 30대의 젊은 남자가 말했다. 전남 화순에서 농사를 짓는다던 그는 다른 여행지도 많을 텐데요, 라는 남편의 인사치레에 아버지가 베트남에 추억이 많다며, 실은 베트남전쟁에 참전했다고 덧붙였다. 그 말에 약간 놀랐다. 남자들의 이야기 중에 빠지지 않는 것이 군대 이야기인데, 무릇 참전 경험은 군대 경험을 압도한다. 한국에서 몰래 챙겨온 소주를 저녁 식탁에 꺼내놓듯 40년 묵은 무용담이 나오지 않을까 지레 겁을 먹었는데, 아니었다. 할아버지는 별로 말이 없었다. 맥주 한 병을 시켜 내게도 손수 따라주며 "요즘은 아가씨들도 다들 한잔씩 하는 걸"이라고 말했던 것 외에는. 그런데 이 밤비 내리는 파티오를 바라보며 할아버지는 무슨 생각을 하고 있는가.

"이걸 스탈린 고딕이라고 하는데 말이야. 수직선을 많이 강조한 고딕 양식을 20세기 초 스탈린이 모스크바 계획에 도입하면서 새로이 탄생한 양식이라 할 수 있지. 소련뿐 아니라 베트남, 북한 등 공산권의 수도에서 많이 볼 수 있는데, 그러고 보니 지난번 베이징에 갔을 때도 톈안먼 광장 앞에 스탈린 고딕의 건물이 있었잖아, 그 왜 인민대회당 건물 말이야."

호치민 묘지 앞, 창문 하나 없는 거대한 콘크리트의 건물 앞에서 나는 그렇게 신이 나 있었다. 바로 그런 게 보고 싶어서 왔으니까. 본디 베트남은 한문을 사용하는 유교 문화권이었다가 19세기 말 프랑스 식민지가 되었고 20세기에는 사회주의 국가가 되었다. 유교 문화, 라틴 문화, 사회주의 문화, 세 가지 요소가 베트남 현대건축에 어떤 영향을 미쳤는지 그것이 궁금해서 떠났던 베트남 여행, 단 하나의 청중인 남편을 상대로 짧은 지식을 늘어놓기에 호치민의 묘지처럼 좋은 장소도 없었다. 서울로 치면 광화문 광장, 베이징으로 치면 톈안먼 광장 같은 그곳에는 베트남 사람보다 해외 관광객이 더 많았고, 그중 특히 한국인이 많았다. ○○투어, ○○여행이라는 깃발 아래 50~60대의 한국인들이 몰려다니면서, 예전 수학여행 시절에나 하던 것처럼 기념사진을 찍은 다음에는 할 일이 없어 나무 그늘 아래 모여 앉아 있었다.

나보다 열살 정도가 많은 그 베이비붐 세대들이 어찌 살아왔을지 나는 충분히 이해하고 공감한다. 한국전쟁 언저리에서 태어나 곤핍한 어린 시절을 보냈고 그 다음엔 1970~80년대의 고도성장기에 젊은 시절을 보내다가 지금은 이럭저럭 일선에서 물러난 세대, 그래서 가깝고 부담 없는 아시아 여행지를 차례로 순례하는 세대. 놀기보다는 일하는 것이 더 익숙하기에 막상 주어진 놀이의 시간에 무엇을 해야 할지 어색한 세대, 그 앞에서 책 쓰기라는 일과 놀이가 구분되지 않는 직업을 가진 나는 일을 빙자해 놀기에 바쁘다. 본래 건축물은 그림처럼 감상하는 게 아니라 주변을 돌아다니면서 어떻게 느껴지는가를 감상하는 것이 올바른 방법이라는 얕은 지식을 코끝에 걸치고, 호치민 묘지 주변을 가로지르고 있었다. 창문이 전혀 없는 거대한 콘크리트 건물, 사회주의 지도자의 무덤 건축에 일반적으로 쓰이는 건축 양식이다. 호치민 묘지뿐만 아니라 스탈린의 묘지도, 북한의 김일성 묘지도 모두 이러하다. 그러니까 이건 피라미드와도 같은 20세기 사회주의 묘지 운운하던 참이었다.

"거 아무개가 말이야, 아직도 고생한다더라, 그거 때문이지 뭐, 평생 골골거리고 산대."

"보상은 좀 받았대?"

"글쎄 돈 몇 푼 쥐여주는 거 가지고 보상이 되나."

초로의 남자들이 모여 하는 이야기가 들렸다. 짐작이 가고도 남았다. 그들의 젊은 시절에 베트남 파병이 있었으니, '그거'는 고엽제 후유증을 말함이리라. 하노이 곳곳 삼삼오오 남자들이 모여 앉은 곳에서는 그 이야기가 빠지지 않았다. 누구는 암에 걸려서 나이 쉰에 어떻게 되었는데 그게 아무래도 그거 때문인 거 같더라, 그런데 누구는 아직도 국가유공자가 못 되어서 마누라가 뭐 어쩐다더라, 보상이 나오긴 했는데 뭐가 어떻게 되어서 어쨌다더라.

월남에서 돌아온 새카만 김상사, 이제사 돌아왔네, 월남에서 돌아온 새카만 김상사, 너무나 기다렸네. 흑백 텔레비전에서 흘러나오는 노래를 따라 부르면 어른들이 손뼉을 쳐주었던 기억이 있다. 서너 살 무렵의 일이었으니, 내가 태어나던 즈음에 파병이 있었던 모양이다. 이제는 40여 년 전의 일, 소리 죽여 낮게 웅얼거리는 말들 속에 교묘히 은닉되고 숨겨진 그 무엇이 느껴졌다. 어느 세상이나 인간이 사는 모습은 대개 마찬가지다. 파병을 나온 외국인 병사와 가난한 현지인 여성 간에 접촉이 없을 수 없고, 그 과정에서 혼혈인 아이들이 태어난다. 우리나라에도 그런 아이들이 있었던 것처럼 베트남에도 있었을 것이다. 그들이 라이 따이한 혹은 '베한이'라 불린다는 것까지 알고 있는데, 그런데 그 이야기들은 결코 새어 나오지 않고 있었다.

"그 집 아들 있잖니, 그 아무개. 걔가 작년에 베트남 처녀랑 결혼을 했는데, 근데 베트남 며느리가 말이야……."

"아유, 말도 말아. 내 친척 중에도 베트남 며느리를 들인 이가 있는데 말이야……."

남학생과 여학생이 끼리끼리 모여앉듯, 나이든 아주머니들끼리 모여 앉은 자리에서는 그 얘기가 자주 나왔다. 거기서 나는 묘한 생각을 해본다. 젊은 시절 베트남에 참전을 하였다가 그곳 여인을 잠시 사랑했던 남자가 있었는데, 한국으로 돌아온 후 오랜 시간이 지나 베트남 여자를 며느리로 맞게 되는 경우가 혹여 있지 않을까 하는. 혹은 베트남에 출장을 갔던 아들이 사랑하는 여자가 생겼다고 데려왔는데 어쩐지 반갑고 낯이 익다 싶었다. 그런데 결국 알고 보니 자신이 젊은 시절 참전을 나갔다가 짧은 사랑으로 태어나게 된 베트남 딸이 바로 그녀라는, 현실에서는 결코 일어날 리 없는 베트남 이복 남매의 사랑 이야기가 막장 드라마의 소재로 등장하지는 않을는지. 말도 안 되는 이야기도 가능한 것이 드라마 속 세상이니까.

"진짜 되네, 말도 안 된다 생각했는데 진짜 되네, 이것 봐, 신기하지?"

호치민 묘지 옆에는 호치민 박물관이 있었다. 그곳 4층에는 거대한 황금색의 호치민 동상이 팔을 벌리고 있는데, 그 앞에서 남편이 아이패드를 펼쳐 보이고 있다. 화면 속에는 방금 찍은 호치민의 사진이 가득하다. 디지털카메라로 찍은 사진을 무선 전송하여 아이패드로 보내는 기술이라 했다. 지금 눈앞에 보이는 호치민 동상을 그냥 맨눈으로 보나, 디지털카메라의 액정화면으로 보나, 아이패드의 모니터로 보나 똑같은 그게 그거지, 뭐가 그렇게 신기하다는 건지.

"이게 바로 신기술이야, 여기에만 저장된 게 아니라 집에 가면 텔레비전 화면으로도 볼 수 있다니까. 손바닥만 한 기계로 이것이 가능하다니까."

그 신기술을 즐기기 위해, 그는 가장 크고 무거운 카메라 가방을 짊어지고 다녀야 했다. 지금 스무 살쯤 된 일본인 여자 두 명이 머리를 맞대고 들여다보고 있는 저 작은 디지털카메라처럼 조그만 카메라만 있으면 될 것을. 카메라 속에는 분홍색과 하늘색 아오자이를 빌려 입고 찍은 사진이 가득하다. 나는 중국 치파오보다 베트남 아오자이가 더 잘 어울리는 것 같아, 너 한국 가서 한복 입어봤니? 그때 그녀들의 손가락은 색색의 매니큐어가 칠해져 있었고, 그리고 좌우를 서로 다른 색 끈으로 묶은 운동화를 신은 젊은 남자 두 명이 지나가며 말했다.

"제3인터내셔널 기념탑을 여기서 보게 될 줄이야, 비록 모형이긴 하지만. 역시 사회주의 혁명이 있었던 나라답다니까, 기계 미학의 전형이라니까. 나는 2학년 때 러시아 구성주의에 푹 빠져 있었어. 특히 베스닌 형제의 프라우다 지국 건물은 말이야.”

누가 들으면 암호 같은 말일 것이다. 그러나 반바지에 배낭을 메고 지나가는 그 뒷모습에서 나는 그들이 건축 대학이나 미술 대학의 학생들일 거라고 직감했다. 나 역시 프라우다 지국 건물을 처음 보았을 때의 충격을 지금도 잊지 않고 있다. 러시아 구성주의 건축의 정수였다. 대개 예술이란 기존 정권에 대항하는 좌파적 성격을 띠게 마련이다. 그런데 러시아 구성주의는 매우 이례적으로 기존 정권을 옹호하는 우파적 성향의 예술운동이다. 스탈린 고딕양식과는 조금 다른 러시아 구성주의와 기계주의는 20대 청년들의 열정을 사로잡기에 충분했다. 나 역시 그 나이 때 러시아 구성주의에 열광하였고, 그래서 그 기념탑 앞에서 젊은 날의 열정을 고스란히 끌어내어 사진을 찍었으니까.

어디를 가나 마찬가지다. 그곳에 가서 그것을 보면서 하는 일은 결국 자신의 추억을 줍는 일이다. 환갑 언저리의 남자들이 모여 고엽제로 고생하는 친구 이야기를 늘어놓고, 아주머니들이 모여 앉아 한국 며느리 흉보듯 베트남 며느리 흉을 보는 자리에서도 그 할아버지는 말이 없었다. 대체 무엇을 생각하고 있었을까.

가는 날이 장날이라는 속담처럼 되돌아가는 날은 정말 하늘이 말끔히 개어 있었다. 비 오는 기간에 여행하느라 고생 많았다고,

한국에 돌아가거든 비 내리는 베트남이 아닌, 화창하고 맑게 개인 베트남을 기억해달라는 가이드의 안내 방송이 끝날 무렵, 내내 조용히 앉아 있던 그 할아버지가 버스 안 통로로 나왔다. 그냥 잠깐 할 얘기가 있다는 말에 가이드는 별 생각 없이 마이크를 넘겼는데, 그 잠깐이 꽤 길어지고 있었다. 처음에는 자신의 참전 경험을 이야기하는구나 생각했는데, 의외의 이야기를 꺼냈다.

"그 씨레이션(C-ration)이라고 하는 것을 베트남 사람들이 참 좋아해요. 우리도 없어서 못 먹는 그걸 베트남 사람들에게 하나씩 주기 시작했어요. 일고여덟 살 된 꼬맹이들한테 초콜릿이나 껌 같은 걸 주면 아주 좋아서 환장을 해, 그렇게 환심을 사서 안심을 시킨 다음, 베트남 통역한테 부탁해서 몇 월 며칠 날 어디로 다 모이라고 시켰어요. 동네 사람들한테 씨레이션을 나눠 준다고. 그 말을 듣고 순진한 사람들이 전부 모인 거라, 뭐 여자도 있고 아이들도 있는데, 그 사람들을 다 한꺼번에 몰아넣고 나서……."

거기까지 튀어나온 말에 가이드가 화들짝 놀랐다. 저 말을 어떻게 끊어내야 하나, 쩔쩔매는 기색이 역력했다. 어제 고엽제 이야기를 하던 남자가 차창 밖으로 고개를 돌리며 애써 외면하고 있었다. 흉인지 자랑인지 내내 베트남 며느리 이야기를 늘어놓던 아주머니는 창밖으로 보이는 가로수를 향해 어쩜 무슨 나무가 저렇게 생겼을까, 흉인지 칭찬인지 모를 말을 또 한번 늘어놓았다. 남편은 새삼 아이폰을 꺼내어 아이패드 속 사진이 거기에

각자의 추억을 주우며

도 저장되어 있는지를 확인하고, 나 역시 떠나는 마당에 뒤늦게 호치민 박물관의 안내 책자를 들여다보았다. 지금 들리는 저 이야기를 듣지 못한 것으로 하고 싶던 그때, 뒤쪽에서 아들의 목소리가 튀어나왔다. 아버지, 이제 그만하셔.

"아마 그때 동네 사람들이 반 정도는 몰살되었을 거야. 사실 우리도 어쩔 수 없었던 게, 그 사람들이 자꾸 먼저 공격을 하니까, 우리가 먼저 살고 봐야 하니까. 하여간 그 일이 있은 후부터 베트남 사람들이 한국 군인은 절대 건드리지를 못해."

그 말을 토해낸 할아버지의 얼굴은 한결 밝아져 있었다. 그것은 차라리 기나긴 고해성사였다. 칠순의 나이로 막내아들과 함께 온 베트남 여행에서, 40여 년을 넘게 짊어지고 있던 무거운 짐을 내려놓은 얼굴이었다. 마이크를 가이드에게 넘기고 자신의 자리로 돌아가는 할아버지의 등이 한결 가벼워 보였다. 오래 묵은 죄책감을 털어내는 데는 저 방법밖에 없었으리라. 그러고 보니 그 버스 안에는 참 여러 사람들이 타고 있었다. 그리고 그 가방 속에는 저마다의 사연과 추억들이 가득 담겨 있었다.

어
글
리
코
리
아 ✎

"도저히 못 하겠다, 그것만은 못 하겠다. 어떻게 발을……, 아니 발만이라면 모르겠다. 어떻게, 어떻게 그걸……"

대장금과 욘사마의 포스터가 크게 걸린 가게 앞에서 그만 남편과 실랑이가 붙고 말았다. 무슨 건물이 파사드(façade)만 요란하다. 파사드란 사람의 얼굴에 해당하는 건물의 얼굴로서, 건물의 성격과 특징을 드러내는 역할을 한다. 그런데 파사드가 지나치게 크고 화려한 건물은 본디 다른 목적으로 사용되다가 급히 용도가 바뀐 건물일 가능성이 많다. 기존 이미지를 지우기 위해 과다한 외부 장식과 지나치게 큰 간판을 내걸기 때문이다. 아니나 다를까, 슬쩍 가게 안을 엿보니 원래는 상점이었다가 마사지

숍으로 개조한 모양이다. 정작 알맹이는 허술하고 포장만 화려한 선물 상자 같은 건물 앞에서 우리는 실랑이 중이다.

"그것도 일정에 포함되어 있는 것이고, 다른 사람들 모두 아무렇지도 않게 생각하는데 왜 너는 혼자만 그러는 거니?"

연일 비가 내려 일정 대부분이 취소되는 통에 난처했던 가이드는 발 마사지를, 발 정도가 아닌 전신 안마를 제안했다. 아유잘됐네, 그렇게 해주세요, 라고 그 버스에 탄 사람들이 반색을 하며 반기는 분위기에 이끌려 간 곳이 마사지 숍이었다. 커다란 파사드에 한국어 간판이 내걸린 것이 한국 손님을 상대하는 곳이리라. 그러나 막상 나는 그 앞에서 주저하고 있었다.

"아무렇지 않게 생각할 수도 있지만, 싼 맛에 그들의 용역을 구매한다는 것이, 그것이 솔직히 말해서 1970년대의 그 관광과 뭐가 다르지?"

"그럼 미용실에는 어떻게 가니, 너는 왜 항상 이런 일에 대해 그렇게 예민한 거야?"

듣고 보니 그랬다. 항상 이런 일에 대해서만은 유난히 예민했다.

~네, ~또까, ~까라.

처음 그 말을 들었을 때 받은 인상이었다. 우리말보다 모음은 훨씬 간단하고 자음에는 유난히 격음이 많았던 말. 도저히 알아들을 수 없는 그 말이 확성기를 타고 실내에 울려 퍼지자, 뒤따라 실없는 웃음이 확 터졌다. 그 뒤로는 뭐라뭐라 각자 한마디씩

하는 모양이더니, 곧 깃발을 따라 우르르 이동했다. 1980년대 경복궁 국립박물관에서 흔히 볼 수 있는 풍경이었다. 박물관은 조상의 얼과 혼이 담긴 곳이니 절대 떠들지 말라고, 항상 경건하고 엄숙하라고 초등학생 시절부터 배웠다. 사진 찍지 마시오, 떠들지 마시오, 경고문이 도처에 붙어 있던 그곳에서 아이들이 조금만 뛰거나 떠들어도 대뜸 경비가 달려와 눈을 부라리며 소리쳤다. 야 조용히 해, 너희들 대체 어느 학교 학생들이야, ○○학교 수준이 이거밖에 안 돼? 싸잡아 학교 망신까지 시키는 통에 하도 주눅이 들어서, 그곳에만 가면 말소리를 낮추고 발뒤꿈치를 들어 까치발로 걷는 것이 습관처럼 되어 있었다. 그런데 단 하나 예외가 있었으니, 소풍을 나온 아이들처럼 노란 모자를 맞추어 쓴 일본인 단체 관광객이었다. 그리고 그들을 인솔하는 여자 가이드는 유치원 선생님처럼 높고도 맑은 목소리를 내며 말했다. ~네, ~또까, ~까라, ~데스, ~마스.

　학교 운동회나 소풍 때에만 쓰는 커다란 확성기를 실내에서 사용해도 된다는 것을 나는 그때 처음 알았다. 우리가 조금만 떠들어도 우리보다 큰소리로 제지하던 경비마저 그 순간만큼은 확성기의 실내 사용을 나무라지 않았다. 오히려 자랑스럽다는 표정이었다. 하지만 그중에서 제일 볼만한 것은 챙 달린 모자에 흰 장갑을 낀 채, 한 손에는 노란 깃발을 또 한 손에는 확성기를 야무지게 잡은 여자 가이드의 표정이었다. 대단한 애국자라도 된 양 자부심이 철철 넘치고 있었다.

조용한 실내에서 확성기를 쓰면 시선을 한 몸에 받을 수밖에 없다. 더구나 그것이 유창한 외국어를 구사하는 젊디젊은 30대의 여자라면. 스무 명 남짓의 일본인 앞에서 고려청자와 조선백자의 아름다움을 설명하는 얼굴에는 외국인에게 한국의 전통문화를 알리는 자랑스러움보다, 그런 자신의 모습을 주변의 다른 한국인에게 보여준다는 더 큰 자랑스러움이 흘러넘치고 있었다. 당시 서른의 나이란 결혼과 함께 퇴직하고 아이를 낳아 전업주부로 들어앉을 시기였다. 거개의 여성이 그러한 삶을 살 때 자신은 외국어가 가능한 덕에 관광 가이드를 할 수 있다는 자부심이 한껏 미소 지은 얼굴 위에 가득했다. 한국인은 박물관 안에서 조용한데 일본인을 안내하는 가이드가 확성기를 사용하는 상황, 우르르 몰려다니는 외국인 앞에서 정작 자국민이 주눅이 들어 길을 비켜주는 아이러니, 외국인 앞이 아니라 한국인 앞에서 가이드가 더 자랑스러워하는 역설, 이러한 복합적인 감정을 중학생 소녀는 딱히 무어라 꼬집어 말할 길이 없어 짧게 한마디 내뱉었다. 꼭 일본놈 앞잡이 같잖아.

"빠크르, 빠크르."

유난히 황금 제품이 많은 통일신라 전시실, 금동 혁대 장신구 앞에서 일본인 두 명이 킬킬거리고 있었다. 그리고 밑창에 쇠못이 달린 금동 신발 앞에서는 스파이카, 스파이카 하며 문장도 아닌 단어를 내뱉었다. '빠크르'가 혁대의 버클을 말하고, '스파이카'가 스파이크 축구화를 말한다는 것쯤은 일본어를 몰라도 알 수 있었다. 몸에 잘 맞지 않아 뻣뻣한 새 옷, 화려한 무늬와는 어울리지 않게 검게 그을린 얼굴, 햇빛에 바랜 갈색 머리카락 등으로 그들의 계층도 읽을 수 있었다. 당시 일본은 고도성장을 하고 있을 때였다. 일본에서도 중산층이라면 미국이나 유럽으로 갈 텐데 그중 한국으로 단체 여행을 온 이유가 무엇이며, 뭐가 그렇게 신나고 좋은지 생전 처음 서울 구경을 온 사람마냥 들떠 있는 이유가 무엇인지, 누가 가르쳐주지 않아도 대충 알 수가 있었다. 나는 그때 '어글리 재팬(Ugly Japan)'이라는 말을 알지 못했지만, 그 말을 몰랐다고 해서 그 느낌마저 없었던 것은 아니다.

어휴 시끄러워, 그 옆을 지나가며 슬쩍 그 말을 내뱉는 순간, 갑자기 눈앞에서 번쩍 번개가 쳤다. 순식간에 일어난 일이라 정황도 살필 겨를이 없이 한동안은 아무것도 보이지 않았다. 너무 밝은 빛을 보았기 때문이다. 곧이어 들리는 떠들썩한 웃음소리, 옆에 있던 경비가 낯을 찡그리며 고개를 돌리고 있었다. 뒤처져 따라가던 그 일본인 두 명이 '빠크르' 앞에서 기념 촬영을 한 것이다. 그냥 브이(V) 자만 그려도 될 것을, 기어이 가운뎃손가락을 높다랗게 치켜세우고서. 커다란 카메라를 챔피언벨트라도 되는 양 목에 걸고 다니다가 플래시를 터뜨려 사진을 찍을 때, 문득 지어 보이던 그 비릿한 웃음을 나는 그날 한 번 더 보았다.

근정전 앞 해태 석상 옆에서 기마 자세를 한 채 말 타는 시늉을 해 보이던 남자와 그걸 보며 키들키들 숨죽여 웃던 다른 이의 웃음은 투명한 웃음과는 조금 달랐다. 딱히 끄집어내어 말할 수 없는 미묘한 분위기를, 그러나 분명 느낄 수 있었다. 아마 그날 저녁은 황진이나 춘향이 같은 이름이 붙은 식당에서 식사를 했을 것이다. 병풍이 둘러쳐진 온돌방에 신선로와 불고기 정식이 차려져 있고, 곧 색동 한복을 입은 여자들이 들어와서 친히 불판에 고기를 얹어주었을 것이다. 생각해보니 그것은 부자 나라의 남자들이 가난한 나라에 와서 여성의 용역을 구매하는 행위였다. 미소를 파느냐, 친절을 파느냐, 안내 서비스를 파느냐, 안마 서비스를 파느냐, 결국 용역을 매매한다는 점에서 그것은 매한가지였다.

"누나, 예뻐. 누나 몇 살이야?"

어깨 한 번을 주무를 때마다 아퐈요? 안 아퐈요? 묻는 것이, 친절하다 못해 귀찮고 불편하다. 본디 나는 미장원에도 자주 가지 않는다. 목욕탕에서 돈을 주고 때를 밀어본 적도 없을 만큼 내 일신의 편안함을 위해 타인의 용역을 구매하는 일에 결벽증을 갖고 있다. 그런데 내가 이렇게나 젊은 남자에게 누나 소리를 들어가며 전신 마사지를 받고 있다. 오기는 분명 가족 단위로 왔는데, 무슨 까닭인지 이 마사지 숍에서는 남자는 남자대로, 여자는 여자대로 각기 다른 방으로 안내했다. 분홍 커튼이 드리운 여성 전용실에 들어온 안마사들은 죄다 남자였으니, 3층에 따로 마련된 남성 전용실로 들어간 안마사들은 모두 여자였으리라.

"나는 열일곱 살이야, 너는 몇 살이야?"

누나 몇 살이야 물음에 대꾸를 하지 않아 머쓱해하던 그에게 옆자리의 아주머니가 대신 말을 걸어주었다. 그러자 신이 난 듯 이야기를 꺼내놓기 시작했다.

"엄마 농사, 아빠 농사, 나 마사지, 와이프 마사지."

안마사의 짧은 말에, 어머나 한국어도 잘하네, 서너 살 아이의 재롱이라도 보는 듯이 아주머니들의 칭찬이 쏟아진다.

"엄마 아빠 힘들어, 가난해, 나 돈 잘 벌어, 와이프 더 잘 벌어."

우쭐해진 아이마냥 그는 계속 이야기를 쏟아내기 시작했다.

"한국 사람 좋아, 팁 많이 줘."

그는 이제 나보다 옆자리의 아주머니에게, 안마보다 립서비스에 더 재미를 들인 모양이다. 마찬가지 상황이 지금 3층에서도, 그리고 30년 전 한국에서도 벌어지고 있었으리라.

그때 한국으로 단체 여행을 왔던 중년의 남자들이 어떤 시대에 태어나 어떤 인생을 살아왔는지 이제 나는 짐작할 수 있다. 1940~50년대 전시체제와 패전으로 인하여 모든 것이 부족한 상황에서 태어나고 자라, 1970~80년대 급격한 경제성장을 이루었으리라. 그래서 그 첫 열매를 향유하기 위해 가깝고도 물가가 싼 나라로 여행을 온, 아마 생애 첫 해외여행을 하고 있는 그들의 입장이 전혀 짐작이 가지 않는 것도 아니었다.

수학여행을 나온 중학생마냥 들떠 있는 중년 남자들의 거무스레한 얼굴에는, 의기양양한 웃음을 지을 때마다 굵은 주름이 패이고 있었다. 그리고 지금 베트남에서, 타이에서, 필리핀에서 깃발 여행을 하고 있을 한국 관광객들 얼굴 위에도 웃을 때마다 굵은 주름이 패인다. 한국전쟁이 끝난 뒤 베이비붐 세대로 태어나 모든 것이 부족하던 1960~70년대에 어린 시절을 보내야 했고, 그리고 1980~90년대의 고도성장기에 노동에 종사하다가 지금에야 간신히 누리게 된 여유를 되도록 만끽하고자 하는 곤핍한 세대. 1970~80년대 남아시아에 엔화를 뿌리고 다니며 어글리 재팬이라 불리던 그들의 얼굴 위로, 지금 원화를 뿌리고 다니며 어글리 코리아라는 이름으로 불리는 이들의 얼굴이 겹친다.

"야 이거 얼마야, 아 얼마냐고. 너 한국어 몰라?"

마사지 숍 바로 옆에 있던 가게로 서너 명의 한국인이 우르르 몰려갔다. 숍에서 천 원짜리 팁을 날리며 오빠 고마워, 오빠 미남이야, 소리를 들었기 때문인가. 베트남 사람들은 대개 한국어를 할 줄 안다고 생각하는 모양이다. 맥주 몇 병에 과자를 사 들고 이거 얼마냐고 묻고 있다. 가게 주인은 알 수 없는 베트남어로 대답을 하고, 마침내 한국인이 지갑 속의 돈을 꺼내 들고 소리치기 시작했다. 이거 얼마야? 한국어 몰라? 돈다발을 허공 위에 펄럭이며 계속 다그치는 손가락 사이로 세종대왕이 난처하게 웃고 있었다. 그에 베트남인이 양손으로 엑스(X) 자를 그어 보이며, "No, No, Korean Won"이라고 반복해 말할 무렵, 마침내 한국인이 버럭 소리를 질렀다.

"한국 돈 싫어? 너 진짜 한국 돈 싫어?"

박물관에서 짓는 슬픈 웃음

분홍색과 하늘색의 어여쁜 건물들이 디즈니랜드에 온 것처럼 동화 같은 느낌을 준다. 1층에 찻집이나 식당, 구멍가게가 있고 2~3층에는 베란다가 딸린 방이 있고, 그 위에 다락방이 있는 4층 건물이 도시 전체를 뒤덮고 있다. 집들이 정말 예쁘네, 베트남 집들이 원래 이래? 꼭 파리나 런던 같잖아, 라는 말소리들이 버스 안에 가득한 가운데 누군가 한마디를 했다. 에이, 그건 아니다, 파리나 런던이 훨씬 고급스럽지.

버스를 탄 채 둘러보는 하노이 시내는 식민주의와 사회주의가 한 번씩 할퀴고 간 상처들이 곳곳에 보이고 있었다. 유럽의 어느 도시를 옮겨놓은 듯한 예쁜 집들은 프랑스 식민 주거가 남겨놓고 간 흔적이었다. 19세기 서구 열강의 제국주의 침략이 시작되면서 인도와 베트남 등지에는 '콜로니얼 스타일(식민지 양식)'이라는 독특한 주거 양식이 발달하기 시작했다. 백인이 식민지에 집을 짓는 형식으로, 외형은 영국이나 프랑스 풍이되 현지의 풍토와 기후 등을 감안해 짓는 혼혈 양식이다.

여기에 지배와 피지배에 따른 몇 가지 원칙도 추가된다. 위생과 안전을 고려하고 또한 폭동에 대비하기 위해 원주민 마을과는 조금 떨어진 곳에 집을 짓는다. 당시는 더러운 공기가 풍토병을 일으킨다고 믿었으므로, 맑고 깨끗한 언덕 위에 주로 집을 지었다. 식민지에 파견된 남자는 할 일이 있어 왔다지만, 함께 따라온 여자와 다른 가족들은 마음 놓고 외출도 제대로 할 수 없는 것이 현실이다. 이들은 주로 집안에 머물면서 시간을 보내다 보니 회랑과 안마당이 유난히 발달했다. 또한 원주민과의 직접 접촉 대신 창밖으로 원주민 마을을 내려다보는 일이 많으므로 전망 좋은 곳에 커다란 베란다를 설치하여 테이블 세트를 놓기도 했다. '언덕 위의 하얀 집' 이미지라든지, 지금도 흔히 사용하는 베란다나 방갈로라는 말은 모두 19세기 영국이 인도에 콜로니얼 스타일 집을 지을 때 새로이 생겨난 용어들이다. 유럽 주택은 프랑스식과 영국식이 조금 달라서, 인도에는 영국식 콜로니얼 스타일이, 베트남에는 프랑스식 콜로니얼 스타일이 퍼졌다. 그리하여 하노이는 도시 전체가 프랑스식 혼혈 주거를 하고 있으며, 또한 건물이 지나치게 세장(細長)하다.

명동의 김밥집과 한적한 국도변의 중국집은 가게의 모습이 다르다. 시골 중국집은 가게의 가로 폭이 넓지만 땅값이 비싼 명동의 김밥집은 가로 폭이 좁고 길어서, 가게 안이 정말 김밥처럼 좁고 길쭉하다. 이처럼 가게가 앞뒤로 좁고 긴 것을 세장비가 높다고 하는데 임대료가 비싼 대도시의 특징 중 하나이다. 서울도 세장비가 높은 편이고 도쿄와 홍콩은 그보다 더한데, 그런데 하노이에서 긴자와 명동을 연상시키는 세장한 가게들이 도시 전체에 즐비한 이유는 무엇인가.

"집들의 폭이 아주 좁게 지어졌지요? 이건 예전에 호치민이 지도자로 있던 시절, 땅을 인민에게 공평하게 분배하기 위해 가로 4미터, 세로 8미터로 도시 전체를 나누어서 그래요. 여기는 과거 공산주의 사회여서 모든 땅이 아주 공평하게 분배가 되어 있지요."

가이드의 설명은 정확했다. 그래서 하노이의 집들은 폭 4미터의 좁은 얼굴을 하고 있으며, 당연지사 폭이 좁을수록 파사드는 더 화려하고 예뻐진다. 도시 전체가 디즈니랜드에나 온 것처럼 아기자기하고 예쁜 모습을 하고 있지만, 실상 그것은 제국주의와 사회주의가 한 번씩 할퀴고 간 상처들이다. 그리고 그 도시를 밤이 되면 형형색색의 헬멧이 달라붙은 오토바이들이 달린다.

처음 그 모습을 보았을 때 슈퍼마켓에서 파는 츄파춥스가 생각났다. 한 대의 오토바이에 앞뒤로 두세 명이 타는 것은 상관없지만, 헬멧을 쓰지 않은 것은 엄중히 단속을 하여 오토바이 하나에 헬멧이 두세 개씩 붙어 있다. 자동차보다 더 많은 오토바이의 행렬, 그 위에 얹혀진 형형색색의 플라스틱 헬멧들은 100개들이 막대사탕 한 봉지를 바닥에 뿌려놓은 것 같다.

예전 베이징의 이미지 중 하나가 거대한 자전거의 물결이었는데, 사실 하노이도 크게 다르지 않았다. 신도시의 아파트 단지에 집을 마련해두고 매일 아침 시내 중심가로 출퇴근하는 모습, 좌석버스라는 이름이 무색하게 입석으로 고속도로를 달리는 그 모습은 사회주의 국가의 눈으로 보았을 때 매우 이상한 풍경이다. 모든 것을 국가가 지정해주는 사회에서 근거리 통근의 원칙에 따라 베이징과 하노이의 시민들은 자전거를 타고 다녔다. 하지만 개방과 함께 자본주의 체제가 도입되면서 미국의 대중문화도 함께 들어오기 시작했다. 베이징의 시민들은 자전거가 아닌 자동차를 타고 다니기 시작했고, 하노이의 젊은이들은 이제 오토바이를 타고 다닌다.

과거 베트남전쟁으로 많은 인구를 잃었고, 그래서 국민 대다수가 전쟁 후에 태어난 이들로 구성된 젊은 나라의 젊은이들, 그들을 보고 있으면 10년 후가 궁금해진다. 지금 오토바이만 타도 즐겁기만 한 저 연인들도 이제 결혼을 하고 아이가 생기면, 그래서 살림살이가 더 나아지면 자동차를 타야 할 텐데, 그때가 되면 츄파춥스의 행렬도 자동차의 물결로 바뀌리라.

베트남의 동손문명은 기원전 10세기경에 발원한 문명으로, 이 시기 벼농사를 시작하였으며 매우 섬세한 청동기문명을 이루었다. 이 시기에 발달한 청동 무기는 동남아시아의 고유한 것이며……

　이렇게 시작되는, 우리나라 국립중앙박물관에서 흔히 볼 수 있는 문구들이 하노이의 베트남 국립박물관에도 적혀 있었다. 대개 문명은 청동기시대부터 시작된다. 수렵 채집의 구석기시대를 지나 농업혁명이 일어나는 신석기시대, 그리고 농경의 잉여생산물이 축적되면서 국가를 건설하고 그 거대 권력에 정당성을 부여하기 위해 건국신화를 만드는 때가 청동기시대이다. 우리의 단군신화가 청동기 국가인 고조선을 시대 배경으로 하고 있듯, 베트남에서는 동손문명이 그에 해당한다. 거기까지는 좋았다. 그런데 그 동손문명을 메소포타미아문명, 이집트문명, 황하문명, 인더스문명과 더불어 세계 5대 문명으로까지 추켜세우는 것을 보고 있자니 슬픈 웃음이 나온다. 그건 루브르박물관이나 대영박물관에서 느끼는 슬픔과는 또 다른 종류의 슬픔이었다.

　파리에 가서 루브르박물관을, 런던에 가서 대영박물관을 아니보면 큰일이 나는 줄 알고, 그곳에 간 사람들은 절대 그 구경을 놓치지 않는다. 열 시간이 넘는 비행에도 지치지 않고, 길게 길게 늘어선 줄에서 참을성 있게 기다리면서 이 안에는 과연 무엇이 있을까 기대에 부푼다. 이윽고 들어간 박물관에는 기대를 저버리지 않는 전시물들이 놓여 있다. 이집트의 미라를 비롯하여 세계

곳곳에서 노획하여 온 진기한 전시품들이 가득하다. 초등학교 시절, 선생님의 인솔 아래 경복궁의 국립박물관을 관람하며 박물관이란 자국의 문화유산을 전시하는 곳인 줄 알았다. 하지만 아니었다, 그곳에는 프랑스의 문화유산이 아닌, 외국의 문화유산이 전시되어 있었다. 또한 영국의 대영박물관에도 자신들이 유린한 나라에서 약탈해 온 보물들이 전시되어 있다.

사실 박물관의 본디 목적이 그것이다. 우리도 해외여행을 다녀오면 열쇠고리 하다못해 그림엽서라도 한 장씩 사 들고 와서 주변에 돌리며, 나 여기 다녀왔다고 자랑한다. 어쩌면 3박4일의 짧은 여행보다 그곳에서 사온 선물을 돌리며 자랑하는 재미가 더 큰 것처럼, 19세기의 제국주의 국가들도 그러했다. 식민지에서 약탈해 온 온갖 전시품들을 전시하며 제국의 힘을 자랑한 곳이 바로 박물관이다. 전 세계적으로 유명한 대영박물관, 루브르박물관, 베르사유박물관이 제국주의 시절 가장 많은 식민지를 소유했던 영국과 프랑스의 박물관이라는 사실이 이를 증명해준다.

20세기가 되어 제국주의의 객체들이 독립을 하면서 이제 그들도 자신들의 박물관을 짓기 시작했다. 하지만 전시된 품목들은 전혀 달랐다. 식민지에서 약탈해 온 보물을 전시하는 것이 제국주의 주체의 박물관이라면, 객체의 박물관은 자신의 문화가 얼마나 오래되고 유구한가를 주로 전시했다. 그건 흑백사진의 음화와 양화처럼 같으면서도 정반대의 의미를 담고 있었다.

우리 민족은 아주 오랜 시절부터 여기서 유구하게 살아왔으며, 가끔 전쟁을 겪기도 했지만 슬기롭게 극복하여 현재에 이르렀고, 우리 민족이 얼마나 우수하고 훌륭한 문명을 가지고 있었는지는 여기에 전시된 유물들을 보면 알 수 있을 것이다, 라는 기나긴 취지를 설명하기 위해 베트남 국립박물관에는 갖가지 유물들이 전시되어 있었다. 베트남 곳곳에서 호모이렉투스를 비롯한 호모 뭐시기와 거시기들이 차례로 나타났다 사라지더니 마침내 호모사피엔스사피엔스가 등장해 현생 베트남인이 되었다. 그리고 그들이 사용했던 수많은 돌도끼와 돌찍개, 돌칼 등이 점차 정교해지더니 어느 틈엔가 황금처럼 빛나는 청동기가 등장해 유구하고도 화려한 역사를 증명했다. 그래서 찬란한 슬픔을 느꼈다. 우리 박물관도 그러하니까. 그리고 또한 궁금해졌다, 일본 국립중앙박물관에는 무엇이 있을까.

유럽이 아시아 국가들을 식민지로 삼는 것이 제국주의의 일반적 모습이었다. 하지만 아시아 국가 중에서 유일하게 제국주의의 주체가 되고자 했던 나라, 조선과 중국이 양이(洋夷)에 대해 쇄국의 빗장을 걸 때에 오히려 수도까지 동쪽으로 옮기며 개국을 하였던 나라, 그 나라의 박물관은 어떤 모습을 하고 있을까. 아시아의 여타 박물관처럼 자국 유물을 전시할 것인가, 유럽의 박물관처럼 자신이 침탈한 나라에서 약탈한 물건을 전시할 것인가. 그것이 궁금해 그곳에 간 적이 있었다.

도쿄의 국립중앙박물관은 웅장하고 아름다웠다. 동양과 서양이 절묘하게 조합된 프렌치 르네상스 양식이다. 솔직히 우리에게도 낯설지 않은 모습이다. 서울역이나 한국은행박물관 등과 비슷한 느낌이니까. 어쩌면 이것이 일본식 콜로니얼 스타일인지도 모르겠다. '동양에서 먼저 진보한 나라가 아직 그렇지 못한 나라들과 연계하여 서구 제국주의의 침탈에 맞서야 한다'는 이른바 대동아 공영의 논리에 따라, 조선에 일본 관청을 지을 때는 일본식이 아닌 '진보된 사회의 양식'을 따랐다. 그래서 조선의 경성역과 조선은행이 르네상스 양식으로 지어졌고, 또한 내선일체의 원칙에 따라 일본에도 같은 양식이 적용되었다.

뿐만 아니라 전시된 유물들이나 전시 방식도 익숙하다. 일본 열도에 얼마나 오래전부터 일본 민족이 살아왔는가를 보여주기 위해 각종 호미니드들이 나타났다 사라진다. 그다음으로는 그들이 사용했을 토기들이 등장하여 뭉툭하던 그것들이 점차 정교해지더니 세련되고 화려한 일본 자기로 거듭난다. 뿐이랴 똑같은 방식으로 기모노가 등장하고 무사의 칼과 갑옷이 등장하는 것으로 1층 전체가 채워진다. 그리고 2층에는 주변국인 중국과 조선의 유물들이 전시되어 있는 것을 보며, 과연 이것이 제국주의 주체의 박물관인지 객체의 박물관인지 모호해진다. 일본의 문화가 얼마나 유구하고 우수한지를 구구절절 설명하고 있는 그 모습은 우리 국립박물관과 크게 다르지 않았다.

그리고 박물관을 나와 후원으로 나아갔다. 뒷마당에는 넓은 연못을 가운데 두고 일본의 전통 주택들이 전시되어 있다. 우리

나라 사대부가에 해당하는 일본의 무가주택(武家住宅), 그곳에 앉아 이것이 어느 시대의 무슨 즈쿠리인가를 가늠해본다. 본래 일본의 귀족 주택은 신덴즈쿠리(寢殿造)와 슈덴즈쿠리(主殿造)를 지나 쇼인즈쿠리(書院造)로 발전해왔다. 가장의 침실 영역에 해당하는 침전(寢殿)이 건물의 주를 이루었던 신덴즈쿠리에서 접객의 기능이 부가되면서 주전(主殿)이 중심이 되는 슈덴즈쿠리로의 이행 과정은, 주택이 침실 위주의 사적인 공간에서 접대 위주의 공적인 공간으로 변화해나가는 일반적 규칙을 따른 것이다.

그러다가 18세기 즈음에 이르면 서원(書院)과 그에 딸린 다실이 주택에서 가장 중요한 공간이 되고, 그렇게 서원과 다실이 부가된 주택이 쇼인즈쿠리이다. 이 시기 조선에서는 사랑채가 유난히 발달하면서 그것이 그 집의 품격을 나타내고, 아울러 유럽에서도 서재(library, study)가 남성의 공간으로 새롭게 자리 잡는 것과 같은 현상이라 하겠다. 그리고 그 남자의 서재에 가장 자주 등장하는 소품은 지구의, 세계지도, 나침반 그리고 벽에 걸린 장식용 총포이다. 그들은 그렇게 나침반을 들고 세계지도를 보며 총포를 앞세워 동양을 침범하였을 것이다. 그리하여 19세기 아시아 대부분이 유럽 식민지가 되어 신음할 때, 그때 유일하게 일본이 식민 주체가 되려고 했다. 그런데 그렇게 식민의 주체가 되고자 했던 이유는 무엇일까.

그것은 두려움 때문이었을 것이다. 그들이 먼저 주체가 되지 않으면 객체가 될지도 모른다는 두려움에 기인한 것이 아니었을까. 두려움을 극복하는 유일한 방법은 적극적으로 맞서는 것이다. 그래서 그들은 스스로 주체가 되어 주변국을 침략해야 했다. 그들 역시 큰 틀에서는 제국주의의 피해자였다.

박물관 1층에 마련된 자판기에서 커피를 뽑는다. 이디오피아, 브라질과 더불어 세계 3대 커피 생산국인 베트남에서 맛보는 베트남 커피가 남다르다. 영국이 홍차의 나라라면 프랑스는 커피의 나라, 그래서 인도에 차나무가 심어졌고 베트남에 커피 농장이 생겼다. 프랑스 식민지이자 과거에는 사회주의 국가였다고 알려져 있지만, 그러나 베트남은 본디 유교가 지배했던 나라였다. 세계지도 위에 문명 지도를 그려본다면 크게 기독교, 이슬람교, 불교, 유교의 네 가지 색채로 나뉜다. 흔히 유교 문화권이라 하면 한·중·일만을 생각하지만, 그러나 베트남 역시 유교 문화권이라 한문을 사용하고 젓가락을 사용해 국수를 먹는다. 유교 문화권의 4개국 중 중국과 베트남이 사회주의 체제였다가 이제 다시 자본주의 체제로 전환되고 있다. 20년 전 이곳은 분명 금단의 땅이었는데 나는 오늘 이곳에서 호치민 묘와 공자의 사당을 방문했고, 젓가락을 잡으며 쌀국수를 먹었다. 유교주의, 프랑스 식민주의, 공산주의의 영향을 받았던 나라, 앞으로 10년 후, 20년 후 이곳은 또 어떻게 변해 있을까.

6

.

귀로

오래된 사진첩처럼 갈피갈피 골목골목마다 내 스무 살과 서른 살의 모습이 고개를 쳐드는 도시였건만, 그러나 이번 여행에서 조금씩 나이 먹어가는 듯한 남자의 모습을 보았다. 꽃다운 젊음이 사라지고 이제 어쩔 수 없는 세월의 더께가 먼지처럼 쌓이기도 하지만, 다시 생각하면 그것 역시 관록과 세련의 또 다른 모습이리라. 한없이 깨끗하고 화려했던 그 도시도 이제 조금씩 비루해져가는 모습이 드문드문 내 눈에 보이기도 하지만, 그러나 그 도시는 아직도 내게 매력적이다. 조금씩 쇠락해가고 있어도 여유로움은 아직 남아 있는 옛날 부잣집처럼.

백문보다 위험한 일견 ✐

"한국어 됩니다, 신용카드 안 됩니다."

유리창마다 적혀 있던 어설픈 글씨. 외국의 거리에서 만나는 한글이 몸에 맞지 않는 옷을 억지로 입혀놓은 것처럼 생경하다. 본래 도쿄에서 한국인이 많이 살던 거리는 우에노 공원 아래쪽의 아메요코 시장 주변이었지만, 최근 신오쿠보 거리가 새로운 한국인 마을로 등장했다. 지하철 승강장 아래로 떨어진 취객을 구하기 위해 철로로 내려갔다가 달려오는 열차에 치어 사망한 이수현 군의 마지막 걸음이 머물렀던, 그래서 지금도 승강장 한 켠에 추모비가 있는 신오쿠보 역 주변은 도쿄에서도 특이한 동네였다. 유난히 한국 식당이 많은 그곳에서는 삼겹살과 된장찌개를 '유학생 세트', 비빔밥과 갈비구이를 '아가씨 세트', 낙지볶음에 소주 두 병을 '아저씨 세트'라고 제멋대로 이름 붙여놓은 가운데, 매직으로 급히 써놓은 삐뚤빼뚤한 한국어가 붙어 있다. 한국어 됩니다, 신용카드 안 됩니다. 그리고 그 사이를 한국인들이 지나가며 키득거린다.

"어머 어머, 유학생 세트래, 아저씨 세트는 또 뭐야."

"대장금 포스터까지 붙어 있네, 어, 저건 배용준인가?"

세일 중인 백화점을 구경하다가 혹은 박물관의 특별 전시를 관람하다가 갑자기 왜소하고 궁색한 모습의 누군가를 맞닥뜨릴 때가 있다. 초면이지만 낯설지 않은 모습, 그래서 새삼 다시 보게 되는 그 모습. 그러다 문득 깨닫는다, 거울 속에 비친 내 모습이라는 것을. 도쿄에서 만난 한국인 거리가 그러했다. 삼겹살에 낙지볶음에 곁들여진 깻잎과 상추까지, 한국을 그대로 가져온 모습이지만, 일본에서 본 한국은 낯설고 어색했다. 한국을 객관적으로 보면 이렇게 보이는구나, 단 한 번도 느껴보지 않은 감정. 한국인보다 조선족이 더 많아서 오히려 서울 사람이 놀러 갈 정도라는 서울 가리봉동의 중국인 마을처럼, 신오쿠보 거리도 꼭 그러했다. 요즘 새롭게 한류 중심지로 부상하면서 관광 명소가 되었을 뿐, 본래는 임대료와 물가가 모두 싼 곳이라 했다. 그러니 푼돈인 술값과 밥값을 현금으로 지불하면 될 뿐이어서 문 앞에 "신용카드 안 됩니다"라고 친절히 써놓아야 했나, 자세한 이유는 모르겠다. 다만 신용카드를 왜 안 받느냐고 물었더니, 카드 단말기가 아예 없다고 했다.

먹는 것도 그렇지만 더 큰 문제는 자는 곳이었다. 비즈니스호텔이라고 버젓이 이름 붙여놓았으면서도 두 시간 단위로 체크아웃을 하는, 사실상의 러브호텔을 뒤로 하고 찾아간 곳이 한인 민박집이었다. 1층에 있던 편의점과 가파른 계단을 통해 올라가야 했던 2층의 민박이 기억나고, 공동 화장실과 공동 주방 그리고 함께 쓰던 거실도 기억난다. 거기 놓인 8인용의 커다란 테이블은 아침에는 식탁이 되었다가 저녁에는 다탁이 되고 야간에는 주탁이 되곤 했다.

"이것 좀 보세요, 정말 새우깡하고 똑같이 생겼죠?"

저렴한 술값에 초저녁부터 취해 있는 거리를 헤쳐 도시락과 음료수를 사 왔고, 컵 하나를 빌리기 위해 공동 거실로 나왔던 참이었다. 식탁에 앉아 맥주에 에비센(일본 새우깡) 봉지를 뜯던 남학생이 내게 말을 건넸다. 그래서 도시락을 펴서 함께 그 자리에 눌러앉았다. 오히려 호텔보다 여기가 편할 거예요, 인터넷을 마음대로 할 수 있으니까요, 그렇게 말하던 그는 한국인 유학생이었다. 본래 고향은 청주, 일본에 온 지는 두 달 정도 되었고, 이곳 민박집에서 아르바이트를 하고 있다고 덧붙였다. 스물일곱에 처음 일본에 온 그는 꼭 그때의 나처럼 들떠 있었다.

"물가가 생각처럼 그렇게 비싸지 않아요, 일본은 아주 비싼 줄 알았는데. 그런데 신기한 거는 시간당 인건비는 한국보다 높다는 거예요, 한국에서는 아르바이트로 생활이 안 되잖아요, 그런데 여기서는 아르바이트만 해도 생활이 된다니까요."

내게 늘어놓던 그 이야기를 때마침 걸려 온 인터넷 전화에다 대고 똑같이 반복해 말했다. 청주에 있는 제 친구인 듯, 같은 내용을 훨씬 더 생동감 있는 말투로.

"야 그러지 말고 그냥 한 번 놀러 와, 생각보다 편해, 일본어 못 해도 상관없어, 가게 들어가면 웬만한 한국어 다 통하구, 그런데 희한한 나라야, 아직 신용카드는 안 돼, 한국에서는 구멍가게에서도 다 받는 신용카드를 아직 일본에서는 안 받는다니까."

맥주는 김이 빠지고 새우깡은 눅눅해지고 전화는 계속 길어지고 있었다. 다 먹은 도시락에 뚜껑을 덮던 나는 문득 예전의 일을 떠올렸다, 아키하바라에서 시디를 사던 때의 일을.

"이 상품은 시디플레이어가 있어야 들을 수 있습니다. 괜찮으시겠습니까?"

1990년대 초반 한국에는 아직 시디플레이어가 없을지도 모른다고 생각하고, 점원은 친절히 물었던 모양이다. 아울러 내 뒤에 줄을 서 있던 손님에게도 친절히 물었다. 계산은 현금과 신용카드 중 어느 것으로 하시겠습니까. 솔직히 그날은 점심을 먹을 때부터 뭔가 이상했다. 그때는 뭐든지 맛이 있을 때라서 긴자에서도 그럴듯한 초밥 식당에 들어가 그럴듯한 초밥 정식을 시켰다. 그런데 주방장이 난색을 짓는다. 이것의 가격은 2천 엔입니다, 괜찮으시겠습니까. 뭘 그렇게 자꾸 괜찮으냐고 묻는지 모르겠다.

괜찮고말고, 그러니 그걸 달라는 말에 돌아온 대답이 의외였다.

"그럼 계산부터 먼저 해주시겠습니까, 유감스럽게도 저희 집은 현금만 받고 있습니다."

그것이 뻔한 거짓말이라는 것을 그때도 이미 알고 있었다. 당시 젊은이들 사이에서는 일본과 유럽에서의 무전취식과 무임승차를 무용담이라도 되는 듯이 떠벌리는 것이 유행이었으니까. 대체 한국인들이 무슨 일을 하고 다녔기에 선불로 그것도 현금만 받겠다고 말하는 걸까. 그리고 20여 년이 지난 지금, 일본에서 유학을 하고 아르바이트를 하는 친구로부터 직접 일본의 사정을 들은 전화 속 친구는 다음 날 이렇게 말할 것이다. 일본은 참 희한한 나라야, 한국어는 다 통해도 신용카드는 아직 안 된대, 일본에서 유학하는 놈이 직접 해준 이야기라니까.

"그런데 일본 이상한 나라야, 식당에 반찬이 없다니까."

집들이 모임에 초대된 친구들 앞에서 남편이 꺼낸 말이었다. 신혼여행 삼아 교토를 다녀온 뒤 마련한 집들이 모임, 일본 여행은 재미있었느냐, 뭐 이렇게 음식을 많이 차렸느냐, 아주 상다리가 휘어져 부러지겠다, 하고 제각기 한 마디씩 쏟아내는 인사치레를 두루 묶어 한 번에 답하는 말이었다.

"우동이든 덮밥이든 음식을 시키면 딱 그거 하나만 나온다니까, 반찬이 전혀 없어. 일본에서는 원래 반찬을 안 먹는가 봐."

나는 그때 신혼의 아내여서 돈을 많이 아끼고 있었다. 교토 여행 중에도 배낭을 메고 지하철을 탔으며, 되도록 역 주변의 값싼 식당을 골라 다녔다. 식당에서 받는 밥값은 재료비 외에 그 음식을 만드는 데 들어간 서비스 비용도 포함되어 있음을 갓 살림을 시작한 나는 알고 있었다. 고작 600~700엔짜리 식사에는 딱 그것만 나올 뿐, 밑반찬까지 갖춘 정식 식사를 하자면 그 두 배 가격부터 시작해야 한다는 사실을 남편은 미처 모르고 있었다.

"글쎄 소꿉장난 같은 조그만 접시에 단무지가 꼭 세 쪽씩 담겨 나오는데, 그것도 돈을 주고 사 먹어야 한다니까, 하나에 50엔씩."

그 말에 뒤늦은 후회를 했다. 이럴 줄 알았으면 한 끼 정도는 제대로 된 정식을 먹여볼 걸. 처녀 때도 먹었던 그 초밥 정식을 왜 남편에게는 못 먹였나. 노릇한 생선전을 초간장에 찍어 먹던 그의 친구들은, 이제 돼지갈비 집에서 이모를 불러 김치와 상추를 리필하며 말할 것이다. 일본에는 반찬이 없대, 원래 반찬을 안 먹는대. 직접 갔다 온 놈이 그러더라니까.

"프랑스 웃기는 나라야, 베르사유 궁전에 갔는데 화장실이 없는 거야. 원래 프랑스가 그렇대. 루이 16세며 마리 앙트와네트도 신호가 오면 풀밭으로 뛰어갔다는 거야. 그 넓고 긴 치마를 입고서 잔디밭에 우아하게 서 있는 이유가 바로 그 때문이라나."

일본 이야기가 동이 나고 캔맥주에 마른 오징어가 안주로 나올 무렵, 파리 출장을 다녀온 친구가 꺼낸 말이었다. 정말 그런지 안 그런지, 왜 그런 이야기가 나왔는지, 베르사유 궁전에 직접 가 보고서야 알았다. 본디 궁전이었던 것을 박물관으로 개조하여 공개할 때는 그 건물의 모든 것을 다 보여주지 않는다. 베르사유도 일부만 공개하는 것이지 왕족이 사용하던 화장실에 목욕실까지 모두 공개하지는 않는다. 그것은 매우 귀중한 자료여서 훼손을 우려해 공개하지 않으며, 대신 하루에 몇백 몇천 명씩 드나드는 관광객을 위한 화장실을 입구 쪽에 따로 만들어놓은 것이다. 그리고 그 공중화장실을 미리 사용하기 위해 길고 긴 줄을 서서 기다리는 동안, 앞뒤로 서 있던 한국인 일본인 관광객 사이에서 말소리들이 흘러나온다.

무슨 줄이 이렇게 길어? 왜 이렇게 화장실이 부족해?

궁전 안에 화장실이 없다잖아.

건물은 이렇게 화려한데 화장실이 없단 말이야? 말도 안 돼.

원래 프랑스가 그렇다잖아. 그래서 치마가 그렇게 넓은 거래. 급한 일이 생기면 풀밭에 뛰어나가 그냥 그대로 앉아서 일을 보려고.

그리고 그 이야기는 본국으로 돌아가 그대로 퍼질 것이다. 베르사유 궁전에는 원래 화장실이 없다고, 가서 직접 보고 온 사람이 그러더라고.

"너 어디서 그런 소리를 듣고 그러니? 네가 직접 봤어? 본 적 있냐구. 나는 내 두 눈으로 똑똑히 보았다니까."

이렇듯 사람이란 귀로 듣는 것보다 눈으로 보는 것을 더 정확하다고 생각한다. 어쩔 수 없는 일이다, 인간은 정보의 80퍼센트를 시각에 의지하고 나머지는 청각, 촉각, 후각의 순으로 의지하니까. 그래서 백문이 불여일견이라는 말이 나왔나. 그런데 문제는 직접 가서 본 그 일견이 때로 진실을 왜곡해버린다는 사실이다. '한국어는 가능해도 신용카드는 안 되는 나라', 두 달 동안 도쿄에 머물며 공부와 아르바이트를 했던 일본통의 말이다. 물론 거짓이 아닌 틀림없는 진실이다, 그 동네는 분명 한국어는 되어도 신용카드는 안 되었으니까. 그런데 그 이야기를 들은 청주의 친구는 한국의 위상이 매우 높고 또한 일본의 경제 규모와 정보통신 기술이 한국보다 뒤떨어졌다고 생각할 것이다. 당연지사 그런 이야기일수록 빠르게 확산된다.

여행기 혹은 기행문이 예전보다 더 많이 생산되고 있다. 여행이 많아지기도 했고 인터넷이다 블로그다 하면서 매체가 발달했기 때문이기도 하다. 대개 개인적 일견에 불과한 것이 많은데, 그 일견이 백문을 덮어버리곤 한다. 솔직히 어떤 측면에서는 일견보다 백문이 더 정확할 수도 있다. 데이터의 양만 놓고 보면 일견은 한 가지 경우요, 백문은 백 가지 경우이니 통계학적 관점에서 보면 백문이 더 신뢰도가 높을 수도 있다고 생각하며, 나는 그때 빈 도시락의 뚜껑을 덮었다. 요금 걱정이 없는 덕에 끝없이 이어지던 긴 통화도 어느 결에 끝이 났는가. 그는 내친김에 공동 인터넷 앞에 앉았다. 아이디와 비밀번호를 입력하는 것이 개인 블

로그에 접속이라도 할 모양인가, 대체 무슨 내용을 올리려고. 일
견이 또 어떤 진실을 덮어버리려고.

사랑하는 여자와 아름다운 여자 사이에서

"닷새간의 휴가가 주어진다면, 가장 가고 싶은 도시는?"

그 질문에 망설일 것 없이 "도쿄"라고 대답했다. 일요일 오후 늦은 아침을 마치고 빈둥대다 점심을 먹기 위해 학교 앞 식당에 나온 참이었다. 뭘 먹고 싶냐는 남편의 말에 순대국밥이라고 대답했고, 첫술을 뜨던 중 날아온 질문이었다.

"의외네, 베이징이나 파리가 나올 줄 알았는데. 여행을 할 때는 항상 대륙을 여행하라고, 대륙의 수도가 아름답다고, 아시아에서는 베이징, 유럽에서는 파리가 가장 아름답다고 말했으면서."

그 말에는 나도 대답이 궁했다. 세상에서 가장 아름다운 도시를 꼽으라면 베이징과 파리라고, 베이징의 아름다움을 모두 설명하자면 두 시간이 필요하고 또 파리의 아름다움을 설명하자면 굳이 말이 필요 없다고 언제나 이야기했으면서도, 가장 여행하고 싶은 도시를 묻는 질문에 순간적으로 도쿄가 튀어나온 이유를, 기실 나 자신도 잘 모르고 있었다.

"승객 여러분, 지금 오른쪽으로 후지산이 보이고 있습니다. 하늘이 맑아 아주 잘 보입니다."

기내 방송이 일본어로 한 번, 한국어로 한 번 반복되고 있었다. 그 말에 용수철에라도 튕긴 듯이 화들짝 몸을 굽혀 보았지만 보이지 않았다. 거북이처럼 고개를 쭈욱 빼고 이쪽저쪽 살펴보았지만 보이지 않았다. 하긴 그 산은 그렇게 쉽게 보이는 산이 아니다. 지금 보이고 있다는 말을 듣고서도 보이지 않는 산, 첫 여행 때 생각 없이 내다본 창밖으로 보았으니 정말 운이 좋았다. 하늘의 신이 잠깐 구름 아래로 내려왔는데 지상의 모습이 너무 아름다워 인간의 모습으로 계속 여기에 살고 있다는 전설이라도 품고 있을 듯한 산, 그때 신이 잠깐 풀밭 위에 던져둔 왕관 같은 산. 지금까지 도쿄를 몇 번을 갔나, 세 번인가 네 번인가, 그때마다 후지산을 다시 보려 그토록 애써도 산은 모습을 꼭꼭 감춘 채 나타나지 않았다.

"모시모시, 고코와 간고쿠데스케도(여보세요, 여기는 한국인데요)."

긴장된 내 목소리에 그쪽에서도 놀라 아무 말 못하던 짧은 정적의 여운을 아직도 기억한다. 20여 년 전 처음 도쿄를 가던 긴 여정은 비자를 받기 위해 일본 대사관을 방문하는 일부터 시작되었다. 용인에서 좌석버스를 타고 양재동에 도착한 다음 지하철을 갈아타며 종로 한복판까지 가는 길은 조선시대 한양 나들이를 닮아 있었다. 시골에서 말을 타고 말죽거리에 도착하여 말에게 말죽을 먹인 다음, 다시 행장을 차려 사대문 안으로 들어가는 긴 노정. 하루를 다 잡아먹는 그 일이 끝나 마침내 '비자'라는 거창한 것이 여권 한 페이지에 딸랑 도장 하나로 찍히고 나면, 탑승권 준비와 호텔 예약이 기다리고 있다. 인터넷이 없던 시절이라 호텔에 직접 전화를 걸어 예약을 해야 했다.

"모시모시, 고코와 간고쿠데스케도."

긴장된 내 목소리가 깊고 푸른 동해를 건너 도쿄의 어느 호텔에 전해지면 그쪽에서도 놀라 긴장한다. 한국에서 걸려 온 국제전화, 어눌한 발음, 생경한 억양의 이 전화를 어떻게 받아야 할지 당황하는 기색이 역력하다. 그리고 그 짧은 정적에서 나는 이미 첫 여행이 시작되었음을 느꼈다. 이 길고 긴 전화선의 끄트머리를 붙잡고 있는 익명의 사람은 이번 여행에서 내가 만나게 될 수많은 일본인 중 첫 번째 사람이다. 누굴까, 우리는 서로가 궁금하다. 그 후로도 내가 호텔을 예약하는 방법에는 변화가 없었다. 짧은 정적에서 오는 강렬한 떨림이 좋았다. 그 마약 같은 중독성이 좋았는데, 그런데 어느 틈엔가 그 정적의 순간이 짧아지더니 이번에는 감쪽같이 사라지고야 말았다.

　"한국이십니까? 편하게 말씀하십시오, 저는 한국 담당 김 아무개입니다."

　순간의 망설임도 없이 곧바로 튀어나오는 능숙한 한국어, 그것은 부팅 시간이 전혀 필요치 않은 아이패드를 닮았다. 지금 타고 있는 비행기도 마찬가지다. 일본 국적기이지만 한국인 승무원이 동승하여 똑같은 안내 말을 일본어로 한 번 한국어로 한 번씩 반복하는 통에, 오히려 해외여행의 향기는 옅어지고 말았다. 이제 기내에서 칵테일 서비스는 사라졌고, 리모컨으로 조작되는 개인 모니터는 음악과 영화의 선택 폭이 더 넓어졌다. 하지만 그 속에 후지이 후미야의 모습은 보이지 않았다. 눈물 어린 눈으로 〈눈물의 신청곡〉을 찾아보았지만, 1980년대 제이팝이 있던 자리에는 2000년대의 케이팝이 들어와 있었다. 때마침 동방신기의 노래를 듣던 남편이 승무원을 불러 세웠다. 맥주 좀 주세요, 그거 말고 다른 건 없어요?

　"카메라 좀 보여주세요, 그거 말고 다른 건 없어요?"

　긴자 1번지에 위치한 소니사의 쇼룸에서 그는 심드렁했다. 1층부터 4층까지 달팽이 속 같은 건물을 오르내리며, 카메라에 노트북에 텔레비전에 휴대전화까지, 남자가 좋아할 만한 장난감은 빈틈없이 갖추어놓은 그 건물을 오르내리며, 정작 남편은 새롭고 신기한 것이 없다며 시큰둥했다. 12년 전 그와 처음 일본에 갔을 때, 오사카의 소니사 쇼룸에서 길을 잃고 넋을 잃었던 서른두 살의 남자아이는 이제 마흔네 살이 되어 긴자의 쇼룸도 시시하다고 말했다. 내가 보아도 마찬가지였다. 대형 마트의 전자 제품 코너와 별로 다를 게 없잖아, 그래도 거기는 여러 회사의 제품이 다 모여 있지만 여기는 소니밖에 없으니까 더 재미없잖아, 라고 중얼거리던 내 눈에 워크맨이라는 낯익은 글자가 보였다. 카세트플레이어가 아닌, 엠피스리플레이어였다. 미키마우스 캐릭터가 그려진 분홍색과 하늘색, 민트색의 조그만 기계에 고집스레 박혀 있는 워크맨이라는 상표가 오히려 서글펐다.

1980년대의 소니 신화와 워크맨을 누구라도 기억하리라. 거기서 30년이 지난 지금, 뉴스 하나를 접했다. 소니사가 카세트플레이어의 생산을 중단한다고, 1979년 출시하여 30년이 넘게 생산해왔던 그 제품을 이제 단종한다고. 대신 워크맨이라는 상품명은 휴대용 음원기기에 계속 사용할 예정이라고 했다. 그러고 보니 30년은, 스무 살 청년이 쉰 살이 되는 시간이자 한 세대 분량의 세월이다.

"새로운 게 전혀 없잖아. 도쿄나 서울이나 다를 게 없잖아. 하긴 요새는 인터넷을 통해 실시간으로 바로 신제품을 접하는 세상이 되어버렸으니까. 솔직히 애플과 삼성이 특허경쟁을 하고 있는 마당에, 소니가 뭐 새로울 게 있다고."

남편이 뱉어내는 말을 들으며 쇼룸을 나왔을 때 문득 보았다. 신호 대기를 위해 서 있던 횡단보도 너머에 있던 커다란 광고판을. 별다른 로고 없이 흰 바탕에 붉은 글씨로 선명히 새겨져 있던 상표는 중국 전자 제품 회사인 하이얼(Hier)이었다. 아직 쇼룸이 없어 건물 옥상을 빌려 광고하는 모양인데, 그것이 하필 긴자 1번지 소니사의 턱밑이었다. 어쩌면 앞으로 10년 후나 20년 후에는……, 괜한 상상을 하다가 곧 멈춘다. 신호등의 불빛이 바뀌었기 때문이다.

도쿄에서 가장 큰 신사라는 아사쿠사(浅草)와 그 앞의 기념품 가게 구경이 끝나고, 스미다 강(隅田川)을 찾았다. 그리고 수상버스를 타고 오다이바(お台場) 쪽으로 가기 시작했다. 검정색 대리석 건물 위에 노란색 별똥별을 만들어 붙인 듯한 아사히 맥주 기념관이 20년 전이나 지금이나 한결같은 모습으로 서 있다. 그 건물을 처음 보았을 때 나는 아직 건축 공부를 시작하기 전이어서 보고도 모른 채 무심히 지나쳤다.

"그게 정말이야? 그걸 진짜로 봤단 말이야? 좋겠다, 유명한 건물인데. 프랑스 디자이너가 설계한 건물이지, '불길의 오브제'라고, 검은 몸체 위에 올려진 노란색 별똥별의 디자인 콘셉트이지. 실제로 보면 흑맥주 위에 떠 있는 노란 맥주 거품 같다는데, 정말 어땠어?"

한국으로 돌아와 도쿄에 묘하게 생긴 건물이 있더라고, 노란색 별똥별이 붙은 건물이 있더라고 말했을 때 동생이 놀라 되물었던 기억이 있다. 꼭 아사히 맥주 기념관만 그런 것은 아니었

사랑하는 여자와 아름다운 여자 사이에서

다. 건축의 건 자도 모르던 시절이었지만, 이상하게 눈에 띄는 건물이 가끔 있었다. 화려하고 아름다워서가 아니라 수수하면서도 섬세했기에 기억되는 건물, 한껏 치장을 한 채 여러 사람 앞에서 으스대는 듯한 건물보다는 말없이 다가와 따듯하게 안아주는 듯한 건물, 그것이 누구의 작품이라는 것을 전혀 알지 못한 채 다만 훈훈했던 감동만이 여태 기억나는 건물, 그리고 몇 년 후 그 건물을 교과서 속에서 다시 만나곤 했다. 내가 지금 아사히 맥주 기념관을 다시 만나는 것처럼, 그리고 하루미 여객 터미널을 다시 만나는 것처럼.

"승객 여러분, 지금 왼쪽에 보이는 건물이 하루미 여객 터미널입니다."

유람선 안 풍경은 어디나 비슷하다. 들뜬 목소리가 음료수와 아이스크림을 주문하고 팝콘의 버터 냄새가 유람선 특유의 키치적 분위기와 어우러질 무렵, 하루미 부두가 보이고 있다는 안내 방송이 들렸다. 고개를 돌려 보니, 18년 전 내가 보았던 그 모습 그대로 전혀 변하지 않은 하루미 여객 터미널이 서 있다. 내가 처음 저곳에 가서 태평양이라 생각했던 바다는 스미다 강과 연결된 작은 만에 불과했고, 부두 4층에서 보았던 고래등 같던 하얀 배는 지금 내가 타고 있는 유람선이었을 것이다. 처음으로 부두와 태평양을 보고 난 뒤 도쿄에 올 때마다 그곳을 다시 찾으려 애썼지만, 하릴없이 근처만 맴돌다 번번이 놓치고 말았다. 그래서 이번에는 아예 작정을 하고서, 미리 지도 검색에 경로 검색까지 하여 비행기에서 내리자마자 그곳을 찾았다.

예전과 전혀 다름없이 한적하던 곳, 4층 대합실엔 나이 먹은 남자들이 앉아 신문을 보고 있었다. 은퇴 후 할 일이 없어진 50~60대의 남자들이 신문 한 장을 들고 시간을 때우는 것이 분명한 그 모습에, 그들보다 10년쯤 젊은 우리는 씁쓸히 웃으며 돌아서야 했다. 그것이 바로 이틀 전이었는데, 그런데 아사쿠사에서 신사 구경을 하고 시장 거리를 지나 우연히 집어탄 유람선에서 또 하루미 부두를 보았다. 의도하지 않은 걸음으로 걸어야 만날 수 있는 곳, 그 앞에만 서면 나는 눈물이 쏟아진다. 그때 스물여섯이던 여자아이는 지금 마흔네 살이 되었다. 그 시절 이른 새벽의 요시노야에서 밥을 먹던 샐러리맨들, 쓰쿠바에서 도쿄까지 출퇴근을 하던 샐러리맨들은 지금 무얼하고 있을까. 혹여 은퇴하여 저 부두의 텅 빈 대합실에서 신문을 읽으며 소일하고 있는 게 아닐까.

손바닥 위에 올려놓는 손바닥 텔레비전, 키티 모양의 시디플레이어, 기계로 만들어진 것이라면 없는 게 없을 듯하던 아키하바라도 이제 와서 다시 보니, 전자 제품 종합대리점을 대여섯 개 모아놓은 것에 불과했다. 하라주쿠에는 예나 지금이나 다름없이 가죽 점퍼를 입은 남자들이 1960년대의 로큰롤 음악에 맞추어 춤을 추고, 또한 그 옆에는 만화영화 속의 캐릭터가 그대로 튀어나온 듯한 코스프레가 벌어지는데, 이젠 그것마저 별로 재미가 없었다. 새롭거나 신기하다기보다는 익숙하고 친근한 느낌 속에, 여러 번 보았을 때 느끼게 되는 유치함과 시시함도 함께 묻어 있었다. 실은 그날 시장통에서 사진 한 장을 본 터였다. 아사쿠사의 후문과 맞닿아 있는 뒷골목, 이런 곳에 시장이 있었나 하고 신기해하던 곳에 오래된 사진을 파는 집이 있었다. 흑백과 컬러 사진이 뒤섞여 있는 것이 지나간 시대의 영화배우와 탤런트일 것이라 짐작하며 구경하다가 문득 물었다. 체커즈 있습니까.

한 세대 전의 가수라서 모를 수도 있다고 생각했는데, 물론 있고말고요, 라는 대답이 돌아온다. 마흔 살이 넘은 여자의 얼굴 위로 빠르게 스쳐 지나가는 엷은 미소를 보며 어쩌면 그녀 역시 팬이었을지도 모른다고 생각할 무렵, 그녀가 어느 곳을 가리켰다. 아주 구석진 자리는 아니고 그럭저럭 좋은 자리에 체커즈의 사진이 자리 잡고 있다. 젊다기보다 차라리 앳된 후지이 후미야가 어색하게 카메라를 응시하고 있다. 스무 살 때의 모습이리라. 1983년에 데뷔를 하였으니 이제 꼭 30년이다. 워크맨이 단종되는 시간이자, 한 세대가 교체되는 시간이다. 그는 이번 여름 50세가 되었고, 생일을 맞은 모습이 텔레비전 토크쇼로 중계되는 것을, 이제 한결 좋아지고 좁아진 세상에서 나는 실시간으로 접했다. 너무 늙지는 않았을까 걱정했는데, 생각보다 세련되고 여전히 멋있는 그는 마흔 살의 소녀 팬들 앞에서 말했다.

"사람들은 깜짝 놀랍니다, 체커즈의 후지이 후미야가 쉰 살이 되었다니. 그때마다 저는 이렇게 대답하지요, 당신도 나이가 들었잖아."

그래, 나도 나이를 먹었다. 나보다 여섯 살이 많은 남자, 내가 열네 살 때 스무 살의 어른이었고, 내가 스물네 살일 때 한 여자의 남편이자 두 아이의 아빠가 되어 있던 남자, 항상 연령 차이가 있던 그 남자가 이제야 대충 같이 나이 들어가는 친구로 보일 만큼 나도 나이를 먹었다. 뿐이랴 하라주쿠에서 가죽 바지를 입고 춤을 추던 남자들도 나이를 먹었고, 이케부쿠로와 시부야 앞 번화가에서 확성기를 튼 채 연설을 하던 우익 단체들도 나이를 먹었다. 예의 그 검정색 차량은 변함이 없었지만 본디 버스를 개조해 만들었던 것이 이제는 작은 승합차를 개조해 만들었고, 그때보다 좀 작아진 일장기와 욱일승천기를 걸어놓은 채 희끗희끗한 회색 머리칼의 남자들이 아무도 쳐다보지 않는 외로운 연설을 하고 있었다. 도쿄 전체가 천천히 나이를 먹어가고 있는 듯한 느낌이었다. 그리고 그 사이를 한국과 중국이 점차 비집고 들어가고 있었다.

몇 년 전 후지이 후미야는 동방신기와 함께 듀엣 곡을 불렀고, 아키하바라의 매장에는 소니사에서 만든 텔레비전 옆에 한국 엘지전자와 삼성전자의 텔레비전이 놓여 있었다. 긴자의 세이부 백화점과 한큐 백화점에는 일본어 외에 영어와 중국어, 한국어로 안내 표지를 하고 있었고, 거리를 걷다보면 예전보다 한국 음식점이 많이 보이고, 훨씬 자주 중국어가 들린다. 최근 불거지기 시

작한 우경화 바람과 반한 감정 역시 이러한 분위기에 편승한 것
이리라. 일본도 더 이상 옛날 같지 않다는 위기감, 그건 마치 마
흔 살이 넘은 여자가 새삼 칠해보는 분홍색 립스틱 같은 것이자,
쉰 살이 넘은 남자가 부리는 허세 같은 거였다.

"그게 그렇게 맛있어? 의외네. 갈비탕이나 돈가스를 먹을 줄
알았는데."

닷새의 여행을 마치고 돌아온 한국, 소바도 우동도 질렸다, 규
동도 스시도 신물이 난다, 얼큰한 국물이 먹고 싶다는 말에 찾아
간 곳이 학교 앞의 그 순대국밥 집이었다. 풋고추에 들깨가루를
듬뿍 넣어 국물을 뜨는데 남편이 묻는다. 가장 맛있는 음식이 갈
비탕과 돈가스라고 하면서 왜 순대국밥을 먹는지. 바로 3주 전
그는 이곳에서, 가장 아름다운 도시는 파리와 베이징이라고 하면
서 왜 도쿄 여행을 소원하는지 내게 물었다.

음식이 맛있다는 건, 음식 자체의 맛이라기보다 거기 얽힌 회
억의 맛이다. 한국에 돌아와 먹고 싶은 음식으로 순대국밥을 찾
은 건, 거기 얽힌 기억 때문이었다. 스물일곱 살의 아침, 새벽 운
동을 마치고 선수들과 함께 시장통 골목에서 처음 먹었던 국밥의
맛은 연구실에서 밤을 새우고도 새벽 운동을 가던 열정의 맛이
자, 밤새 마신 술에 쓰러져도 이튿날 새벽 사우나에서 새로운 다
짐을 일으켜 세우던 젊음의 맛이었다. 누구에게나 인생에서 가장
빛나고 아름다운 순간이 있게 마련이다. 내가 국밥을 먹는 것은

그 눈부시게 빛나던 열정의 순간을 기억하기 위해서였다.

　도쿄 역시 마찬가지였다. 내 젊은 날의 모습이 고스란히 묻힌 도시, 나는 그곳에 다섯 번을 다녀왔다. 스물여섯 살의 배낭 속에는 36도의 염천을 뜨거운 줄도 모르고 걷던 염천보다 더 뜨거운 젊음이 담겨 있었고, 서른두 살의 신혼여행 가방 안에는 새로 사서 여태 입지도 않은 풋풋한 진솔옷이 가득 들어 있었다. 서른일곱 살, 세 권의 책을 쓴 신출내기 작가가 품고 있던 꿈은 스무 살 무렵의 뿌연 꿈과 달리 훨씬 구체적이고 선명했으며, 마흔 살 박사과정에 입학한 신입생이 들고 있던 여행 가방은 초등학교 입학식의 책가방과 다를 바 없이 청신했다. 인생의 한창 때는 스무 살 언저리에만 있는 것이 아니라 서른에도 마흔에도 있을 수 있다. 오륙 년마다 한 번씩 봄처럼 다가왔던 그 눈부신 한때, 나는 항상 도쿄 여행을 하고 있었다.

　오래된 사진첩처럼 갈피갈피 골목골목마다 내 스무 살과 서른 살의 모습이 고개를 쳐드는 도시였건만, 그러나 이번 여행에서 조금씩 나이 먹어가는 듯한 남자의 모습을 보았다. 꽃다운 젊음이 사라지고 이제 어쩔 수 없는 세월의 더께가 먼지처럼 쌓이기도 하지만, 다시 생각하면 그것 역시 관록과 세련의 또 다른 모습이리라. 한없이 깨끗하고 화려했던 그 도시도 이제 조금씩 비루해져가는 모습이 드문드문 내 눈에 보이기도 하지만, 그러나 그 도시는 아직도 내게 매력적이다. 조금씩 쇠락해가고 있어도 여유로움은 아직 남아 있는 옛날 부잣집처럼. 내가 어릴 때는 까마득한 어른이었지만 이제는 대충 친구로 보이는 여섯 살 많은 남자처럼, 젊은 것은 아니지만 여전히 세련되고 멋있는 그래서 나도 꼭 그처럼 나이를 먹고 싶은 쉰 살의 남자처럼.

"홍수가 나서 강물이 범람했는데 말이야, 그런데 그 강물에 세상에서 가장 아름나운 여자와 내가 사랑하는 여자, 두 명이 동시에 빠진 거야. 그럼 그 둘 중에 누굴 먼저 구해야 하지?"

갑자기 던진 질문에 남편이 의아한 모양이다.

"갈비탕과 돈가스가 맛있는 음식이라면, 순대국밥은 내가 좋아하는 음식이지. 단 하나를 선택해야 한다면 당연히 맛있는 것보다는 좋아하는 것을 택하게 되지."

내게 베이징과 파리는 아름나운 도시였다. 하지만 도쿄는 사랑하는 도시였다. 사랑하는 여자와 아름나운 여자가 동시에 물에 빠졌다면 당연히 사랑하는 여자를 먼저 구할 것이다. 설령 그녀가 세상에서 가장 매력이 없는 여성이자 이제 나이를 먹어 뚱뚱해졌다 할지라도. 마찬가지다. 단 한 번의 기회가 주어진다면, 생애 마지막 여행의 기회가 주어진다면 나는 아름나운 도시가 아닌, 사랑하는 도시로 갈 것이다. 내게는 도쿄가 그곳이다.

이
스
탄
불
그
랜
드
바
자
에
서

이스탄불행 비행기의 출발 시간은 0시 15분이어서 전날 밤 열한 시까지 공항에 도착하면 될 것을, 조바심에 너무 일찍 오고야 말았다. 이른 저녁을 뜨는 둥 마는 둥 하며 공항에 도착하고 보니 아홉 시 남짓, 집에서 항상 보던 아홉 시 뉴스의 낯익은 앵커를 공항의 대합실에 앉아 낯설게 바라보며 남은 시간을 어떻게 보내나 생각한다. 빵집도 기념품 가게도 하나둘 문을 닫기 시작하는 시간, 그러고 보니 공항에는 너무 일찍 오거나 혹은 간신히 시간에 대어 온 일만 기억에 남는다. 자정에 출발하는 비행기를 타기 위해서는 꼭 이렇게 일찍 와서 기다렸고 아침에 출발하는 비행기를 타기 위해서는 새벽에 출발하는 첫차를 타고서도 조바심을 쳐야 했다. 늦은 오후에 출발하는 비행기를 타기 위해 알맞게 도착했던 날이 더 많을 것이지만, 그런 일들은 별로 기억에 남지 않는다. 마찬가지로 평안하고 편안했던 대부분의 일상도 별로 기억에 나지 않는다. 어쩌다가 몹시 행복했거나 가끔 불행했던 때가 기억에 남고, 또한 그 기억마저 본래의 색채보다 흐리거나 더 진하게 채색된 채로 머문다. 그리고 이번 여행도 그러할 것이다. 여행이 여행이 아니게 되었으니까.

10년 전 처음으로 책을 쓰던 때 초고를 넘기고 공주 여행을 떠난 적이 있었다. 2박 3일의 일정 동안 특별히 재미난 볼거리가 있는 것은 아니었지만 공주산성에 올라가 시내를 내려다보던 때의 상쾌함은 여태 기억이 난다. 초고를 넘겼다는 것이, 그래서 이 여름이 지나고 가을이 되면 한 책의 저자가 되어 있으리라는 사실이 나를 들뜨게 했던 것이다. 그 눈부시던 6월의 기억 때문인가, 대개 정월에 원고를 쓰기 시작하여 5월에 초고를 내고 6월에 여행을 떠나는 습관이 있다. 이번도 그러하리라 생각하며 이스탄불 여행을 계획했는데, 그러나 원고를 끝낸 뒤에 오는 비움의 여행이 아닌 아직 끝나지 않는 초고를 위한 채움의 여행이 되고 말았다. 이스탄불과 터키를 돌며 느끼는 감성을 챙기느라 마음이 가볍지는 못할 것이라는 생각이 어두운 공항에 밤처럼 까맣게 내려앉는다.

뉴스가 끝나고도 시간이 남아 대합실의 1층과 2층을 둘러본다. 공항버스를 타고 내리는 곳이 3층이요 비행기를 타는 곳이 4

층이라, 평소에는 3층과 4층만을 오갔지만 시간이 남았기에 1층과 2층까지 내려가볼 수 있었다. 여행을 할 때는 길을 잃어야 진짜 여행이 시작된다고, 그래야만 생각지 못한 조우를 할 수 있고 그것이 가장 여행을 풍요롭게 한다고 생각해왔는데, 그 목적 없는 무연한 발걸음도 결국 시간의 여유에 바탕을 둔 것이다. 생활을 향기롭게 하는 것 중 어느 것 하나 풍요를 질료로 하지 않는 것이 있으랴, 글을 쓴다는 것 역시 생활의 풍양(豊養) 속에, 감정의 잉여 속에 잠시 피어나는 신기루 같은 것을.

아시아의 동쪽 끝에서 서쪽 끝으로 날아가는 여정, 1만 미터의 고도, 800킬로미터의 속도, 영하 40도의 기온이라는 비정상적인 상황 아래 지상에서 준비한 커피믹스는 빵빵하게 부풀어 올랐다. 기압이 낮다는 증거이리라. 그 탓에 만년필의 잉크가 잘 나오지 않는다. 몇 꼭지의 원고를 더 첨가하기 위한 채움의 여행을 위해 만년필을 두 개 준비했다. 하나는 펜촉이 굵어 유량이 풍부하고 또 하나는 섬세하고 유량이 적은 펜인데, 아니나 다를까 유량이 적은 쪽이 낮은 기압을 견디지 못한다. 나의 감성이 풍양하다면 시시한 것을 보아도 수첩에 적을 거리는 빼곡하리라, 하지만 감성이 빈약하다면 어떤 것을 본다 한들 수첩은 백지로 남을 것이다. 낮은 기압에 견디지 못하는 메마른 만년필처럼.

동쪽에서 서쪽으로 가는 노정이니 밤은 더욱 길다. 여태 파미르 고원 위를 날고 있는 비행기를 보며, 언제던가 꼭 이러한 항로로 파리를 가던 때를 생각했다. 그때 이소연 씨가 우주 비행을 하고 있었는데, 대륙을 가로지르며 지구 반대편으로 날아가는 비행도 우주 비행에 비하면 자전거 소풍 같으리라. 비행기도 그다지 빠르거나 안락한 교통 수단은 되지 못한다는 생각을 하며 야유회의 단체 도시락 같은 기내식을 받아먹는다.

아침 여덟 시, 환승을 기다리는 아부다비 공항이다. 이른 아침의 공항을 본다는 것은 새벽의 도시를 보는 것만큼이나 진기한 일이다. 어젯밤, 비행기를 타자마자 곧 물티슈로 화장을 지우던 여자를 보았다. 화장을 지우고 가식을 지우고 신발을 벗고 긴장까지 벗어던진 모습으로 그녀는 기내식을 먹고 잠이 들었다. 하지만 이곳의 풍경은 낯설다. 벗어던진 것이 아니라 꽁꽁 감싼 모습, 이미 기온은 30도를 가리키고 있어 한낮이 되면 40도에 이를 것을 예상케 하는데도 머리에서 발끝까지 검은 천으로 꽁꽁 싸매고 다니는 여성의 모습을 보며, 이곳이 이슬람의 관문이라는 것을, 내가 가고자 하는 터키가 이슬람의 땅이라는 것을 서늘하게 깨닫는다.

그리고 보니 이슬람은 처음이다. 베이징과 하노이는 사회주의 국가의 도시였으며, 파리는 황제보다 더 강력한 권력 아래 구상된 도시였다. 도쿄 역시 1868년의 천도로 급조된 도시라는 점에서 네 도시는 모두 비슷하다. 베이징은 마오쩌둥의, 하노이는 호치민의, 파리는 나폴레옹 3세의, 도쿄는 메이지 천황의 손길 아래 계획된 도시였다. 보이지 않는 손이 아닌, 보이는 주먹이 만들어놓은 정연한 도시였다. 그리고 지금 이슬람의 나라를 방문하려는 길목에서 두바이라는, 대표적인 이슬람 도시에서 환승을 기다린다.

이슬람 문화를 생각할 때 가장 먼저 떠오르는 것이 여성의 베일로, 거기에는 몇 가지 종류가 있다. 몸 전체를 완전히 검은 천으로 가린 채 눈만 내어놓고 다니는 것이 니캅, 얼굴 라인만을 드러내고 다니는 것이 차도르인데, 이곳에는 유난히 니캅과 차도르가 많다. 여성의 신체와 얼굴을 많이 가릴수록 행동에도 제약이 심하리라. 니캅으로 온몸을 가린 채 눈만 내어놓고 다니는 여성들을 쳐다보고 있자니, 니캅 속의 깊고 검은 눈동자도 나를 응시한다. 이슬람 문화권이니 얼굴을 가려야 한다는 생각에 막연히 준비한 것이 챙 넓은 모자와 선글라스였다. 그러고보니 모자는 어깨를 가릴 만큼 넓다. 온몸을 니캅으로 가리고 눈만 내놓은 여자는 반바지와 민소매로 팔다리를 드러낸 채 모자와 선글라스로 얼굴만 가린 여자를 신기하게 바라본다. 우리는 서로가 기이하다.

구한말 외국의 신문물이 들어오면서 여성들이 장옷과 쓰개치마를 벗어던지기 시작했다. 맨머리에 맨얼굴을 드러낸 채 다니는 모습을 보고 수염을 기르고 갓을 쓴 할아버지들은 혀를 끌끌 차며 고개를 돌렸다. 그런데 그중 더욱 개명하고 부유한 여성들은 양장을 하기도 했다. 19세기 유럽의 여성 복식은 외출시에 모자와 장갑을 착용하는 것이 올바른 예절이다. 해서 양장에 양식 모자를 쓰고 다니면 할아버지들은 혀를 차는 정도가 아니라 담뱃대를 땅땅 두드리며 분개했다. 살다 살다 별것을 다 보는구나, 여자가 갓을 쓰고 다니는 꼴이라니! 당시 장옷과 쓰개치마를 벗어던진 것은 개화의 상징이었고, 나아가 양식 모자를 쓰는 것은 개화를 넘어 진보의 상징이었다. 장옷이나 쓰개치마, 니캅과 차도르 등 여성의 머리 위에 드리워진 베일은 굴레를 상징하지만, 모자는 오히려 향상된 여성의 지위를 나타내는 이 역설은 어디에서 나온 것일까. 모두 똑같이 머리에 쓰는 쓰개일 뿐인데, 베일과 모자의 차이는 무엇일까 궁금해진다. 화장실 옆에 붉은 카펫이 깔린 기도실이 남녀별로 마련되어 있는 두바이의 아부다비 공항, 기도 전 손과 발을 씻기 위한 세정실이 딸려 있지만 도쿄와 베이징, 서울에서 익숙하게 보아오던 음수대는 따로 마련되어 있지 않다. 물을 기도 전 세정에 쓸 것인가, 마시는 용도로 쓸 것인가, 문화에 따라 모든 것은 이리 다르다.

이스탄불에 도착한 날이 5월 29일, 마침 오스만 제국의 전승 기념일이었다. 동로마 제국이 오스만 제국에 패하여 터키가 이슬람의 영향권으로 되던 날이라, 그랜드바자에는 가게마다 붉은 바탕에 초승달과 별이 그려진 터키 국기가 걸려 있다. 흔히 큰 시장이라는 뜻으로 그랜드바자라고 하지만 정식 명칭은 지붕으로 덮인 시장이라는 뜻의 '카팔차르시'이다. 실크로드의 끝자락에 위치한 곳이어서 그랜드바자의 흥망은 실크로드의 성쇠와 함께 했다. 우리나라로 치면 통일신라시대, 당시 콘스탄티노플(현 이스탄불)은 압바스 제국의 바그다드, 당나라의 장안과 함께 세계 3대 도시 중 하나였다. 그 동양과 서양을 연결하는 실크로드 끝에 있던 것이 그랜드바자여서, 신라시대 성골과 진골 귀족의 주택에 깔았을 카펫도, 식탁 위에 올려놓았을 유리그릇도 모두 이곳에서 출발했으리라. 하지만 이제 실질적 기능은 사라진 채, 그저 풍물시장 같은 관광명소가 되었다. 한국의 골동품 대신 중국에서 만든 국적불명의 동양풍 물건들로 넘쳐나는 서울의 인사동거리처럼, 실크로드를 통해 유입된 물건이 아닌 중국에서 대량 생산된 오리엔탈 상품들로 넘쳐나는 그곳에서 문득 보았다. 칼을 팔고 있는 가게를, 반달 모양으로 휘어진 아라비아 칼이었다.

"칼은 말이야 베는 칼과 찌르는 칼이 있어, 프랑스에서 펜싱할 때 쓰는 칼은 찌르는 칼인데, 전혀 휘어지지 않은 일자형 칼이지, 하지만 베는 칼은 멋지게 휘어져 있는데 대표적인 게 바로 아라비아 칼이란 말야, 내가 이스탄불에 가서 아라비아 칼을 하나 샀는데 그만 공항에서 걸렸네, 무기류에 해당되어서 국외 반출이 안 된다는 거야, 그걸 미처 생각 못했던 거지, 아 정말 그때 그 칼은 예술이었는데."

용인에서 검도장을 다니던 시절, 운동이 시작되기를 기다리며 삼삼오오 모여 앉았던 난롯가에서 피어 오르던 이야기였다. 겨울이었지만 도장은 난방을 하지 않아 추웠고 그나마 작은 난로를 피웠던 사범실에 모여 앉아 어느 선배가 꺼낸 이야기였다. 모든 검도인들의 소망인 닛폰도 즉 일본도(日本刀)의 이야기가 먼저 나왔었다. 평생에 그걸 하나 갖는 게 소원인데, 도검류는 무기에 해당하기 때문에 절대 국외 반출이 불가능하다. 해서 그림의 떡 같은 일본도 이야기가 지나가고 난 뒤 나온 것이 아라비아 칼이었다.

그랜드바자의 상인은 이건 분명 칼이 아니라 장식용품이라서 공항을 통과할 수 있을 거라고 했는데, 막상 검색대에서 걸렸다. 이건 진짜 칼이 아니라고 그저 골동품이요 장식품이라고 아무리 말해도 안 되더라, 그래서 그냥 공항에서 압수당했다니까, 아이고 내 칼!이라고 한 명이 너스레를 떨면 곧 다른 이가 말했다. 나는 몽골에 갔다가 무슨 칼을 손에 넣었는데 그걸 그냥 공항에서 압수당했다, 아이고 내 돈! 스페인에 갔다가, 페루에 갔다가, 또 어디에 갔다가 거기서 산 칼을 공항에서 압수당했다는 이야기가 빠지지 않았다. 그렇게 압수당한 칼들을 모두 모으면 용인에 세계 도검박물관이라도 열 수 있으리라. 그래서 한번은 도쿄에 도착하자마자 가장 먼저 일본도를 보러 간 적이 있었다.

나리타 공항에서 도심 직행열차를 타면 한 시간도 채 걸리지 않아 우에노역에 도착했고, 거기서 10분만 걸어가면 도쿄 국립박물관이 있었다. 무사의 나라답게 박물관에 전시된 무수한 일본도는 조폭들이 사용하는 회칼이나 야쿠자나 사무라이 영화에 나오는 이미테이션이 아닌, 어느 장군이 실제 사용했던 진품들이었다. 지천으로 널린 일본도, 휘어진 각도로 보아 베는 칼이 분명했다. 그때 내가 서 있던 곳은 아시아의 동쪽 끝에서도 동해를 한 번 더 건넌 곳에 자리한 일본, 거기서도 가장 동쪽 끄트머리에 붙어 태평양을 바라보고 있던 도쿄였다. 그리고 지금 내가 있는 곳은 아시아의 서쪽 끝이자 지중해를 바라보고 있는 이스탄불, 이곳까지 와서도 무심코 칼 한 자루를 보며 도쿄를 떠올린다.

어디에서건 그랬다. 홋카이도산 감자와 옥수수를 팔던 홍콩의 슈퍼마켓에서도, 애플전자의 홍콩 쇼룸에서도 무심결에 도쿄의 편의점과 쇼룸을 떠올렸다. 파리의 어느 호텔, 검은 눈동자를 보며 지배인이 건네는 '오갸쿠사마 도오조(손님, 어서 오세요)'라는 인사에 나도 모르게 '마아, 와타시와 간고쿠진데스케도(어머, 저는 한국인인데요)' 하고 대답해버렸다. 또한 지금도 그러하다. 전 승기념일이라 상점마다 터키 국기가 내걸린 그랜드바자, 붉은 바탕에 초승달과 별이 그려진 국기를 바라보며 무심코 일본의 국기를 떠올린다. 아시아의 서쪽 끝에 있는 나라는 붉은 바탕에 흰색 달과 별을 그리고, 동쪽 끝에 있는 나라는 흰 바탕에 붉은 태양을 그리고, 어쩌면 그렇게 정반대일까, 이것이 동쪽과 서쪽의 차이일까 생각한다.

내게 도쿄는 호흡 속에 남아 있는 첫사랑 같은 도시이자 하늘 한켠에 떠 있는 허연 낮달 같은 도시가 아닐까. 태양이 아무리 눈부시게 비친다 한들, 그 반대편 하늘에 걸린 흐릿한 낮달의 모습마저 지울 수 있는가. 또한 그 어느 순간에라도 호흡을 멈추지 않지만, 그러나 평소에는 별로 의식하지 못하다가 숨이 가빠올 때만 그것을 느낀다. 나 역시 일상이 아닌 비일상의 순간에, 밤새 대륙의 반대편을 건너온 벅찬 시간에 무심코 도쿄를 떠올린다. 온통 붉은 깃발의 펄럭임 아래, 그 초승달만큼이나 멋지게 휘어진 아라비아 칼을 바라보는 격정의 순간에도.

"Do you like it?"

여태 칼을 들여다보고 있는 내게 바자의 상인이 말을 걸어온다. 흥정 솜씨가 여간이 아니라는데, 아니나 다를까 그 칼을 들어 보이며 말한다. 한 손에는 칼, 한 손에는 코란이라는 속담을 알고 있니? 이게 바로 그 칼이란다.

이슬람으로 개종하지 않으려면 이 칼로 너를 해하리라, 라는 뜻으로 잘못 알려진 말, 그러나 본래는 코란의 계율을 칼을 걸고 지키겠다는 맹세의 서약이다. 고려와 조선이 붓을 잡는 문화권이어서 그런지, 칼에 대한 편견은 여태 많은 편이다. 그러나 어느 사회, 어느 나라든 그 사회를 유지하기 위한 기본적인 도덕률이 있는 법이고, 당연지사 칼을 잡는 문화권에서는 그 칼끝을 내게 돌릴지언정 절대 먼저 남을 겨누어서는 안 된다고 배운다. 한 손에 들린 칼은 타인을 겨누는 게 아니라 나를 향한 칼이었고, 일평생을 살아가는 동안 코란의 계율을 지키며 절제된 생활을 하라는 뜻으로 쓰는 말이 '한 손에는 코란, 한 손에는 칼'이다. 그리고 이 말을 극동의 언어로 다시 표현한 것이 검업일치(劍業一致)

가 아닐까 생각한다.

　도장에서 3년을 수련하고 초단으로 승단할 때, 검도 유단자로서 평생 지녀야 할 마음가짐이 검업일치라 했다. 검도와 직업은 별개의 것이 아니니 각자 자신의 생업에 임할 때에도 검도의 정신으로 임하라는 뜻이라는 말에, 그래 아무리 힘든 일이라도 검도를 할 때의 마음가짐으로 한다면 못 할 게 없지, 처음엔 그렇게 생각했다. 당시 나는 한창 대학원에 다닐 때라서 한 손에는 T자를 들고 또 한 손에는 죽도를 들고 학교와 도장을 다녔고, 졸업 후에는 설계사무소에 다니면서 낮에는 회사에서 스케일을 잡고 저녁에는 도장에서 죽도를 잡으면서 이것이 검업일치라고 생각했다. 돌이켜보니 그것은 처음 수계를 받는 불제자에게 내려진 평생의 화두 같은 것이었다. 잊히듯 하다가도 불현듯 생각나는.

　그리고 20여 년이 지났다. 이제 나는 더 이상 칼과 자를 잡지 않으며, 대신 손에는 펜이 들려 있다. 중학시절 영어시간에 '펜은 칼보다 강하다'라고 배웠다. 칼은 항상 대의를 위해 쓸 것이며, 절대 나를 이롭게 하는 데 혹은 내 자신의 안위를 위해 사용해서는 안 된다고 배웠다. 그렇다면 칼보다 강한 펜을 나의 편의와 사욕을 위해 사용하지 않는 것이 검업일치의 자세가 아닐까 문득 생각해본다.

　"미안하지만 난 칼을 사용하지 않아. 그건 위험한 무기니까."
　그 말에 그랜드바자의 상인은 이제 조그만 주머니칼을 보여준다. 이건 아주 작아서 연필을 깎는 데도 쓸 수 있어. 이것 봐, 멋지지?

회사에서 설계 일을 할 때, 내 직속상관이 장차 자신이 살 집은 꼭 제 손으로 지어보고 싶다는 꿈을 가지고 있었다. 그래서 틈만 나면 그림 같은 집을 그려보는 양이 회사 업무를 보는 것인지 개인 용무를 보는 것인지 모호했다. 그리고 퇴사를 하고 얼마 지나지 않아, 여성 잡지에서 '꿈을 이룬 건축가'라는 제목 아래 그의 기사가 실린 것을 보았다. 정말 소원대로 수도권 어느 곳에 손수 지은 전원주택 앞에서 가족과 나란히 찍은 사진을 보니, 그가 밤새도록 불 꺼진 사무실에 혼자 남아 있던 모습이 떠올랐다. 모두가 퇴근한 시간에 혼자 남아 자신이 살 집을 설계하면서, 다음날 아침이면 태연하게 야근수당을 청구하고 갓 입사한 인턴사원에게 모형을 만들게 하기도 했다. 그때 엿보았던 비루함의 기억 때문인가, 저자가 되고 나서부터 '혹시 이 다음에 살 집을 직접 짓고 싶지 않으세요?'라는 질문을 받을 때가 있지만, 그러나 여태 그런 생각은 한 번도 해본 적이 없다. 내가 가진 기술을 나를 이롭게 하는 데 쓰지 않겠다는 다짐 때문이었다.

올해로 펜을 잡은 지 10년이다. 이 펜을 결코 나를 이롭게 하는 데에 쓰지 않겠다고 다짐했지만 자주 실수를 했다. 대형마트나 백화점에서 불친절한 점원의 태도를 꼬집는 글을 게시판에 써놓고 담당자로부터 사과와 상품권을 받아낸 적이 있었다. 카페나 커뮤니티에 나 이번에 책 냈어요, 나 이번에 여행 다녀왔어요, 라는 자랑의 글을 쓰고 한바탕 칭찬과 부러움을 받아낸 적도 있었다. 돌이켜보니 그것 역시 나의 사욕과 허명을 위해 펜을 놀린 것이었다. 칼은 항상 대의를 위해 쓰되 절대 자신을 이롭게 하는 데 써서는 안 되는 것처럼, 내가 알고 있는 지식, 직업상 익히게 된 기술은 타인을 이롭게 하는 데 쓸 뿐 자신을 이롭게 하는 데 써서는 안 된다는 것이 검업일치의 경지가 아닐까 문득 생각해 본다. 이제 연필 깎는 칼 대신 중국에서 만든 가짜 아라비아 칼을 내밀어 보이는 상인을 바라보면서.

"이건 칼이 아니라 그냥 장식품이야, 공항 검색대에 걸리지 않는다니까."

이
슬
람 베
일,
아
시
안
베
일 ✏

이스탄불에서의 새벽은 사이렌 소리에 눈을 뜬다. 초등학교 시절 갑자기 경계경보가 울리면 일제히 책을 덮고 책상 밑으로 들어가 숨는 연습을 하던 민방위 훈련을 연상케 하는 그 소리에 처음엔 어리둥절했다. 하지만 곧 깨달았다. 그것은 '아잔', 하루 다섯 번의 기도 시간을 알리는 소리라는 것을. 새벽 일출시에, 정오에, 오후에, 저녁 일몰시에, 심야에 빠짐없이 아잔이 울린다. 그리고 그 소리가 들리면 모든 것을 멈춘 채 재빨리 수첩과 펜을 꺼내 들고 지금의 이 느낌을 적는다. 이스탄불에서의 둘째 날 아침이다. 지금 이 순간 무엇을 하고 있으며 어떤 느낌을 느끼는가, 이슬람 문화권으로 여행 오길 잘했다. 책을 쓰는 일을 하면서 여행을 할 때는 수첩과 펜을 준비하고 다니는 습관이 생겼다. 서너 시간 간격으로 순간의 느낌을 적곤 했는데, 이슬람 문화권에 오니 하루 다섯 번의 아잔이 있어 그 자리에서의 감정을 비춰 보는 시간이 되고 또한 곳곳에 차와 커피가 있다. 모든 문화권에는 기호식품, 특히 사교와 정신적 고양을 위한 음료가 있는데, 게르만 문화권(북유럽)에서는 맥주, 라틴 문화권(이탈리아, 프랑스 등의 남부유럽)에서는 포도주, 이슬람 문화권(중동)에서는 커피, 불교 문화권(아시아)에서는 차라고 일별할 수 있다. 그 중에서도 포도주와 맥주는 이완을 위한 알코올 음료, 커피와 차는 각성을 위한 카페인 음료일 텐데, 하루 다섯 잔의 커피를 마셔야 하는 내게 다섯 번의 아잔은 참으로 안성맞춤 아니 이스탄불맞춤이다.

오늘의 일정은 소피아 성당이다. 본디는 기독교 성당이었다가 오스만 제국에게 점령당한 뒤 이슬람 모스크가 되었고 이제는 박물관이 되었다. 세계 각지에서 몰려든 관광객들이 길게 줄을 지어 선 가운데, 그들을 상대로 조잡한 모자와 장난감 팽이를 파는 상인들이 몰려드는 것이 고등학교 시절의 경주 수학여행 모습과 별반 다르지 않다. 교과서에서 숱하게 보았던 건축물이 눈앞에 서 있고, 종이 위에 그려진 2차원의 것을 3차원 실물로 확인하며 그 앞에서 기념촬영을 한다. 그 후에야 한결 여유로워진 표정으로 찬찬히 다시 보는 건물, 초기 기독교회의 모습을 그대로 간직하고 있다.

노트르담 성당이니, 두오모 성당이니 하면서 파리와 로마에 가서 아니 보면 큰일 나는 줄 아는 성당은 기독교가 하나의 권력 집단으로 성장하던 중세시대의 모습을 하고 있다. 웅장하고 거대한 높이, 길고 어두운 회랑이 자아내는 신비스러운 분위기, 속(俗)에서 성(聖)에 이르기까지 여러 겹의 여과 장치, 신도석과 주교좌의 엄격한 분리 등은 예배의 순간을 한층 극적으로 보여주기 위해 마련된 무대 장치이자 거대 권력으로 성장하고 있는 기독교를 담기 위한 그릇으로도 작용한다. 하지만 중세 이전 예배당의 모습은 초기 기독교의 모습을 담는 소박한 그릇이다. 엄숙함과 경건함을 자아내기 위한 장치보다는 많은 사람이 모일 수 있도록 넓은 공간이 자리를 차지하고 있다. 바로 그 이유 때문에 오스만 제국은 소피아 성당을 그대로 이슬람 모스크로 활용할 수 있었을 것이다. 사제라는 신과 인간 사이의 중간자가 없이 모든 사람이 평등하게 신을 만나는 종교, 신도석과 주교좌를 복잡하게 구분하는 건축적 장치가 없는 사원, 초기 기독교와 이슬람교는 묘하게 닮아 있다. 그렇게 두 종교가 닮았기 때문에 성당은 그대로 모스크가 되었다, 마치 술잔이 찻잔으로도 쓰이듯이.

원시 불교도 초기 기독교도 어느 종교나 그러했다. 본질적이고 순수한 모습을 많이 유지하고 있던 중세 이전의 사찰과 예배당은 많은 사람이 모일 수 있는 집회소의 성격이 강하다. 하지만 중세시대에 이르러 종교가 기득권과 결합하기 시작하면서 종교 건축은 화려하게 발달했다. 천년의 세월을 이어오고 지금도 전 세계의 관광객을 불러모으는 중세성당이 그러하며, 또한 한국의 천년 사찰도 마찬가지이다. 학창 시절엔 답사 여행을 자주 다녔는데, 주로 지방의 종가나 오래된 사찰을 찾았다. 절이란 크면 큰대로 법도가 까다로워서, 어느 사찰이었나 대웅전에 들어가기 위해 신발을 벗었더니 누군가 크게 호통을 쳤다. 거기는 큰스님 신발 벗는 데여, 보살들 신발 벗는 데는 여기고. 해서 다시 살펴보니 대웅전 정중앙에 난 출입문 앞에 커다란 댓돌이 있고 그 위에는 한결같이 흰 고무신들만 놓여 있다. 멋모르고 그저 현관 앞에 신발 벗듯이 댓돌 위에 신을 벗는 것이 실수였나, 그러고 보니 보살들의 흙 묻은 운동화는 댓돌 아래에 놓여 있었다. 하지만 이슬람 모스크에서 댓돌은 존재하지 않는다. 신과 인간을 매개하는 사제 자체가 없는 종교, 그래서 큰스님, 작은스님이라는 구분조차 없는 곳, 기도 공간으로 쓰이는 넓은 장소만이 있을 뿐인 그곳에서 나는 급히 준비한 히잡을 두른다. 여성의 머리 위에 드리워진 베일은 굴레를 상징할 뿐이라고, 그래서 결혼식 날 면사포마저 벗어던진 나는 이 모습이 어색하다.

　버스를 타고 한참을 달려 트로이에 도착했다. 트로이의 목마로 알려진 그 목마는 관광상품이 된 채 관광객들을 위한 사진배경이 되어주고 있었는데, 그 옆 조금 떨어진 곳에 뒹구는 수많은 기둥들을 보았다. 주두(柱頭)의 모양을 보니 이오닉 오더(Ionic order), 코린티안 오더(Corinthian order)이다. 그리고 이중에 도릭 오더(Doric order)가 빠져 있는데, 그리스 신전을 지탱하는 기

이슬람 베일, 아시안 베일

등의 세 가지 종류이다. 서양 건축사 교과서의 첫장에 나오는 것이자, 건축으로 전과를 하여 가장 먼저 배운 것이기도 하다. 그것을 강의실이 아닌 연구실에서 과외공부 하듯이 개인지도를 받을 때 교수님이 말씀하셨다. 당신 역시 대학에 입학하고 제일 처음 배운 게 이거라고, 그땐 무조건 그냥 베껴 그렸다고. 교수님과 내가, 전 세계 모든 건축학도들이 가장 먼저 배우는 그리스 신전의 기둥들이 그저 땅바닥에 뒹굴고 있다. 거기는 유적지 전체가 그랬다. 너무 많아서 아무도 관심 갖지 않는 기둥들이 바닥에 널린 가운데, 모조품 목마를 배경으로 관광객들이 사진을 찍는다. 1300년 전 혜초가 느낀 심정도 이러했을까.

신라의 승려 혜초는 불교의 성지를 찾아 천축국으로의 여행을 시작했다. 서쪽으로 서쪽으로 멀고 먼 길을 찾아간 끝에 만난 것은 낡고 초라한 사당과 오래전에 쇠퇴해버린 불교의 모습이었다. 지금도 마찬가지이다. 불교의 성지를 찾은 이들이 제일 먼저 느끼는 것은 이미 상업화되어 관광지로 전락한 그곳의 모습이라는데, 가톨릭의 사제도 마찬가지 감정을 느낀다고 했다. 승려가 불경을 읽기 위해 한문을 배우듯, 신부도 성경을 읽기 위해 라틴어를 배운다. 그런데 그 라틴어가 현재의 이탈리아어와 유사해서, 성 피에트로 성당에서 장엄한 미사를 마치고 그날 저녁 로마의 시내를 구경하다보면 기막힌 광경과 마주한다고 했다. 성경에 쓰이던 라틴어가 로마의 뒷골목 술집 간판으로도 쓰이고 있는 것이다. 성스럽기만 한 그 말들이 세속적이다 못해 향락적이고 퇴

폐적인 곳에까지 쓰이고 있다는 사실에 충격을 받는다고 했는데, 두근거리는 심정으로 배웠던 그 기둥들이 지금 트로이의 땅바닥에서 뒹굴고 있다. 그 기둥의 이름을 가르쳐주던 교수님은 작년에 정년퇴직을 하였고, 졸업 후 매해 거르지 않고 진행되던 스승의 날 행사가 올해 처음으로 무산되었다. 나 역시 여행 준비로 바빠 이번엔 참석이 어려울 것이라고 말했기 때문에, 참여 인원이 적어 결국 취소되었다는 후배의 말이 유난히 기억에 남는다.

"아이고 이게 다 뭐여? 냉이 아니여? 참말로 희한하네, 여기에 냉이가 다 있어."

난데없는 한국어에 놀라 돌아보니 나이 먹은 아주머니들이 보인다. 여러 명이 단체관광을 온듯 뒤편에는 여행사의 이름이 적힌 관광버스가 보이는데, 아주머니들이 이오닉 오더를 헤쳐 냉이를 캔다.

"아이참 어머니, 거기 말고 이리로 오셔, 여기서 사진 찍으셔야지, 이게 트로이의 목마라고, 이 앞에서 사진 찍으셔야지."

반말도 존댓말도 아닌 말투로 일관하던 가이드에게 아주머니의 일침이 쏟아졌다.

"응? 뭔 목마가 있냐? 그게 뭔데? 야 이게 냉이다, 니는 냉이도 모르냐? 냉이국 안 먹어봤냐?"

나 역시 발밑의 냉이는 보지 못했다. 어쩌면 내가 알고 있는 이오닉 오더와 코린티안 오더는 결국 냉이와 같은 것이다. 어떻게 이걸 눈으로 보고서도 모를까, 보고도 보지 못하니 눈뜬 장님과 다를 바 없구나 생각하지만, 그러나 냉이와 그리스 기둥의 차이는 무엇인가. 사람은 자신이 알고 있는 것만을 세상의 전부로 여기며, 자신이 알고 있는 것을 남이 알지 못할 때 그를 무식하다고 생각한다. 트로이가 무엇인지 알지 못하는 아주머니들이 기둥 사이를 헤쳐 냉이를 캐고, 그리고 냉이를 알지 못하는 내가 발밑의 냉이를 밟으며 기둥의 사진을 찍는다. 햇빛이 따가워 팔토시를 하고 짙은 색 선캡으로 얼굴을 가려 로보캅을 연상시키는 아주머니들의 모습, 한국에서도 자주 보던 익숙한 모습이다.

에페스 유적에는 트로이보다 더 많은 인파가 있었다. 그리스 건축 다음으로 배우는 것이 로마 건축이다. 신들을 위한 신전이 지나간 자리에 인간을 위한 포럼, 민회, 주택들이 나타나고, 석재의 기둥 대신 콘크리트 기둥들이 나타난다. 오푸스 인세르툼이라고, 언젠가 이탈리아와 프랑스의 국경지대에서 보았던 초기 콘크리트가 이제 지천으로 널려 있다. 학교에서 배웠던 것을 실제 눈으로 확인하는 그 자리에 건축 구경보다 더 볼만한 것이 사람 구경이었다. 세계 각지에서 온 관광객으로 장관을 이루는 가운데 반바지에 티셔츠라는 가장 간단한 옷차림을 한 미국인 관광객이 한 무리 지나갔다. 그들은 대개 비만으로 거인 같은 몸집을 하고 있었는데, 드러난 피부는 뜨거운 햇빛으로 발갛게 익어 있었다. 그 다음은 검은색 천으로 온몸을 가린 한 무리의 사람들이 지나간다. 머리에서 발끝까지 전혀 노출을 하지 않고 다만 얼굴 라인만 선명히 드러낸 두건, 차도르이다. 이슬람 베일 중에서 그나마 가벼운 편에 속한다. 아부다비 공항에서는 눈만 내놓은 니캅을 쓴 여성도 보았으니까.

입국심사대 앞에서 미리 모자와 선글라스를 벗고 기다리던 나는 저 모습으로 입국심사는 어떻게 받을까 몹시 궁금했다. 그래도 니캅을 쓴 문화권에서는 여성의 해외여행도 가능한 모양이다. 니캅보다 더 무거운 베일인 부르카를 쓴 문화권에서는 여행조차 불가능한 것이 아닐까, 두건이 아닌 차라리 자루를 뒤집어쓴 듯한 모습에 눈 부분까지 망사로 완전히 가린 부르카를 입은 여성을 한 번도 직접 본 적은 없다. 그리고 지금 내 앞에는 차도르를 쓴 한 무리의 여성들이 있다. 10대 중반의 나이대로 보아 단체여행을 온 여학생인 듯, 검은색 두건 안에 갇힌 얼굴들이 아직 앳되어 보인다. 그리고 보니 아주 어린 소녀들은 베일을 쓰지 않았다. 대략 열서너 살 정도, 어린이에서 소녀로 성숙해가는 그 시기에 착용을 시작하는 모양이다. 다음으로 지나가는 여성들의 베일은 훨씬 더 가벼워졌다. 색색가지 스카프로 귀와 머리를 가린 모습, 히잡이라 했다. 주로 터키 여성들이 즐겨 쓰는 형태이자 이번 여행에서 가장 많이 볼 수 있는 모습이다.

이슬람 사회 특유의 폐쇄적인 모습을 표상하는 도구로 자주 사용되는 히잡, 니캅, 차도르는 이슬람의 복장이라기보다 중동 지방의 복장이다. 뜨거운 햇빛과 사막의 모래바람이 워낙 거세어 피부를 보호하려 착용한 것이었는데, 그것이 어느새 율법으로 굳어졌다. 이슬람이라는 종교가 생기기 전부터 그곳의 여성들은 그러한 복장을 해왔다. 그 다음으로 지나가는 또 한 무리의 여성을 보며 이건 어느 베일일까 생각했는데, 자세히 보니 인도여성들의 사리이다. 천은 훨씬 가벼워졌고 색상은 화려하고 그리고 사이사이 목걸이와 귀걸이들이 보인다.

무수한 인종이 전통의상을 입고 지나가는 자리에서 보니 이슬람 베일이나 인도의 사리나 거의 비슷하다. 당연한 일이다. 과거에는 옷감이 매우 비쌌기 때문에 지금처럼 다양한 봉재가 발달할 수가 없었다. 봉재를 하려면 옷감을 잘라내야 하는데, 일일이 손으로 짜야 했던 당시 옷감은 함부로 잘라낼 수 없는 귀한 것이었다. 오죽했으면 중도에 공부를 그만두고 온 맹자를 깨우치기 위해 어머니가 짜던 베를 중간에 잘라버렸다는 단기지교의 고사까지 있을까. 옷감을 자르지 않고 옷을 만들어 입자면 긴 천을 적당히 몸에 두르는 형태가 될 수밖에 없고, 그것이 인도의 사리, 이슬람의 베일일 것이다. 또한 더운 지방이라 피부가 햇빛에 타는 것을 방지하기 위해 온몸을 천으로 가리고 본래 바람이 센 곳에서는 머리와 귀까지 완전히 덮는 복장으로 굳어진 것이다. 유라시아 대륙이라는 큰 틀에서 보면 인도와 중동은 결국 아시아일 뿐이라고 생각하는데, 또 한 무리의 낯선 여성들이 지나갔다.

이슬람 베일도 인도의 사리도 아닌 기이한 복식이다. 긴 바지에 긴 소매를 입고 얼굴까지 마스크로 가린 모습, 그것은 단순한 마스크가 아니라 온 얼굴을 가린 채 숨을 쉴 수 있도록 코와 입부분을 뚫어놓은 것이 화생방 훈련시의 방독면 같기도 했다. 때로 흰 장갑에 회색 팔토시를 끼고 머리 위에 써야 할 선캡을 내려 용접용 마스크처럼 얼굴을 가린 것이 로보캅 같기도 하다. 또 누구는 짤막한 미니스커트 아래 발목까지 오는 레깅스를 입고 흰 장갑에 양산까지 받쳐든 모습이 때아닌 코스프레 의상 같기도 하다. 이것저것 마구 뒤섞인 것 같은 그 복식에서 발견되는 일관된 규칙은 햇빛의 완벽한 차단이었다. 모자와 양산도 모자라 얼굴을 가린 선캡과 눈만 내어놓은 마스크, 팔다리를 가리기 위한 토시와 레깅스를 차려입은 이상한 옷차림의 사람들은 바로 일본과 한국, 중국의 여성들이었다.

5천 년의 시간이 굽어보는 에페스 유적, 유럽과 아시아 그리고 아메리카까지 전 세계 모든 인종이 모인 자리에서 객관적으로 보니 이슬람 베일만큼이나 낯설고 이상한 모습이 극동아시아 여성의 햇빛 차단용 복식이다. 단 한 곳도 햇빛에 노출된 피부가 없을 만큼 참으로 완벽한 복장이다. 더구나 선캡과 마스크로 가린 얼굴은 부르카나 니캅만큼 그녀의 얼굴을 굳건하게 지켜준다. 그녀들이 햇빛을 차단하고자 하는 이유는 나도 잘 알고 있다. 주름살과 기미, 주근깨가 없는 깨끗한 피부를 미모의 우선조건으로 여기는 문화권에서 피부노화의 주범인 햇빛은 무서운 적이다. 햇빛으로부터 피부를 보호하기 위해 온몸을 가린 것이리라. 깨끗한 피부와 미모를 중요시하는 이유는 여자란 항상 젊고 예뻐야 한다는 편견 때문이다. 나이 듦의 특징인 흰 머리와 굵은 주름이

지혜와 경험의 상징이 되지 못하고 다만 빈곤과 노추 내지는 자기 관리를 하지 않은 태만의 상징으로까지 인식되는 문화가 만들어낸 기이한 모습이다. 그러고 보니 나 역시 챙 넓은 모자를 쓰고 햇빛 차단용 겉옷을 입고 있었다. 여름에 모자와 겉옷을 입지 않고 외출한다는 것이 불가능하게 여겨질 만큼 오랜 시간 동안 이것을 쓰고 입어왔다.

언제던가 내가 처음으로 모자를 쓰던 때가, 처음으로 포니를 타고 진부령을 넘어 설악산 휴가를 가던 중학시절이었나. 햇빛에 얼굴이 타면 주근깨가 생긴다고, 그때 어머니는 손수 선크림을 발라주며 커다란 챙모자를 내밀었다. 이슬람의 소녀들도 어릴 때는 베일을 쓰지 않지만 대략 열서너 살 무렵이 되면 어머니가 베일을 씌워준다. 이것이 이슬람 여성의 정체성이라 너를 보호해줄 것이라는 말과 함께. 나도 꼭 그만한 나이 때 처음으로 선크림을 바르고 챙모자를 썼다. 그리고 나이가 들수록 햇빛을 가리기 위한 장치는 더 섬세해지고 복잡해졌다. 그날의 복장에 따라 장갑에 양산을 쓰는가 하면, 선글라스에 긴 팔 옷을 입기도 했다. 환승을 기다리던 아부다비 공항에서 어깨까지 가리는 넓은 챙모자에 얼굴 전체를 가릴 만큼의 큰 선글라스를 쓴 나를 쳐다보던 니캅의 여인은, 이렇게 강한 인습에 얽매인 나를 미개하고 불쌍하다고 여기면서 동정의 눈길을 보냈을지도 모른다. 눈만 내놓은 여자와 눈까지 모두 가린 여자는 그렇게 서로를 응시하고 있었다. 어쩌면 그녀는 이스탄불의 클럽에서 춤을 추던 여자가 아니었을까.

이스탄불에서의 첫날 저녁, 들뜬 마음에 들렀던 어느 클럽에서였다. 처음에는 밸리댄스를 추는 여자가 나와서 흥을 돋우었다. 배를 드러낸 채 허리를 흔드는 것이 특징이어서 흔히 배꼽춤이라고도 불리는데, 얼굴은 가리면서 배는 드러내는 기묘한 불균형을 흥미롭게 바라보던 참이었다. 본디 술탄의 총애를 받기 위해 하렘의 궁녀들이 추던 유혹의 춤이었던 것이 한국에서는 뱃살을 빼기 위한 운동으로 현지에서는 관광객을 위한 퍼포먼스가 되어버린 가운데, 무희는 객석을 한 차례 돌며 손님의 참여를 유도했다. 미국이나 유럽에서 온 관광객들이 무희를 따라 서툴게 허리를 돌리다가 마침내 이도 저도 아닌 막춤을 출 무렵, 웬 여자가 조명을 받기 시작했다. 그곳에 고용된 무희가 아닌 관광 온 손님이었는데 검정색 핫팬츠를 입은 화려한 차림새에 춤 실력 또한 예사롭지 않았다. 대체 얼마나 오랫동안 클럽을 드나들어야 저리 능숙하게 춤을 출 수 있을까. 우리나라 걸그룹을 연상시키는 짧고도 화려한 옷차림에 목걸이와 귀걸이가 클럽의 조명을 받으면서, 밸리댄스를 추던 무희를 압도하고 있었다. 얼마의 시간이 지나 객석의 흥분이 가라앉았을 때 마침내 그녀에게 다가갔다. 어느 나라에서 왔어? 라는 질문에 이란이라고 대답했다. 강력한 이슬람 국가, 이슬람 원리주의자인 호메이니의 명에 따라 모든 여성이 검정색 차도르를 쓰도록 의무화한 나라, 그 나라의 여자가 외국에 나와 베일을 벗고 클럽에서 춤을 춘다. 여태 한번도 드러내 보인 적이 없는 살갗이 클럽의 조명을 받으며 반짝인다.

그리고 지금 태양이 빛나는 에페스 유적에서 아시안 여성들이 회색 베일을 두르고 다닌다. 머리에서 발끝까지 완벽한 자외선 차단, 세상에서 가장 견고한 규율이다. 아무도 강요하지 않았지만, 깨끗하고 하얀 피부가 미모의 필수요건이며 나아가 여성은 항상 젊고 아름다워야 한다는 타율에 의해 매일 아침 외출 전 스스로 차려 입는 굳건한 베일이다. 나이가 들었다는 것은 여성으로서의 매력을 상실했다는 뜻이기에 보다 젊게 보이기 위해 매일 아침 굳건히 쓰는 베일, 나 역시 그 베일을 쓰고 있었다. 어깨를 덮는 커다란 모자, 30도를 넘은 기온에도 입고 있는 긴 팔의 겉옷, 이제 그 옷을 벗는다. 피부가 깨끗한 여자가 아름다운 여자이며, 여자는 항상 고운 피부를 유지해야 한다는 그 타율을 벗는다.

남자에게 흰머리와 굵은 주름은 인생의 관록과 경험, 지혜를 상징하지만 여성에게 흰 머리와 주름은 빈궁과 노추에 불과하다는 타율을 벗어던진다. 여자는 젊고 예쁜 정도가 아니라 아예 어리고 귀엽게 보여야 하기 때문에 동안 시술에 코맹맹이 소리까지 내는 한국과 일본 여성 특유의 애교문화를 벗어던진다. 니캅과 부르카를 강요하는 문화권을 미개하고 여성 억압적이라 말하면서, 정작 자신도 아시안 베일로 온몸을 감싸고 있었던 자문화 중심주의의 편견을 벗어 던진다. 여태 이렇게 강한 햇볕에 한 번도 노출된 적이 없는 어깨가 벌겋게 달아오르고 내친김에 모자를 벗는다. 설악산과 속초를 아우르던 열다섯 살 때의 여행, 그때 어머니가 처음 모자를 씌워준 이래 여름 외출에서는 항상 모자를 쓴 채 30년을 살아왔다. 쓰지 않고 살아온 날보다 쓰고 살아온 날들이 더 많았던 굳건한 쓰개를 벗어던지니 열사의 태양이 얼굴 위로 쏟아진다. 얼굴이 검게 타고, 이 여행이 끝날 때쯤 생긴 주근깨와 주름은 이제 나와 평생을 함께하리라. 나는 곧 쉰 살이 되고 예순이 된다. 꼭 그 나이에 알맞은 얼굴을 갖기 위해서는 주름살과 흰머리가 있어야 한다. 그것이 노추와 빈궁이 아닌, 관록과 지혜의 상징이 되는 삶을 살고 싶다. '어머 젊어 보이시네요, 아직 마흔밖에 안 되어 보여요'라는 사탕발린 인사치레에 헤벌쭉 입이 벙그러지는 삶을 살고 싶지는 않다.

5천 년의 역사를 가진 에페스 유적에서 쏟아지는 묵은 햇살을 받았으니 잔주름과 주근깨도 깊은 연륜을 가질 것이다. 한 번도 햇빛에 드러난 적이 없는 얼굴과 어깨가 발갛게 달아오르기 시작하자 근처에 있던 아시안 여성들이 슬금슬금 쳐다보기 시작한다. 선캡으로 완전히 얼굴을 가린 로보캅이 말한다. 아니 저런, 온통 새까맣게 탈 텐데. 뒤이어 방독면 같은 마스크를 쓴 이가 말한다. 어쩌려고 저래, 여자는 피부가 생명인데. 그때 니캅으로 얼굴을 가린 여자가 다가온다. 30도를 넘는 뜨거운 햇살 아래 온몸을 검정색 천으로 가린 여자, 내가 모자와 겉옷을 벗을 때부터 유심히 쳐다보던 이였다. 그녀가 내게 다가와 어느 나라에서 왔어? 라고 물었을 때 문득 생각한다. 아부다비 공항에서 혹여 이스탄불의 클럽에서 만났던 그녀가 아닐까 하고.

세상에서 가장 질긴 줄, 가장 큰 배 ✎

이스탄불의 가장 큰 매력은 보스포루스 해협이라고 생각한다. 지중해를 세상의 전부라 생각했던 고대 그리스 사람들에게 유럽과 아프리카를 나누는 지브랄터 해협은 세상의 서쪽 끝이요, 유럽과 아시아를 나누는 보스포루스 해협은 동쪽 끝이었다. 그리고 그 해협을 가운데 품은 채 유럽과 아시아에 절반씩 걸쳐 있는 도시, 이스탄불에 도착하여 배를 타고 해협을 건넌다. 내게 여행이란 배를 타고 바다를 건너야 기억에 남는다.

여섯 살 때 처음으로 여탕에 가서 배를 띄우는 남자아이를 보았다. 잠시 뒤 배를 가진 아이가 한 명 더 나타나자 곧 두 배는 경주가 붙었다. 그건 세숫대야에 종이배를 띄우던 것과는 비교가 되지 않을 만큼 신나는 놀이였다. 일곱 살에는 인천에 나가 월미도행 배를 탔다. 중학시절에는 속초 여행을 했고 대학시절에는 제주도 여행을 했지만, 바다에 나가 배를 보았던 속초 여행을 더 강하게 기억한다. 그리고 스물여섯 살 도쿄 여행에서 태평양과 그 바다를 가로질러 도쿄에서 마르세유까지 가는 배를 보았다, 아니 그렇게 믿었다. 또한 홍콩에서도 배를 탔기에 그 도시를 강하게 기억한다. 마찬가지로 지금도 배를 타고 바다를 건너야 이스탄불을 강하게 기억하리라. 해협을 건너는 배를 탄다, 아시아에서 유럽으로 대륙을 건너가는 여정이 고작 20분의 짧은 배 타기로 완성되는 아이러니한 여행을 시작한다.

바닷바람을 느끼고 싶어 선수에 섰다가 막상 그 바람이 너무 거세어 선미로 피했고 그 통에 보았다, 후면에 실린 승용차와 트럭, 버스를. 자동차를 싣고 가는 배, 익숙한 모습이다. 언젠가 강화도에 갔다가 그보다 더 작은 석모도를 가기 위해 배를 탈 때, 사람뿐 아니라 차도 배에 실린다는 사실에 놀란 적이 있다. 비단 자동차만 실을까, 더 큰 것도 싣는다. 하늘을 나는 비행기를 싣는 것도 배요, 그 비행기가 이륙하기 위한 활주로까지 싣는 것이 배다. 뿐이랴 홍수로 멸망 위기에 처한 세상에서 종의 존속을 위해 모든 동물의 암수 한 쌍을 실었던 것도 배다. 지구상에서 가장 크고 강력한 교통 수단인 배, 그 배가 싣는 가장 큰 것이 한 사람의 생명과 인생이 아닐까 생각한다.

기실 선수에서 유난히 눈에 띄는 승객을 보았던 터였다. 두 살짜리 어린 아들을 안고 있던 젊은 어머니였다. 이제 아장아장 걷기 시작하는 아이는 낯선 환경과 거센 바람에 잔뜩 겁을 집어먹은 모양이다. 한결같이 엄마 품을 파고들며 떨어지려 하지 않는 아이와 그 아이를 품에 안고 달래는 어미, 터키어를 전혀 모르지만 아이가 끊임없이 부르는 말이 '엄마'이며, 어미가 반복해 말하고 있는 것이 아이의 이름이라는 것쯤은 몰라도 알 수 있었다. 그리고 그 옆에는 동양인 모자가 있었다. 스무 살 남짓의 남자와 그 옆에 있던 나이 먹은 여인, 서로 무슨 사이일까 의아했지만 꼭 닮은 얼굴을 보고서야 모자간임을 깨달았다. 두 살짜리 아이를 안은 쪽이나 스무 살 아들을 동반한 쪽이나 모자의 표정은 똑같다. 아들은 쉴 새 없이 엄마를 부르고 어미 또한 한결같이 아들을 부른다. 두 살 난 아이가 어미를 부르고, 중년의 어미가 젊은 아들에게 말을 건네는 양이 아무래도 바닷바람이 너무 세지 않느냐는 말 같다. 사람이 평생을 통틀어 가장 많이 부르는 말이 엄마이며, 또한 가장 많이 부르는 이름이 자식의 이름일 것이다. 자식은 어미를 부르고, 어미는 자식을 부르는 그 애틋한 호명의 현장을 나는 기억하고 있다.

시어머니로부터 처음 그 전화를 받았을 때 의아했다. 돌아가신 시조부모와 시증조부모의 산소에서 유골을 수습하여 화장한 뒤 다시 나무 밑에 뿌리는 일이 있다고 했다. 이미 오래전에 돌아가신 분이고 지금도 해마다 벌초가 어려운데 우리들이 없어지면 결국 너희들이 해야 할 일, 그걸 어떻게 다 할 수 있겠니, 그냥 이참에 수목장으로 하련다는 말씀이었다. 산소를 파헤치고 유골을 수습하여 다시 화장하는 일, 한 번도 경험해보지 못한 일에 의아해하면서 출발하는 날 새벽에 남편에게 말했다.

우선 묘제를 지낸다고 하니 제사음식을 먹어야 할지도 모르는데 음식만은 정말 주의해라. 원래 귀신 붙은 음식은 안 먹는다고 했지, 아주 틀린 말은 아니다. 그게 결국 세균에 의한 감염을 말하는 건데, 그 장소에 어떤 세균이 있을지 모르는 일이니까. 옛날에 초상집 갔다가 음식 잘못 먹고 죽었다고 하는 게 귀신이 불러서 같이 간 게 아니라 일종의 세균감염에 의한 식중독인데, 라는 장황한 나의 당부는 막상 그곳에서 깨끗이 날아가 버렸다.

부모님과 손아랫동서가 먼저 도착하여 굴착기로 산소를 파헤치는 일은 이미 시작되어 있었고, 묘제를 지낸 제사음식들은 잔치라도 벌이는 듯 돗자리 위에 펼쳐져 있었다. 꼬치구이를 한 산적에 모듬전, 각종 나물에 과일까지, 그것은 차라리 제사상이 아닌 잔칫상이자 아이의 첫 소풍을 맞이한 학부모가 오밀조밀 차려온 꽃밭이었다. 그 앞에 남편이 스르르 다가가 앉아 밥그릇을 받았는데, 어쩌면 어머니는 밥이 가득 든 전기밥솥을 코드만 뽑은 채 그대로 들고 오신 걸까. 희미한 김이 모락모락 피어 오르는 양을 쳐다보고 있자니 어디서 노랑나비라도 한 마리 나타날 것만 같았다. 밥상을 마주한 어머니와 아들 앞에 비정상적인 세균 감염의 위험성이라는 아침의 내 목소리는 사라진 지 오래였다.

이미 하장(下葬)은 시작되어 증조부모의 산소는 파헤쳐진 상태라, 뻘건 속살을 드러내며 내려앉은 봉분 옆으로 거무스레한 유골이 보이고 있었다. 시간이 상당히 많이 흘렀는데도 아직 완전히 삭지 않은 뼈, 그 와중에도 길쭉한 대퇴골과 흰색 치아가 여태 붙어 있는 두개골을 보면서 기골이 장대했던 분이구나 생각하는데, 검게 변한 유골을 옆에 두고 시어머니와 남편이 마주 앉아 밥을 먹고 있다. 하긴 시어머니와 남편의 입장에서는 얼굴도 보지 못한 조상이다.

그리고 그 모습을 서너 걸음 떨어진 자리에서 보니 모자는 얼마나 닮았는지 아예 판박이였다. 아들이 아버지를, 딸이 어머니를 닮는 것은 당연한 일이지만, 연령과 성별을 뛰어넘어 아들이 어머니를 저렇게 꼭 닮을 수도 있나 신기하게 생각할 무렵, 남편이 말없이 빈 그릇을 어머니에게 내밀었고 어머니는 밥을 더 채워주었다. 익숙하고 당연해서 말조차 필요 없는 상황이 무언극처럼 진행되는 동안, 증조부모님의 하장이 끝나고 조부모님의 차례가 시작되었다.

굴삭기가 첫 삽을 내리찍던 순간부터 시아버지는 무엇인가를 나지막이 읊조리고 있었다. 노랫가락 같기도 하고 울음소리 같기도 한 그 목소리는 끊임없이 반복되는 어머니, 어머니였다. '어르신 조심하세요, 그러다 다치겠어요, 저희가 잘 수습할게요'라는 일꾼의 목소리를 뒤로한 채, 행여 굴삭기의 날카로운 삽에 어머니의 유골이 상할까봐 무너진 봉분 가에 서서 애타게 애타게 부르는 어머니였다. 바로 옆 풀밭 위에 펼쳐진 돗자리 위에서는 밥 더 먹어라, 니 아침밥 안 먹고 왔냐, 반찬 맛있네, 이거 다 엄마가 만든 거야? 라고 마흔 살 아들과 일흔 살 어머니의 대화가 간단없이 오가는데, 일흔을 넘긴 늙은 아들이 육탈된 어머니를 부르고 있었다.

삶과 죽음이 마주한 자리, 탯줄이라는 세상에서 가장 견고한 끈으로 연결된 아들과 어미 앞에서, 50년을 해로한 노부부나 결혼한 지 고작 5~6년도 되지 않은 젊은 부부는 인생에서 잠시 만난 길동무에 불과했다. 그러니 그 앞에서 '어머나 세상에, 난 친정엄마와 딸인 줄 알았네'라는 입에 발린 인사를 들었던 시어머니와 며느리, '어쩜, 형제보다 동서 사이가 더 닮았네, 서로 친자매인줄 알았다니까'라는 사탕발린 칭찬을 들었던 두 며느리는 사회제도라는 이름 아래 묶여진 타인일 뿐이었다. 내도록 식사 시중을 들던 아랫동서가 '형님 식사하셨어요? 안 하셨으면 같이 하세요'라며 뒤늦은 인사를 했고, 이에 내가 '아니 괜찮은데, 자네 아침부터 수고 많은데, 이제 식사 좀 하시게'라고 의례적 답례를 할 무렵 그녀가 급히 돗자리에서 서너 걸음 물러났다. 전화가 온 모양이다.

"응, 엄마 나야, 밥 먹었어, 괜찮아, 곧 끝날거야. 근데 현준이는? 현준이 밥 먹었어? 현준이 바꿔봐."

형님과 자네라는, 평소에는 그다지 사용할 일도 없는 호칭 대신 엄마와 아들이라는 일평생 가장 많이 부르는 익숙한 호칭이 등장한다. 그때 서방님은 일이 바빠 오지 못했고 갓 두 돌이 지난 그녀의 아이는 친정엄마에게 맡기고 온 참이었다. 그 또한 늙은 어미가 시집간 딸을, 젊은 어미가 어린 아들을, 그 무엇으로도 끊을 수 없는 가장 질긴 줄인 탯줄로 연결된 이들이 서로를 부르는 전화였다.

이미 백골이 되어버린 어머니를 부르느라 목이 메어 시아버지는 아무것도 드시지 못했고, 다만 오후 늦게 고향 친구를 마주하여 간신히 막걸리를 들이켰다. 당신의 어머니를 생각하느라 아무것도 못 드시는 아버지와, 자신의 어머니를 생각해서 밥을 두 그릇이나 먹는 남편, 그리고 나는 내 어머니를 생각하며 밥을 굶고 있었다. 그날 새벽 길을 떠나기 전 초콜릿 바를 두 개나 먹고서, 선산에 도착해서는 물 한 모금 들이키지 않고 참았다. 출발하는 차 안에서 내도록 말했던 감염에 의한 식중독 위험성은 남편이 아닌 내 스스로에게 다짐하는 말이었다. 육순의 어머니를 위한 일본 여행을 며칠 앞두고 있었기 때문이다. 왜 하필 이런 때에 번거로운 일이 걸렸을까라고 말하는 내게 어머니는 몸 조심하고 또 음식 조심해라, 라고 단 한마디를 했다. 사실 그 해 경주 여행을 앞둔 남편이 무언가 음식을 잘못 먹고 체해 내도록 고생하다가 결국 하루 만에 도로 올라왔던 일이 있었다. 3박으로 계획했던 여행은 1박으로 끝이 났고 결국 장염이라는 진단과 일주일치의 약을 처방 받는 것으로 여름휴가는 끝이 났다. 하여 이번의 일본 여행도 식중독으로 일정을 그르칠까봐, 회갑연을 대신한 여행이자 어머니와의 첫 여행이 잘못될까봐 그 자리에서 물 한 모금 넘기지 않고 버티었다. 그럼에도 하장이 끝나 돌아가는 고속도로 안에서 어머니의 전화를 받았을 때는 짤막하게 대답했다. 아니 안 먹었어, 괜찮다니까. 그때 시속 100킬로미터로 달리는 차 안으로 전해지던 어머니의 목소리는 밥 먹었니, 고생 안 했니였고, 그리고 오늘 아침 대륙을 건너오던 목소리도 그거였다.

새벽 다섯 시, 일출의 시각이자 아잔이 울리는 때라서 각성의 음료를 옆에 두고 새벽의 감성을 적어가던 때 핸드폰이 울렸다. 밥 먹었니, 음식은 먹을 만하니, 라는 어머니의 전화. 그 말에 고작 아니 안 먹었어, 지금이 몇 신데 밥을 먹어, 새벽 다섯 시에 누가 밥을 먹어, 라고 대답했다. 그제야 들려오는 한결 안심된 목소리, 아아 그러냐, 나는 지금 점심 한술 뜨다가 네 생각이 나서 그랬다. 자식을 찾는 어미의 목소리는 여섯 시간의 시차를 넘어 전해지고 있었다. 어머니는 꼭 그 새벽에 전화를 했다. 1500년의 역사를 가진 아야소피아를 관람하던 날에도, 5천 년의 역사를 가진 에페스 유적을 관람하던 날에도 그리고 보스포루스 해협을 건너는 날에도, 어머니는 꼭 시각에 전화를 했다. 그리고 덧붙이는 말에 딸은 습관대로 짤막한 대답을 한다.

"엄마가 얼마나 걱정했는데, 왜 전화 안 했니?"

"전화? 그때 했잖아, 비행기 탈 때."

해외여행 시에 어머니에게 전화를 하는 때는 출국 비행기와 귀국 비행기를 탈 때이다. 공항에 도착하여 좌석표를 배정받은 뒤 탑승을 시작하고 보면 이코노미석, 쉽게 말해 삼등석인 그 자리가 더욱 옹색해 보인다. 명색이 비행기건만 공항으로 오기 위해 탔던 리무진 버스보다 더 좁은 좌석에 무릎을 접어 넣고 가방을 포개 얹는다. 얼마 동안 이러고 있어야 하나, 비행 시간을 헤아리다보면 이제는 잊히기 시작하는 오랜 공포가 되살아난다. 설마 폭파 사고가 나지는 않겠지, 공중 납치 사건이 일어나지는 않겠지. 1970~80년대의 냉전 상황과 분단 국가가 빚어낸 비극이자 그 시대를 살아온 세대가 갖고 있는 트라우마이다. KAL기 폭파 사건과 북한에 의한 공중 납치의 기억이 머리를 쳐들기 시작하면 본능적으로 핸드폰을 열어 단축버튼을 누른다.

"엄마, 엄마 나야. 비행기가 곧 출발할거야. 로밍했으니까 그냥 평소대로 전화번호만 누르면 되고, 그리고 도착하면 전화할게."

숨가쁜 몇 마디가 채 끝나기도 전에 이륙이 시작될 예정이니 핸드폰을 꺼달라는 기내방송이 나온다. 이제 곧 거대한 동체가 달리기 시작하면 기내는 밀봉의 공간이 되리라. 추락과 폭파, 납치의 공포에서 가장 먼저 생각하는 사람, 이륙 직전 핸드폰을 끄기 전에 꼭 한 통 걸게 되는 마지막 전화의 대상, 그 사람이 바로 어머니이다. 귀국을 할 때도 마찬가지였다. 그때 가장 많이 마음 쓰는 것은 인사치레로 준비해야 할 선물이다. 교수님과 연구실 선후배들을 챙기고 난 뒤, 남은 돈에 맞추어 집어들게 되는 것이 녹차나 비스킷, 손수건과 열쇠고리이다. 그래 이건 엄마한테 드리면 되겠다고 생각하다가 문득 죄책감에 눈물짓게 하는 사람이 어머니다. 이륙 직전 마지막으로 거는 전화를 받을 사람, 귀국 직전 마지막에 산 선물을 받을 사람, 그러고 보니 어머니란 맨 처음이나 맨 마지막 자리에 오는 사람이다.

몇 년 전 『서재 결혼시키기』라는 책에서 읽은 편집자의 이야기가 생각난다. 출판사에서 일하다 보면 가끔 절판된 책의 재판을 발행해야 할 때가 있다고 했다. 이미 오래전에 출간된 책이라 서점은 물론 출판사에도 재고가 한 권도 없는 상황이고, 저자에게 물어보아도 너무 오래된 책이라 갖고 있지 않다고 했는데 얼마 뒤에 연락이 온다. 용케 한 권을 구했다고. 해서 출판사로 전해진 책은 초판본 첫쇄인데 그 앞페이지에는 'To my mother'라는 서명과 함께 처음 발행했던 날짜가 적혀 있다. 20~30년 전에 출간된 책인데도 바로 어제 서점에서 산 것처럼 낙장이나 낙서 한 줄 없이 깨끗한 책, 저자가 어머니에게 선물했던 책이다.

책을 출간하면 저자는 출판사로부터 20권 정도를 증정본으로 받는다. 분신 같은 자신의 첫 책을 받고 하는 일은 소중한 사람에게 그 분신을 나누어주는 일인데, 그 중에서도 제일 첫 서명을 하는 책이 어머니께 드리는 책이다. 초판 2천 부를 찍어 증정본으로 들어온 20권, 그중에서 가장 먼저 서명을 했던 첫 번째 책, 그 책을 받는 사람이 어머니이자 오랜 시간이 지나 몇 천 권, 몇 만 권의 책이 모두 사라진 뒤에도 끝까지 남아 있는 마지막 책,

저자 자신마저도 갖고 있지 않은 책을 소장하고 있는 사람이 어머니이다. 가장 첫 책이자 가장 마지막 책을 가지고 있는 사람, 삶과 죽음이 오가는 본능적 공포에서 허여된 마지막 한 통의 전화를 받는 사람, 귀국 직전에 사게 되는 마지막 선물을 받을 사람, 그 사람이 바로 어머니임을 보스포루스 해협에서 깨닫는다. 아시아와 유럽을, 동양과 서양을 구분하는 바다 위에서, 터키의 돌마바흐체 궁전과 오스만 제국의 톱카프 궁전이 나란히 서 있는, 기독교의 소피아 성당과 이슬람의 블루 모스크가 마주보고 서 있는, 유럽과 아시아가 절묘하게 섞인 좁은 바다 위에서.

/

다시 익숙한 세상 속으로

7일간의 터키 여행을 마치고 귀국하는 길에 아부다비 공항에서 환승을 했다. 오후 다섯 시, 황색의 모래 도시 위에 오렌지색 하늘이 걸려 있는 것을 보며 문득 잿빛의 도시를 감싸고 있던 핑크빛 파리의 하늘을 떠올린다. 도시의 색깔에 따라 하늘의 빛깔도 다른가. 인천까지 아홉 시간의 비행, 서쪽에서 동쪽으로 가는 여정이니 해는 더 빨리 저물고 밤 또한 짧으리라 생각하며 카메라와 책을, 수첩을 이제 내려놓는다. 이번 여행에 내내 함께한 것들이었다. 본디 여행을 할 때는 그곳에 관련된 책을 준비하여 읽는 습관이 있다. 그 상황에 맞추어 책을 골라 읽는 것은 어린 시절부터의 습관이라서, 옥외 수영장에서 튜브를 타고 앉아 『인어공주』를 읽고, 걸스카웃 야영대회에 참가하여 『십오소년 표류기』

를 읽었던 기억이 있다. 책상 앞에서 읽을 때보다 내용이 더 생생하게 살아나는데 해외여행을 하면서 그곳에 관한 책을 읽으면 책에서는 표현되지 않았던 향기와 소리까지 부가되는 경험을 할 수 있다. 이번 여행에 준비한 책은 두 권이었는데 이동 시간이 길었던 덕에 모두 읽었고, 더 읽을 것이 없다는 것을 핑계 삼아 책과 수첩과 카메라를, 여행 내내 손에서 떨어지지 않던 것들을 이제 내려놓는다.

기체가 아라비아 반도 위를 날고 있을 때 첫 번째 기내식이 제공되었다. 터키식 치킨요리와 아라비아식 생선요리 중 무엇으로 하겠냐는 승무원의 질문에 아라비아 요리를 달라고 했다. 카레보다 더 진한 향을 풍기는 향신료에 꽁치인지 참치인지 모를 생선이 올라 앉은 볶음밥, 먹기 전에 우선 사진을 찍고 두어 술 뜨다가 수첩을 꺼내 몇 자 적는다. 모든 것을 내려놓고 지금 이 순간에 충일하자고, 아라비아 하늘 위에서 아라비아 음식을 먹는데도 또 습관처럼 카메라와 수첩에 손이 가는 내가 우습다. 그리고 이 모습을 옆자리의 승객이 슬금슬금 쳐다본다. 그가 신기해하는 것은 아랍 요리를 처음 먹는 아시안 여자의 표정일까, 한글이라는 네모와 동그라미로 이루어진 그래픽 같은 이 문자일까, 아니면 무언가를 쉼 없이 기록하는 이 습관일까. 꼭 20년 전 나도 이렇게 옆자리의 승객을 훔쳐보다 궁금해하던 때가 있었다. 일본에서 한국으로 돌아오는 비행기 안이었다. 무한 제공되는 기내식 서비스가 신기해 맥주를 두 병이나 마시고 취했다. 이제 땅콩도 한

봉지 더 받겠다고 호출 버튼을 누르다가 문득 옆자리의 승객을 보았다. 나보다 너덧 살 정도 많아 보이는 여자, 제공된 기내식은 먹는 둥 마는 둥 제쳐두고 책과 노트를 꺼내 무언가를 계속 쓰고 있었다. 한문과 히라가나가 혼용된 문장이 신기했다. 대체 무엇을 그리 쓰고 있을까, 어느 사이 내가 그녀의 모습을 닮아 있다.

책을 쓰기 전부터의 일인데, 어떤 상황이 매우 선명하게 기억에 남아 잊히지 않는 경우가 있다. 어린 시절에 흔히 있음 직한 한 경험, 학창 시절 누구에게나 있을 법한 상황들인데, 뇌리 속에 한번 기억되고 나면 때로 잊힌 듯했다가 불현듯 되살아나 시도 때도 없이 무수히 반복 재생된다. 그것이 기억에 남을 만한 큰 사건이거나 특별한 트라우마로 남아서가 아니다. 오히려 평범한 일상이 대부분인데, 짧으면 몇 초 길어야 몇 분의 상황이 인물의 모습과 표정, 말투는 물론 그날의 날씨와 상황, 심지어 그날 내가 입었던 옷까지 캠코더로 찍히듯이 선명히 각인되어 있다.

그리고 그 회상의 기억은 나이가 들어감에 따라 흐릿해지기는 커녕 빛깔과 향기가 더 진하게 채색되다가 마침내 비슷한 느낌과 유사한 이미지를 가진 것들끼리 서로 연쇄되고 중첩되어 일련의 장면들을 형성한다. 펜을 잡는 직업을 가진 뒤부터는 그 상황과 이미지들을 기록하는 습관을 들였지만, 그러나 뇌리의 기억은 항상 펜의 기록을 능가했다. 이 책의 질료가 되었던 것은 바로 그런 각인의 기억들이다. 고장 난 녹음기처럼 불쑥불쑥 찾아와 무한히 자동 재생되는 기억들이 거추장스러울 때가 있었는데,

배설하듯 글을 써냄으로써 이제 내려놓으려 한다. 지금 여기서 카메라와 수첩을 내려놓듯이.

서쪽에서 동쪽으로 가는 노정이어서 짧은 밤은 서너 시간 만에 끝이 났다. 구름이 발아래에 있기 때문에 비행기의 창 너머로 들어오는 햇빛은 훨씬 직접적이고 강렬하고, 그 통에 잠들었던 승객들이 하나둘 눈을 뜨기 시작한다. 앞치마를 두른 승무원들이 캐빈에서 수선거리는 것을 보니 곧 아침이 나올 모양이다. 이제 비행기는 베이징 상공을 날고 있다. 유러피안 샌드위치와 아시안 쌀죽 중에서 무엇으로 하겠느냐는 말에 쌀죽을 달라고 한다. 밤새 대륙을 가로질러 밀이 아닌 쌀을 주식으로 삼는 문화권에 들어온 것을 실감하기 위해, 그리고 지금 이 순간에 충일하기 위해.

짧은 식사가 끝날 무렵 착륙을 알리는 기내 방송이 들린다. 창밖을 보니 솜이불을 뜯어놓은 것 같은 뭉게구름 아래 청록의 바다와 초록의 땅이 맞물려 있다. 하늘 위에서 바라본 국토의 모습, 저 정도라면 1/10000 스케일쯤 될 거라고 무심결에 직업병이 도진다. 승무원이 차례차례 돌며 아직 벨트를 매지 않은 승객에게 지시를 내리는 사이 국토는 짙은 녹색의 산과 황토색의 농경지를 구분할 수 있을 정도로 가까이 다가온다. 1/5000 스케일쯤 되리라, 지구 단위 계획에서 자주 쓰는 스케일이다.

현지 시각, 현지 기온, 현지 습도 등이 모니터에 표시되는 걸 보며 내가 떠난 사이 한국엔 별일이 없었을까 문득 궁금해진다. 며칠 동안 열지 않은 메일함, 미처 체크하지 못한 메시지 수신

동경과 월경의 순간들

내역이 궁금하고, 내가 자주 다니던 포털 사이트엔 그동안 무슨 이야기들이 오고 갔을까 생각하는 사이, 어느덧 발밑 세상의 스케일은 1/1000로 커졌다. 학교와 아파트가 구별되고 자동차 도로와 기찻길이 구분된다. 이제 승무원들도 자신의 자리에 앉기 시작했다. 배정 받은 곳은 하필 승무원 좌석과 마주 보는 자리, 착륙할 때까지 내내 마주 보고 앉아 있어야 한다는 게 불편해 슬그머니 고개를 돌린다, 한 사람은 이쪽, 또 한 사람은 저쪽으로. 그 통에 문득 옆자리 남자의 손이 눈에 들어온다. 손톱에 칠해진 반쯤 벗겨지기 시작하는 투명 매니큐어를 보며 장난 삼아 저걸 칠한 여자는 오래된 연인일까 갓 결혼한 아내일까 생각하고, 나 또한 한국에 두고 온 가족을 떠올린다. 며칠 간의 부재로 집과 그 집을 지키는 남편은 생기를 잃었을 것이다, 마치 처음 칠했을 때의 광택을 잃기 시작한 저 남자의 손톱처럼.

이제 창밖의 스케일은 1/500로 커졌다. 건물은 층수를 구별할 수 있을 정도로 자세히 보이고, 개미처럼 꼬물거리던 자동차가 바퀴벌레처럼 빠르게 달린다. 자동차가 저렇게 빨라 보인다니, 비행기 속도가 많이 줄어든 모양이다. 이제 스케일은 1/100로 커졌다. 주택 설계에서 자주 쓰던 스케일이지. 그리고 1/50, 이건 인테리어 설계에서 쓰던 스케일이다. 그 다음 1/30, 1/20, 분모가 줄어들수록 창밖 세상은 점점 커진다.

발밑이던 세상이 눈높이와 같아지면서 창밖은 떠날 때와 마찬가지로 기울어져 보이기 시작한다. 비정상적으로 왜곡된 모습이지만 그러나 그것이 현실이고, 심하던 기울기도 차차 완만해지기 시작한다. 30도 각도로 휘어 보일 때는 혹여 지면에 내리꽂히는 게 아닌가 걱정했지만 곧 20도로, 15도로 완만해지면서 정상 착륙을 할 수 있을 거라는 안도감이 들기 시작한다. 어느 틈에 스케일은 1/5을 지나 1/2까지 좁혀졌고, 쿠궁쿠궁 지면에 바퀴가 닿는 거친 느낌과 함께 안착을 했다. 창밖은 완전한 수평이자 1:1 리얼스케일의 세상, 곧 저 속으로 다시 들어가야 한다. 1만 미터 상공에서 800킬로미터의 속도로 날아가던 때에는 나와 전혀 상관없었던 그 세상이 이제 다시 돌아가야 하는 일상이 된 것이다. 여행은 끝이 났고 이제 현실로 다시 돌아왔다. 돌아온 집안에는 떠나기 직전의 분주함이 고스란히, 여행 가방을 풀어 쇼핑한 물건들을 쏟아내듯 앞으로 해야 할 일을 쏟아낸다.

돌이켜보니 여행기를 쓴다는 것은 여행만큼이나 즐거운 외유였다. 지난 10년간 주로 건축에 관한 책을 썼는데, 책을 쓴다는 것은 책 속 세상에 들어가 사는 일이다. 공포영화를 찍다 보면 귀신이 정말로 보이고, 아니 촬영장에서 귀신을 보아야 대박이 난다는 속설도 있는데, 틀린 말은 아니니라. 골똘히 생각하다 보면 아니 보일 것도 보이는 법이니까.

이번에 여행기를 쓰면서 정말 스무 살 시절로 되돌아가 길고도 신나는 여행을 다녀온 느낌인데, 이제 그 여행이 끝나고 리얼스케일의 현실이 눈앞에 펼쳐져 있다. 책상 위에는 새로운 계약서가 놓여 있고, 몇월 며칠까지 초고를 내야 한다는 압박감도 함께 놓여 있다. 건조하고도 딱딱한 건축 서적이다. 여행은 끝났다. 이제 다시 일상 속으로 돌아가야겠다.

동경과 월경의 순간들

1판 1쇄 찍음 2013년 7월 25일
1판 1쇄 펴냄 2013년 7월 30일

지은이 서윤영

주간 김현숙
편집 변효현, 김주희
디자인 이현정, 전미혜
영업 백국현, 도진호
관리 김옥연

펴낸곳 궁리출판
펴낸이 이갑수

등록 1999. 3. 29. 제300-2004-162호
주소 110-043 서울시 종로구 통인동 31-4 우남빌딩 2층
전화 02-734-6591~3
팩스 02-734-6554
E-mail kungree@kungree.com
홈페이지 www.kungree.com
트위터 @kungreepress

ISBN 978-89-5820-257-8   03810

값 14,000원